人民共和國文化與文學叢書

十二編

李 怡 主編

第 **9** 冊

湖北地方戲曲與湖北鄉土文化（下）

周麗玲 著

花木蘭文化事業有限公司

國家圖書館出版品預行編目資料

湖北地方戲曲與湖北鄉土文化（下）／周麗玲 著 -- 初版 --
新北市：花木蘭文化事業有限公司，2024〔民 113〕
目 4+196 面；19×26 公分
（人民共和國文化與文學叢書 十二編；第 9 冊）
ISBN 978-626-344-861-2（精裝）
1.CST：地方戲曲 2.CST：鄉土文化 3.CST：劇團
4.CST：湖北省
820.8   113009401

特邀編委（以姓氏筆畫為序）：

吳義勤 孟繁華 張 檸
張志忠 張清華 陳思和
陳曉明 程光煒 劉福春
（臺灣）宋如珊
（日本）岩佐昌暲
（新西蘭）王一燕
（澳大利亞）鄭 怡

ISBN-978-626-344-861-2
9 786263 448612

人民共和國文化與文學叢書
十二編 第 九 冊   ISBN：978-626-344-861-2

湖北地方戲曲與湖北鄉土文化（下）

作 者　周麗玲
主 編　李 怡
企 劃　四川大學中國詩歌研究院
總 編 輯　杜潔祥
副總編輯　楊嘉樂
編輯主任　許郁翎
編 輯　潘玟靜、蔡正宣　美術編輯　陳逸婷
出 版　花木蘭文化事業有限公司
發 行 人　高小娟
聯絡地址　235 新北市中和區中安街七二號十一三樓
　　　　　電話：02-2923-1455／傳真：02-2923-1452
網 址　http://www.huamulan.tw 信箱 service@huamulans.com
印 刷　普羅文化出版廣告事業
初 版　2024 年 9 月
定 價　十二編 10 冊（精裝）新台幣 26,000 元

湖北地方戲曲與湖北鄉土文化（下）

周麗玲　著

目

次

第四章　民營劇團（戲班）：鄉土文化與湖北地方戲曲互滲的樣本

　　湖北省現有演出市場，可劃分為兩大板塊。一塊是受到國家資金資助的專業劇團（國營劇團）；一塊是民間劇團，其中包括在政府部門登記註冊的民間劇團，也包括未登記註冊有演出人物就聚集，演出完後就解散的草臺班子。在建國以來的湖北地方戲曲史上，民營劇團的數量遠遠超過國營劇團。

　　以花鼓戲流行的仙桃為例。筆者在採訪仙桃花鼓戲團長劉錦時，他專門談到仙桃民營劇團的發展狀態：

　　劉錦：哎，民營的劇團啊，一個鎮就有六十家。

　　項目負責人：你們有多少個鎮？

　　劉錦：我們仙桃有十五個鎮。

　　項目負責人：十五個鎮，一個鎮就有六十家？

　　劉錦：對啊，我做了一個保守的估計，一個一個測算。

　　項目負責人：這還不算不辦證的。

　　劉錦：是，還有不辦證的，但辦證的就有六十個呢，一個舞臺老闆，一年至少有五萬塊錢產值，是不是這個概念啊？六十個證的話，就是三百萬。三百萬的市場份額，一個鎮的話，這是保守得不能再保守了，可能還遠遠不止，這是按最少的算。

　　與龐大的民營劇團（班社）比較，仙桃只有一個國營劇團──荊州花鼓戲劇團。仙桃花鼓戲劇團的劉團長在比較民營劇團和國營劇團所佔市場份額時說：「我們花鼓戲劇團，一年的收入就是我們的營業收入，去年只有幾十萬」。

在仙桃戲劇市場的市場份額上,「我們不說是占到了幾個,可以說為零」。無論是滲透力還是覆蓋面,國營劇團和民營劇團都不可同日而語。

國營劇團和民營劇團(班社)在運作的機制上是截然不同的。

國營劇團的運行,是受國家財政的支持。2011 年,湖北省對全省國有文藝團體體制進行轉企改革。至 2018 年,湖北省的大部分國有劇團已完成改革的任務。轉企改革後的國有劇團和原體制的差別就是由全額撥款轉變為差額撥款。而「作為差額撥款事業單位的國有團體,通常是通過完成『送戲下鄉』、『惠民演出』、『戲曲進校園』等任務來獲得政府的演出補貼,以補齊差額部分。」「但無論如何,國辦團體只要堅持演出,就能保障基本的生機」。如果在劇目的創作和演出上收穫了榮譽,「地方政府看到了成績」,就能獲得政府的編制指標和財政撥款。〔註1〕由於生存機制所決定,國有劇團以完成政府任務、獲得大獎、宣傳主旋律為主要任務和主要目標。由於國營劇團數量較少,演員分工細微,隊伍龐大,主要滿足以城市消費者為基礎的文化需求,和鄉土文化生態與民間審美情趣保持較遠距離,也和鄉間民眾較為隔閡。

2013 年,筆者採訪洪湖瞿家灣鎮月池村子貝淵村幹部柳先生

項目負責人:你們這裡演出為什麼要請非正規的戲班,不請專業劇團呢?

柳先生:正規的?價高了。一是這個價格問題,二是啊,我們之間沒有溝通。我們這裡看正規表演的很少,他們下鄉的很少,沒有跟人溝通。又怕他們衙門大,大衙門,我請他不起,老百姓請不起,地方的劇團班子呢,我們很談的過來。

項目負責人:關係很熟?

柳先生:很談得攏來。我們和他們可以商量,正規的就不一定商量的攏來。是聽說監利劇團的戲也很好,沒看過,他沒下來唱過,我們這裡看戲,跟監利戲劇團的很少溝通,跟我們洪湖市原來的文工團,現在的戲劇院也很少溝通。

2018 年 6 月 21 日,筆者在仙桃錢溝採訪,就有觀眾直言:

觀眾:我說的都是實話。為什麼民間的戲班符合蠻多人的要求?有個公家劇團有什麼用呢?它都與人情、人民群眾脫離了。他不隨便到民間來唱。好像一年上頭沒看到他們了。他們就是你沒有錢請我就不來。他們就是為了經

〔註 1〕 湖北省文化廳關於「報送《湖北地方戲曲劇種普查報告》的函」(未刊稿),
2017 年 6 月 30 日。

濟。這些民間的藝人不完全為經濟，是為了更活躍社會生活。

即使國營劇團自身的成員，也並不認可自身的這種狀態。一位縣級劇團的演員對筆者說：「像這種送戲下鄉的，怎麼說呢，一個地點才送一場戲。有不少人根本就不知道有演出，等劇團演完了才知道，趕過來看劇團又走了。我們也不喜歡這樣，一天要跑幾個地點，剛搭好的臺，演一兩個小時，然後又要拆了，然後又去下個地點。最關鍵的是觀眾過不了癮。有的時候剛開始唱一會兒，觀眾到處宣傳，說這裡在唱戲，等人們剛剛來我們又走了。」〔註2〕

一位國營劇團的團長也與筆者談到，他的劇團的主要精力是完成上級交給的任務，「比如像什麼送戲下鄉啊，政府要你搞個什麼春節晚會啊，明天搞什麼國慶慶典啊。」「2000年我承擔省裏下達的藝術任務，說你們必須三年之內搞一個省裏的精品爭光，我就得拼了命的要搞這個東西」〔註3〕

事實上，民間關於專業劇團的這些評價和議論未免有些苛責，在戲曲演出的場域中，專業劇團扮演特定的角色，擔負傳播正能量，上演時代正劇的特定功能。民間僅從自己的感受出發，難免偏頗。但是，專業劇團和民營劇團的特定角色，也決定了民營劇團和鄉土文化、民眾感情有一種同呼吸共命運的血脈相連的關係。從一定意義上說，鄉間戲班與民營劇團是湖北地方戲曲與鄉土文化互滲的中介和樣本，研究湖北地方戲曲與鄉土文化，這是一個極為重要的視角。

第一節 民營劇團（戲班）在湖北鄉土文化中的角色

對於活躍於鄉土、深入田間場屋的民營劇團（戲班），我們通常視為一種演出單位。但是，如果我們把它置於湖北地方戲曲與鄉土文化的關係場域中考察，就會發現它們在鄉土文化中扮演一個特定的角色，潛藏了鄉土文化的自身邏輯，對此不可不加探究。

一、鄉村祈福納吉願望的代言人

中國傳統戲曲的根柢是什麼，是狂歡？娛樂？都不錯，但是，比狂歡、娛樂更深層次的是祈福納吉。這一精神，實際上是從上古的巫覡或宗教祭祀中發展過來。先民深信，萬物有靈，山川湖海、花木蟲獸都有「靈魂」，先民

〔註2〕應受訪者要求不顯示姓名。
〔註3〕應受訪者要求不顯示姓名。

稱它們為神、仙、鬼、魔、精、怪等，由於這些神靈擁有超自然法力，可以給人類帶來福祉或者災禍。人們如果希望祈福避禍，則可通過「巫」一類「靈媒」（spirit medium），與鬼神進行交流，向它們貢獻物品。巫在接受委託後，往往通過歌舞、咒語或其他儀式進入一種迷狂狀態，祈請某神靈降附其身，然後以這一神靈的身份和口吻與人交流，待交流完畢後神靈重新回歸到它所屬的世界，而巫也重新回到現實和理性的人類世界。而巫的歌舞、咒語或其他儀式就是戲曲的遠古雛形。王國維說：「歌舞之興，其始於古之巫乎？」這一經典論斷為大多戲曲史研究者所接受。

巫的職就是祈福避禍，巫的舞蹈就是祈福避禍的儀式。這個儀式就是後世戲劇的萌芽。從宗教儀式脫胎而出的戲劇，雖然日益擺脫宗教的色彩，日益人文化、社會化，但祈福納吉的精神卻從未剝離。

在演出的戲臺搭建上，講究搭戲臺的方向和位置，認為這是關係到一個村莊吉利的大事，故十分注重搭戲臺的方位。戲臺的方向必須與村莊的方向相對，一般搭在這個村莊中一個較大的禾場上，而且要在這一村莊祖堂正屋的對面，對著祖先牌位。〔註4〕

在演出的舞臺布置上，仙桃郭河花鼓戲劇團廖明星團長和郭河初級中學的武思凡老師介紹說：

武思凡：我們演戲，找來一些柏樹枝綁在四個臺柱子上端。

項目負責人：為什麼呢？

廖明星：這個就是辟邪，破煞，保一方平安，不管是大臺小臺都有。

仙桃花鼓戲團長王軍向我們介紹了另一個習俗：

王軍：第一天晚上開鑼（開始演出）前，用黃紙寫一個老郎王神位，在上面寫「橫風倒火」四個字。演員們跪拜後，由劇團的旦角在後臺燒化。這是一種簡單的祭拜祖師爺方法。不是貼在舞臺上。

項目負責人：什麼是「橫風倒火」呢？

王軍：就是風橫著寫，火倒著寫。橫著的風，倒著的火。

項目負責人：為什麼呢？

王軍：意思就是風火你別到這兒來，保我們的平安。

在開場儀式上，仙桃花鼓戲劇團團長劉錦介紹說：

〔註4〕饒浩良主編，《崇陽提琴戲劇志》〔M〕，湖北省崇陽縣提琴戲協，2015年，第480頁。

劉錦：一般演出有拜臺和開臺，拜臺的話就是丑角、丑行來祭臺，祭臺就是祭神。開臺呢，就是要開演了，鑼鼓傢伙一打，打擊樂一打，這個醜行就燒香，每個角落，包括後臺全部把香點燃，把黃紙一燒，這也是祭神。這不是迷信，這是一種風俗習慣。

項目負責人：為什麼是丑角、丑行來祭臺和開臺呢？

劉錦：我們戲曲的祖先鼻祖是唐明皇，唐明皇每逢休息都會到梨園裏面去唱戲，後來把唱戲叫做梨園行就是從這裡引申過來的。唐明皇喜歡扮丑角，有一天，他剛畫好妝，一個蛾子撲過來，在鼻樑中間留了一個痕跡。別人都不敢說醜，都說好看。醜行的那個三花臉就是這樣來的，以後所有醜行的三花臉就是這樣子。由於唐明皇演過丑角，所以丑角在劇團的地位高。比如演員的行李箱，只有丑角可以坐，因為，傳說當初唐明皇邀魏徵去演戲，魏徵正抱著孩子，就順手把孩子放在衣箱了，唐明皇一時玩得興起，一屁股坐到衣箱上，結果把孩子憋死了。唐明皇不好意思，就封了這個孩子為老郎王。所以戲班的衣箱是不能隨便坐的，因為戲曲的行業神老郎王曾經呆在這個箱子裏，坐了的話就不禮貌。只有丑角，可以坐。

項目負責人：也就是說，因為唐明皇坐過，而唐明皇又演過丑角。所以丑角可以坐。

劉錦：對，就是因為唐明皇演過丑角，所以丑角在劇團裏地位特殊，吃飯的時候丑角添第一碗飯，也只有丑角可以敬神。

在演戲習俗上，鄉村至今仍有接戲班子唱三年的習俗。筆者起初以為這是一種排場，仙桃花鼓戲劇團的劉錦團長作了更富有人類學意味的解釋。

劉錦：接戲班子唱戲唱三年是我們這裡的風俗習慣，這是約定俗成的。

項目負責人：如果不唱三年，會怎麼樣呢？

劉錦：如果這樣，用土話說就是不順遂、不吉利，會發生這樣那樣一些不好的事情。所謂「接戲班子唱戲唱三年」就是說今年的清明節接了戲班子唱戲了的話，那麼明年、後年就一定得再接戲班子在清明節前後唱。所以說，我們唱戲每年安排場次就要注意這個。如果不去唱戲的話，別人還就怪我們。再一個就是如果搭了臺的話就一定得唱，不能說不唱。不唱就不能搭臺，搭臺就一定要唱完。比如說現在去唱戲，舞臺搭了，連續下了幾天雨，我們不能因為下雨就把臺給撤掉，非得等天晴了之後，把戲演完了才可以撤走，搭臺不唱戲，也是不順遂。有一次我們演出的時候，團裏鬧矛盾，準備不演了，村長知道後

大發雷霆，說我們又不是不給錢給你，你們搭臺唱戲，憑什麼不唱戲。

項目負責人：為什麼呢？

劉錦：因為戲曲源於巫術，搭了臺，相當於是和神靈接通了，唱了第一年，已經和神對上話了，因此就必須完成對話，不能夠走。如果這個時候不說話了，走了，就是對神靈不禮貌，如果被不禮貌對待，神就會降罪於這個地方。所以本地管事的人，也就是有話語權的人，是堅決不能讓戲班走的。如果不演就走了，劇團也會被詛咒、被罵、被人怪罪。這個習俗一直是約定俗成的風俗習慣。是農耕文化延續下來的。

項目負責人：還請問一下，您剛剛說一開場就唱三年，那如果您這個劇團接了一個地方的戲，就一定是每年都要去嗎？

劉錦：如果我們劇團沒有時間，就可以不去，主家也可以接潛江的、天門的戲班或者劇團去。是戲開張了得要唱三年，但是不一定都是要這個團去唱三年。

項目負責人：那如果是小孩子過生日請戲班唱戲，生日過完了還要唱嗎？

劉錦：過生日也好，八十大壽也好，只要是開唱了的話，這必須要接著唱。生日過完了，每年也都還會有生日對吧！

項目負責人：那可能是比較講究一些的主家，如果不是很講究的話，可能就做一個大壽。

劉錦：但凡主家家裏準備做這個事情，就要有唱三年的一個準備。比如說，在我的家鄉，村支部書記振興農村，我啥都沒有，送戲下鄉也是一樣的，但送戲的話也得是三年，不能送一年第二年第三年就不送了，如果這樣別人就會怪罪你，要麼你就不來，要來的話就要唱三年，你唱了一年後不唱了，讓我們很麻煩，是唱還是不唱呢？唱的話要錢不唱的話又不好搞。

項目負責人：您這一講，我們真是豁然開朗了，學習到好多東西。

劉錦：我們還有一種風俗，如果唱戲的話，一般唱的都是單數場，單場五場九場。而在演出日期上，我們是七九不開鑼，也就是逢七逢九不能唱戲。

項目負責人：逢七逢九不能唱戲？

劉錦：是，比如說今日是七號，就不能唱戲。但是有一個辦法，比如說非得七號演怎麼辦呢？那麼就在六號的時候，把那個打擊樂打一下，表示這一天我已經開鑼了，那麼到七號，我們就正式演出了。

項目負責人：為什麼有這個習俗？

劉錦：嗯，這個是我們約定俗成的規定，就是講的是好事成雙，據我個人理解，一般陰間都算單數，陽間的話都算雙數。

項目負責人：那三號和五號也不能開鑼嗎？

劉錦：是的，但是我們更強調七和九，三五是中性數字。這個習俗也是辟邪納吉的意思。

這樣一種辟邪納吉的儀式，在各個劇種中都有存在。

民國時期的崇陽和通城有唱「十太公」案戲和「六眼將軍」案戲的習俗，正常年景必唱案戲一百本。這種神案戲由本案神的「馬腳」（男巫）案主邀班，演出時抬著案神在本案所屬範圍內根據案主向神問卦後的路線逐村依次演出，戲班隨案神走。每換一地，當地群眾都用銃炮迎送。每次換場中，規定由小丑打鼓，老生打鑼，小生打鈸，小旦打小鑼，案主背案神。如果案主不在，案神必須由戲班唱小旦的演員背。在遊儺過程中，經案神「同意」，還可以唱「賀戲」。總共唱完一百本為止。凡唱過神案戲的地方，此後年年要唱，不得中斷，群眾和藝人稱為「唱筒戲」。在這個酬神的活動中，案主以及戲班實際上都扮演的是「巫」的角色。

漢劇演劇也如此。據《漢劇志》，「漢劇班社每到一地在草臺或劇場首場演出，或於農曆正月初一開鑼時，均由五丑開臉頭戴羅帽，身穿青褶子，場面起吹樂曲，出場到臺中桌案點燭焚香燒黃表，向臺口叩頭，祈神保佑平安，然後到後臺與全班人員道恭喜。」唱堂會戲時，則有「三跳」習俗，即跳加官、跳財神、跳魁星。演許願酬神戲，先由丑角「請臺」後，接跳靈宮。五位靈官的兵器繫著鞭炮，出場配合擊樂邊放邊跳下場。後由二雲童手拿掃帚和四小靈宮引大靈官站中場念白，念一句雲童掃一次。念曰：「今奉玉旨下凡來，命吾下凡掃花臺（開掃）。一掃，風調雨順，喜呀！二掃，國泰民安，喜呀！三掃黎民清吉，喜呀！四掃，一方清泰，喜呀！」掃臺完畢下場，名曰「掃臺」。雲童口念喜呀，只能向臺內掃鞭渣，認為是福降當地，向臺外掃則為福降落空。諺語有「內打有打彩，外掃招禍來。」還有一個「唱登場」的習俗。「正規的登場，唱《天官賜福》，演員扮天官登場，並有專用的臺詞：『天有通，風調雨順；地有道，五穀豐登；君有道，忠臣良將；父有道，孝子賢孫。這一習俗在農村濱島直沿襲到建國前。」〔註5〕

〔註5〕鄧家琪主編，《中國戲曲志·湖北卷》編輯委員會，武漢市文化局編，《漢劇志》〔M〕，北京：中國戲劇出版社，1993年，第212～213頁。

　　孝昌楚劇團的肖穎告訴我們，他們在鄉間演出，「開鑼的時候，一個丑角手上拿著一個點燃的黃標紙，在前臺舞臺上面拜幾下，然後一直到後臺。只要是舞臺上面的所有的範圍都會過一下火。」

圖16　丑角手拿黃表紙

　　英國學者龍彼得認為：「在傳統社會中，對大部分中國人而言，演戲的最主要的功用還是在節慶中表現對神的敬意」，「娛樂，雖有助於達到相同的目的，卻只是次要考慮」。〔註6〕從舞臺布置上的四根臺柱上綁柏樹枝，到開場的鞭炮、祭臺、拜臺、掃臺、唱登場到開鑼唱戲唱一唱三年的習俗，無不呈現出戲劇祈福避禍的文化根性，這個文化根性來自於遠古的巫術精神，從這一意義上說，鄉村戲班（民營劇團）履行上古巫者的某些職能，是鄉村祈福納吉願望的代言人。

二、通俗歷史和傳統倫理的傳播者

　　1904年9月10日《安徽俗話報》第十一期發表了陳獨秀以「三愛」筆名

〔註6〕龍彼得，《中國戲劇源於宗教儀式考》，王秋桂、蘇友貞譯，臺北：《中外文學》第7卷第12期。

撰寫的《論戲曲》一文，文章用通曉易懂的語言議論說：「列位呀！有一件事，世界上人沒有一個不喜歡，無論男男女女老老少少，個個都誠心悅意，受他的教訓，他可算得是世界上第一大教育家。卻是說出來，列位有些不相信，你道是一件什麼事呢？就是唱戲的事啊。列位看俗話報的，各人自己想想看，有一個不喜歡看戲的嗎？我看列位到戲園裏去看戲，比到學堂裏去讀書心裏喜歡多了，腳下也走的快多了，所以沒有一個人看戲不大大的被戲感動的。譬如看了《長阪坡》、《惡虎村》，便生些英雄氣概；看了《燒骨計》、《紅梅閣》，便要動哀怨的心腸；看了《文昭關》、《武十回》，便起了報仇的念頭；看了《賣胭脂》、《蕩湖船》，還要動那淫慾的邪念。此外像那神仙鬼怪富貴榮華，我們中國人這些下賤性質，哪一樣不是受了戲曲的教訓，深信不疑呢！依我說起來，戲館子是眾人的大學堂，戲子是眾人的大教師，世上人都是他們教訓出來的，列位看我這話說得錯不錯呢？」這是關於戲曲社會功能的深刻分析。在廣大的湖北城鄉，戲班就扮演「眾人的大教師」的角色，它們所上演的劇目，就是對民眾進行通俗歷史和傳統倫理教育的教科書。

《荊河戲史料集》登載了「荊河戲常演劇目與教學劇目」。其「常演劇目」包括如下劇目：

有「三殺」、「五圖」、「十二山」之稱謂的劇目：

三殺：《宋江殺惜》《打漁殺家》《翠屏山》（殺海和尚）。

五圖：《百子圖》《孝義圖》《八義圖》《八陣圖》《鐵冠圖》。

十二山：《首陽山》《牛脾山》《焚綿山》《馬鞍山》《鳳鳴山》《定軍山》《飛龍山》《牧羊山》《廣華山》《兩狼山》《金牛山》《飛熊山》。

生行常演劇目：《滎陽城》《抱炮烙》《九蓮燈》《上天台》，以及夫子戲（關公戲）等。

旦行常演劇目：《兩狼關》《盜御馬》《斬三妖》《血掌印》《寒江關》《百花亭》等。

淨行常演劇目：《逍遙津》《捉放曹》《二逼宮》《玉清觀》《馬武奪魁》和薛剛、李剛、姚剛戲等。

丑行常演劇目：《三搜索府》《失印救火》《九錫宮》《花子罵相》《推通》、《皮金滾燈》等。

小生常演劇目：《反五科》《蘆花蕩》《白門樓》《白羅衫》等。

老旦常演劇目：《牧羊卷》《太君辭朝》《摸包》等。

　　反映民間生活傳奇雜戲：《趙五娘》《秦雪梅》《三娘教子》《趕春桃》《花子相》《王大娘補缸》等。

　　其「教學劇目」包括如下劇目：

　　《鄧禹保本》（上天台）《百花亭》（貴妃醉酒）《反五科》（槍挑柴桂）《洛陽失印》（馬房失火）《荷珠配》（耍鳳冠）《焚綿山》《打跋驟》（路遙知馬力）《翠屏山》《審陶大》（白羅衫）《九錫宮》《三相圖》（和氏璧）《擒龐德》（水淹七軍）《叢臺別》（二度梅）《兩狼山》《龍虎門》（下河東）《寒江關》《廣華山》《過府取印》《寫狀三拉》（奇雙會）《法場換子》（換金斗）《殺惜》（坐北樓）《琵琶洞》《趙啟罵啟》（抱炮烙）〔註7〕

　　再看《荊河戲史料集》中所載朝代明確、故事有出處的荊河戲劇目，據筆者統計，竟有劇目613種。其中商65種，周70種，秦4種，楚漢11種，西漢15種，東漢18種，三國119種，兩晉南北朝7種，隋唐121種，殘唐五代34種，宋76種，元11種，明55種，清7種。朝代明確，故事出處待考的劇目112種，其中商2種，周7種，楚漢1種，西漢9種，東漢10種，三國2種，兩晉南北朝4種，隋唐20種，宋31種，元1種，明21種，清3種。此外還有朝代不明，有故事出處的劇目26種，朝代及故事出處均待考的劇目84種（附錄二）。〔註8〕

　　如上835種劇目，在時間上貫穿從商周到明清的三千年歷史，在故事出處上既涵蓋《封神演義》《東周列國志》《西漢演義》《東漢演義》《三國演義》《隋唐演義》《說唐演義》《征西演義》《薛家將演義》《西遊記》《楊家將演義》《三俠五義》《水滸傳》《說岳全傳》《明英烈》《施公案》《彭公案》《包公案》《洪秀全演義》「三言二拍」這樣一些通俗演義和小說，又包括《史記》《左傳》《漢書》《後漢書》《舊唐書》《唐書》《宋史》《明史》這樣一些正史片段。如此範圍廣大的通俗歷史與傳統倫理的傳播，為任何課堂教學，任何教材所不可比擬。陳獨秀說「戲子是眾人的大教師」真是一點也不錯。

　　如果說，「戲館子是眾人的大學堂」，那麼這個「大學堂」有多大，不妨看看《黃梅採茶戲志》「演出場所」一節。

　　據《黃梅採茶戲志》黃梅採茶戲演出場所，晚清到建國前後的臨時戲臺，

〔註7〕王文華著，《荊河戲史料集》〔M〕，武漢：湖北人民出版社，2013年，第100～101頁。

〔註8〕王文華著，《荊河戲史料集》〔M〕，武漢：湖北人民出版社，2013年，第100～101頁。

包圍露、棚、地、壩、披、船、桌子合併等形式的戲臺。這些戲臺前後呈長形，三面敞開，有的臺寬多至兩丈，長四丈（包括後臺），寬度最少一丈二至一丈六尺，長度最少有二丈八至三丈六。一般是六根柱子，前後沿兩邊各兩根，前後臺分界地方兩邊各一根，臺的正中多向東南，臺板多半是大門和樓板墊在石條、山坡、河壩、桁方上。在戲臺的三分之二或五分之三處用幕幔、屏風、蘆墊、門板隔斷，分為前後臺，兩邊留上下場門。

露臺　用門板搭的頂上無遮蓋，後面無圍遮的裸露戲臺。這是採茶戲藝人演出最多的一種臨時性戲臺。搭、拆容易，節省人力物力。民國元年（1911）以前，較大的村灣邀請採茶戲藝人唱戲，為了以示男女有別，在場上的右邊用物圍開或灑石灰為標記，分為婦女看戲的場所，稱為女場或女席。辛亥革命後，這種舊習自然消失。

棚臺　後臺周圍及前後臺天頂上用棉布或蘆席圍遮，曰棚臺。在經濟條件較富裕的地方才有能力搭此臺。建國前後，採茶戲班子或劇團，為便於售票演出，用布棚圍場作臨時演出場所，凡是包場演出都不圍場。

坡臺　依山坡地勢搭置的臨時戲臺。在較為平坦的山坡上，鋪上木板或蘆席為戲臺。觀眾在坡下看戲。

壩臺　在平原河邊、湖邊、江邊村灣唱戲，就依壩（堤）搭臺。臺板鋪在壩上，觀眾坐在壩下看戲。

船臺　將幾條船拼縶一起，用布圍隔一塊作後臺，便在水上演出。民國十四年（1925）冬，黃梅藝人吳毛女、吳福保、梅少堂、余海先等在湖口鄂贛皖幫的民船上，以船作臺，為船民化妝演出。1980年秋，張木火、王紹銀、張敦友、鄭水伢等在九江市龍開河的躉船、木船上，為江西、安徽、湖南、湖北的船民演出多場。

地臺　採茶戲家庭班和玩龍燈唱文場的少數演員（其中也有名藝人隨燈落場），以村灣的禾場、堂屋為臺，演唱採茶戲小劇目或片斷。

桌臺　用方桌若干張拼成的戲臺，供草臺班、糯米班、家庭班及隨玩燈唱文場者演出。

建國前後的比較固定的古戲臺、禮堂、劇場以及祠堂、酒樓搭的臨時戲臺，也是採茶戲的演出場所。《黃梅採茶戲志》給我們提供了一個較為詳細的名錄。從清光緒至民國年間黃梅縣成堂班子，到建國後新生採茶劇團都曾在這些臺上演出。

　　孔壠萬年臺　建於道光年間，臺址與孔壠關帝廟隔街相對，背依東港，面朝廟門；為樓閣式建築，四角有斗拱。臺寬約六米，長九米，進深五分之三處設有輔柱，柱間砌有山牆與後牆相連，東、西邊各有門通向後臺。前臺三面敞開，1966 年「文化大革命」中拆毀。

　　停前萬年臺　建於道光年間。臺址在停前驛上街東頭聖王廟對面，遺址被停前街鄧姓居民做了房屋。原係宮殿式建築。臺口寬兩丈，後臺有五間民房式建築物連接前臺。中間兩間，供演員化妝更衣。兩邊三間，是演員居住的地方。民國二十年（1931）被國民黨停前區公所拆毀，其木料、磚瓦搬到街東螺山上作堡壘。

　　新開玉皇閣廟臺　臺址在新開街進口壩東玉皇閣右邊，底層是用泥土堆積起來，沒有石木做的臺板，臺頂也是亭閣式建築，1966 年文化大革命期間拆毀，修建時間不詳。

　　小池鎮古戲臺　臺址在今外貿站倉庫中。該臺背東面西，亭閣式建築，它在黃梅縣四個廟臺中，是建築規模較小的一個，建國初期拆毀。

　　下新鎮廟臺　臺址在中灣高廟附近，抗日戰爭中為日軍燒毀。

　　祠祖堂戲臺　臨時戲臺還有在祠堂、祖堂搭的戲臺。清代至民國年間，凡是姓族仕紳出面邀請採茶班唱戲，有在祠堂上廳搭臺、下廳作戲場的習慣。如五祖區的盧府、江河、魯上屋、牌樓灣、藕塘角、桂家畈；西池區的苗竹林、商河，東、西柳大屋；濯港區的胡牌、余世顯；大河區的王楓、李林、余蘇戶；蔡山區的轟福俊、李英等較大的村灣都有一進三幢或兩幢的堂屋，逢年過節，只要經族中德高望重的長者同意，便可在堂屋祖宗牌位前搭戲臺。

　　酒樓戲臺　民國三十七年（1948），以樂柯記、項雅頌為首的樂籬班，將黃梅縣城中的阜康酒樓作戲園，售票演出近兩月。據老藝人回憶：這是繼清光緒初，採茶戲第二次進入黃梅縣城演出。

　　城隍廟戲臺　民國二十八年（1939）中秋節，民國二十九年（1940）和民國三十一年（1942）樂籬班應宿松縣商會之邀，三次在該縣城隍廟中搭臺售票演出。

　　縣人民禮堂　內有舞臺、會場兩個部分。黃梅縣人民政府修建於 1950 年，作縣直機關和全縣性會議會場，也兼作演出、放電影之場所。大眾、新生採茶劇團曾在此演出，座位約八百多個。1974 年，縣政府修建招待所時拆毀，改作花圃。

人民會場　建於 1950 年，場址在黃梅縣城馬號。會場臺寬約三丈，長約五丈，頂上蓋有舊式布瓦，前臺三面敞開，後臺周圍是磚牆，臺東北邊建有後門。1967 年，原黃梅革委會修新場時（在縣招待所的大門口），將舊會場拆掉，遺址在今中共黃梅縣委會宿舍中間。人民、大眾採茶劇團在該會場唱過戲。

區、鄉、村禮堂　1958 年以來，有條件的區鄉村也建了禮堂一百餘所，節假日農村業餘劇團、民間半職業採茶劇團均在此演出。

簡易劇場　1953 年新生採茶劇團成立後，黃梅縣人民政府撥部分資金到劇團，由劇團藝人齊心協力，將原位於東街古塔附近的火神廟和六間民房拆掉，因陋就簡，修建了可容八百五十人的簡易劇場。座位是長約一丈的木板條凳。1960 年縣採茶劇團轉為黃梅戲劇團後，才改建成正式劇場。〔註9〕

在演出場所正規化之前，無論是露臺、棚臺、坡臺、壩臺、船臺、地臺、桌臺還是戲臺、祠堂、酒樓，傳統戲班、劇社皆可因地制宜演出，這樣一個無所不到的範圍，更是學校正規的歷史教育、倫理教育所不可企及。廣大中國城鄉的民眾，即使不識字者，正是在這樣的大學堂中接受歷史教育和道德教育，而中國傳統文化的根基正在演劇的鑼鼓聲中、喝彩聲中默默的扎下。

三、貼近鄉土和民心的草根演藝家

湖北戲劇界有諸多名聲顯赫的藝術大家，如陳伯華、余笑予、沈雲陔等等，和他們比較，城鄉戲班的演員卑微而不值一提，但是，在城鄉民眾心目中，他們卻是貼近鄉土和自己心靈、情感的草根演藝家。

（一）來自民間，回到民間

中國古代有一種制度叫「兵農合一」，其形式是平時是百姓，戰時當兵，戰罷回到田間。鄉間戲班往往也是如此，成員並非固定，有活了，班主一個電話，演員召之即來，來之能演，演畢四散，又回到日常生活。仙桃花鼓戲劇團劉錦團長向筆者介紹說：「草臺班子的演員，往往只是給人打工，比如說老闆今天請我來，兩百三百，我給你唱一唱，走人。然後別的戲班請我，我就去那個戲班。老闆一般是把這個草臺接下來，幾萬塊錢，然後，到處找演員，一個演員一場戲給多少，由老闆自己決定。這臺戲一唱完了之後，演員就全部散夥，下一個草臺，或者另一個地方，他們用的人都不一樣。」

〔註 9〕桂遇秋、黃梅縣文化局，《湖北省地方戲曲研究叢書‧黃梅採茶戲志》〔M〕，
　　　　北京：中國戲劇出版社，1991 年 11 月，第 86～87 頁。

　　天沔花鼓劇團（民營）的團長羅勝波，也對筆者的有關採訪作出回答：

　　項目負責人：請問您團裏的演員是固定的嗎？

　　羅勝波：不是，一般一有場子我們就組建起來。

　　項目負責人：那平時呢，平時他們做什麼？

　　羅勝波：平時他們做活啊，一沒事就來搞這個。

　　項目負責人：哦，那這些演員就是平時自己幹自己的事情，等到有戲了你就把他們招過來。

　　羅勝波：是。

　　這些演員實際上是演藝個體戶。我們在仙桃郭河鎮見到的演員陳雙桃、李豔霞都是這樣的身份：「要是哪裏有唱戲，人家會打電話通知我讓我過來，如果我有空的話，就直接過來了。」我們在郭河當天，李豔霞就接到電話，下午要去潛江演出。而郭河花鼓戲劇團的廖明星團長家裏有池塘養魚還開有餐館。天沔花鼓戲劇團的羅勝波團長的主業是修路和承接工程。提琴戲劇團的團長汪吉剛則是診所醫生。

圖 17

（左圖汪吉剛診所、中圖汪吉剛坐診、右圖診所錦旗）

　　正是因為草臺戲班和民營劇團的演員、組織者來自民間，對民間的生活、語言、感情有最鮮活的體驗，因此，他們的演出，往往能投民間之好，為民眾所熱愛。

（二）「浩水」和「發條」

　　和專業劇團比較，草臺戲班或民營劇團無論在演員陣勢、舞臺布置、燈光服裝以及演技上都遠遠無法企及，但是他們有一個獨到的本領，這就是「浩水」。

　　筆者在郭河調研時曾向郭河劇團的老師們請教。

項目負責人：我一直搞不懂「浩水」這個詞如何理解？

廖明星：這個是我們當地的土話，我們這裡原來路不好走，下雨的時候，池塘的水漫出來了，這樣路就不好走了，人走的時候的要挽起褲腳，從水裏涉過，這個就叫「浩水」。

項目負責人：就是路上漲水了，沒有辦法走路了，這時候把鞋什麼脫掉，把褲子捲起來，赤腳從水裏趟過。

廖明星：是，它的意思就是根據這個劇的劇情，對上韻腳，臨場發揮。這是我們的江湖術語，是我們演員的自我表演方式。

武思凡：也就是沒有正規的劇本。

廖明星：還有一個相應的詞，叫發條。

項目負責人：什麼？

武思凡：這也是我們的術語行話。「發條」就是用一張紙把這個故事的情節寫下來，第一場演什麼劇，什麼樣的情節，然後第二場演什麼，然後具體的內容靠自己去發揮。寫這個條子的就叫「發條師傅」。

項目負責人：那演員很厲害呀。

廖明星：就是這樣的，這就是我們的特色。

武思凡：它不是很正規，就是寫張紙放在那裏，然後出場前去看一下，知道自己每場要表現什麼內容，但是，你的唱詞，你的動作都是你自己臨場發揮的。

項目負責人：那演員肚子裏很有貨啊！

武思凡：能浩水的演員就叫「燈光才子」。「浩水」這個詞可能上不得大雅之堂，但是非常接地氣。

項目負責人：呵呵，今天又知道了三個新的名詞。

廖明星：我們劇團的演員和專業劇團演員的區別就在這裡，如果專業劇團的演員到我們這裡唱戲，我們說一個戲讓他唱，他站在上面就不知道要幹什麼了，因為導演沒有排戲，他不知道，但是我們自己的演員如果通過說戲，知道一個劇情就可以你唱一段我唱一段，把內容展現給觀眾。

項目負責人：這才是跟民眾結合最緊密的戲曲啊。〔註10〕

仙桃花鼓戲劇團的李國標，在接受筆者訪談中也對「浩水」進行了專門介紹。

〔註10〕2019 年 5 月 7 日在郭河的調研訪談記錄。

項目負責人：李老師您好，您能不能給我們介紹一下「浩水」？

李國標：說到「浩水」二字，它是江漢平原的一句生活方言，它本意為人們做事或者走路遇到溝、溪脫鞋、捲褲淌過去，不讓困難所嚇倒的一種動作。後被梨園子弟們所借用，流傳至今，便成了戲曲演出類的一句行業俗語。

項目負責人：「浩水」這個概念有沒有來歷？

李國標：過去每一個戲班，為了養家糊口，挑著行頭（現稱服裝道具）穿鄉演出，每到一個地方演出久了，其腳本（日常演熟了劇目）都演完了，再演已經演過的劇目吧，觀眾就會掉座，戲班就會減收挨餓，俗話說，戲唱三遍沒人看嘛，於是戲班班主想辦法度過難關，便說了句與戲曲無關的話——「浩水」。它是既不讓觀眾明白戲班裏沒腳本的困境，又能讓演員明白繼續演出的兩全之計。我對「浩水」的詮釋是：集文本創作、音樂創作、人物塑造、舞臺呈現同時進行的全過程。它的特點是文本故事新穎，語言通俗易懂，抓住觀眾興趣，多演民間流行、觀眾所熟知而沒行成正式文本的離奇故事。其意義在於增加戲班的創新力，提高演員的人物塑造、聲腔掌控、表演技巧的能力。更重要的是提高上座率，減免轉場頻率。

項目負責人：「浩水」的方法是什麼？

李國標：浩水之前演員要注意幾點。一個是所有演員首先要對故事情節瞭如指掌，什麼是過場戲，什麼是交待戲，什麼是重點戲，尤其是高潮部分（事件高潮和情感高潮），要把戲做足。第二是人物行當要清楚，人物名稱、人物關係要明白。第三是有一定的表演基礎（唱、做、念、打），懂得浩水發頭，熟練聲韻平仄。

項目負責人：請問什麼是浩水發頭？

李國標：浩水發頭就是演員在表演時暗示伴奏員的信號，比如中狀元後出場或要唱導板出場、或快長錘出場再起唱等，伴奏員（樂隊）要心裏有數。

其實，不光是荊州花鼓戲，其他戲種的草臺班子、民營劇團也有這個演出技巧。

《楚劇志》記載，民國時期的楚劇演出「很多連臺本戲只有提綱，臨場由演員即興編詞（即水詞），業內稱為『放水』本子」。[註11] 也有楚劇演員稱之為「活戲」。這就是荊州花鼓戲所謂的「浩水」和「發條」了。

崇陽提琴戲也有「浩水」，但叫「海戲」。崇陽中洲提琴戲藝術團的副團

〔註11〕 李志高，《楚劇志》〔M〕，武漢：湖北科學技術出版社，2015 年，第 7 頁。

長洪波介紹說：「我師父的強項是，假如我們今天到這個地方唱戲，戲都唱完了，還要新戲怎麼辦？他就腦子裏想，心裏想一個劇情出來，戲的架子起來後，就現編角色分下去，自己編詞，只要表達中心內容就可。這樣就可以馬上唱新戲。這是我師父的特長，人們稱他『海戲王』，就是沒有劇本的，臨時發揮的。」〔註12〕

黃梅採茶戲也有「浩水」，和楚劇一樣，也叫「水詞」，或者叫「放水」、「水戲」。《黃梅採茶戲志》解釋說：「水詞和放水」指的是「採茶戲藝人不嚴格按照劇本臺詞演唱，隨便加入一些不三不四的東西和通用臺詞」。〔註13〕徐玉梅的《鄂東民間黃梅戲「水戲」探究》詮釋「水戲」的概念，指所謂「水戲」，是指黃梅戲中只有大致的故事情節，沒有固定的劇本，演出時全憑演員即興發揮的演出劇目或模式，又稱「放水戲」。據徐玉梅從田野調查中得知：蘄春縣春雷黃梅戲班「水戲」譜共有88齣戲；黃梅縣紅葉黃梅戲劇團「水戲」譜共73齣戲；黃梅戲青年藝術團「水戲」譜共有105齣戲。〔註14〕

擁有「浩水」本領的民間戲班，有極強的應變力，每一個演員都能流利地上演十幾個、幾十個劇目，有的甚至上百個劇目。能夠保證戲班有幾十場不重複的戲。

天河花鼓戲劇團的藝人接受筆者採訪時說：

李和平：下午這個戲，他（指劇團演員——筆者注）的角色，有些變動啊。這跟專業有差別，專業劇團派你這個角色，就一年兩年三年四年都是這個角色，那我們呢，今年排了一個角色，下一年如果又唱這個戲，就要你扮另外一個角色。

羅勝波：我們的演員拿起本子就會唱。

李和平：觀眾想怎麼看，我們就能怎麼唱，我們就有這種本領。

演員甲：我們靈活些，他們專業具體刻板些。

與此同時，「浩水」是一種高智力的臨場發揮和臨場配合，這個配合既包括場上的演員之間的默契，也包括演員和樂隊之間的默契。這樣一種草根的創造力和智力，不能不令人欽佩。「浩水」也是一種演員與觀眾的高能量互

〔註12〕2018年6月13日在崇陽對洪波的調研訪談記錄。

〔註13〕桂遇秋、黃梅縣文化局，《湖北省地方戲曲研究叢書・黃梅採茶戲志》〔M〕，北京：中國戲劇出版社，1991年11月，第86～87頁。

〔註14〕徐玉蓮，〈鄂東民間黃梅戲「水戲」探究〉〔J〕，《四川戲劇》，2011年第5期，第74～75頁。

動。當演員「浩水」時，必然擺脫劇本臺詞的桎梏，以民眾所熟悉的內容、情節和語言來加以演繹「發條」指示的劇情，從而與臺下觀眾群的文化趣味高度契合，獲得他們熱烈的回應。武思凡老師稱能浩水的演員是「燈光才子」，事實上，他們是真正的民間演藝家。

（三）演員和觀眾的互動

民營劇團（戲班）以鄉鎮為主要演出場合，以最為草根的民眾為演出對象，以世俗性的娛樂滿足鄉間的精神文化需要。而鄉土的民眾亦給於熱烈的回報。

1. 集資與打彩

為了迎接戲班演出，農村農戶往往採取集資方式。

民國三十二年（公元 1943 年），黃梅縣四圩某村邀請採茶戲班到村上唱戲。當地青年讀書人黃敬孚根據戲班報酬和演出正本、小出、折子戲情況為其撰聯云：

鄉里經濟維艱，為唱茶歌魚曲，願捐銀元二塊，大米一斗；

班子工夫可愛，要樂竹捨茅房，喜看正戲三臺，小出四幀。〔註15〕

另一幅戲聯也記錄了民國年間黃梅縣四圩（現屬陶河鄉）葉家畈村，村民邀班唱採茶戲的情形：

節屆清明，人邀十戶，派東宿西餐，鑼聲響徹葉家畈；

班出梨園，臺高八尺，唱南腔北調，戲文驚醒惡皮塘！〔註16〕

1948 年 10 月 6 日的《漢口導報》對村民集資邀約戲班演出的情形有所報導：

「栽過秧之後，眼看稻子就可收成了。此時農民滿懷著希望，為了感謝上蒼的保佑，於是做起『青苗會』，燒著『平安香』，也就請一個戲班子，在村前廣場上，搭起一座戲臺，唱草臺戲來了。在最初的意義上說，這是為了祀神，但有更高的娛樂性質。在經濟性質上，這種戲完全是『公演』（所謂公演就是不收票，任人觀看，與都市中的戲劇團之所謂『公演』完全不同），其演出費用，完全由附近各家按家產之多寡平等分派，因而觀眾不需付費。」〔註17〕

〔註15〕 莫誠齋，〈黃梅戲楹聯叢話〉（四）〔J〕，《黃梅戲藝術》，1990 年第 Z1 期，第 239～244 頁。

〔註16〕 莫誠齋，〈黃梅戲楹聯叢話〉（一）〔J〕，《黃梅戲藝術》，1987 年第 4 期，第 78 ～79 頁。惡皮塘係當地水塘。

〔註17〕 《草臺戲是大眾化的戲劇》〔N〕，《漢口導報》，1948 年 10 月 6 日。

　　對來演出的藝人，村民招待頗厚。一幅戲聯記廣濟縣鄭公塔下街頭對戲班的接待是：「原花酒，米粉肉，吃飽好來唱戲」。〔註18〕

　　戲班演出唱到高潮時，觀眾紛紛打采。《漢口竹枝詞》描寫道：

　　燈前幻影認成真，熱了當場看戲人。

　　一把散錢丟彩去，草鞋幫是死忠臣。

　　其下自注：俗謂高興曰「熱」，賞識者曰「忠臣」。〔註19〕

　　所謂「草鞋幫」當是與「皮鞋幫」相區別，指的是下層民眾。

　　武漢市楚劇團藝術研究室《楚劇志資料彙編》中記鄉村打彩。「打彩的人大都是鄉間的小商民，打彩的用意約有兩個，一個是可憐劇中人物的遭遇，一個是藉此機會來捧演員」。除了舞臺打彩外，還有「遊街打彩」。「受獎藝人扮成戲妝，或坐轎、或騎馬，敲鑼打鼓遊街，人們為他喝彩，並向他拋投糖果。凡遊街打彩者必是掛銀牌的名藝人」。〔註20〕

　　湖北省戲劇工作室編的《戲劇研究資料》載《南戲情況調查》：來鳳唱戲作興打彩、賞賜。只要哪個藝人在臺上的戲唱好，臺下的觀眾便自動將銅錢往臺上丟、放鞭（叫開門炮、千字鞭），戲唱完後還給唱得好的藝人披掛紅綾子出場，財主分賞錢（名角的收入主要靠賞賜），如川班子演出的時候，有個鹽商陳三老闆（重慶人），製有一銀牌，每天開鑼時掛於臺口，戲完後便將這銀牌賞給在這場戲中唱得最好的藝人。藝人得此銀牌後便可到陳三老闆處換取四百弔錢。〔註21〕

　　文革後，仙桃花鼓戲劇團的胡曼在一篇《荊州花鼓戲劇種建設的情況與今後發展的設想》的發言中，講到農村打采的火熱情節說：天沔一帶的群眾有「打采」的習慣，沔陽縣花鼓戲劇團上演《趕子放羊》，劇中有一場戲——街頭求乞，每場打采少則三、四十元，多則近百元。1986 年 3 月 11 日縣花鼓戲劇團在離縣城三公里的橋檁鄉露天演出，該劇當天打彩竟高達 1930 元。五月

〔註18〕莫誠齋，〈黃梅戲楹聯叢話〉（四）〔J〕，《黃梅戲藝術》，1990 年第 Z1 期，第239～244 頁。

〔註19〕葉調元：《漢口竹枝詞》。楊鐸在《漢劇六十年在武漢》一文中詮釋說：「漢劇戲班的術語，稱熱愛漢劇的觀眾為『忠臣』。」楊鐸本人也被楚劇王若愚稱為漢劇「死忠臣」。

〔註20〕武漢市楚劇團藝術研究室，〈楚劇志資料彙編〉（二冊）〔J〕，《內部刊物》，1985年，第 97 頁。

〔註21〕榮樹傑，〈南劇情況調查〉〔J〕，湖北省戲劇工作室編，《戲劇研究資料》第 12期，1984 年 8 月。

下旬,「十老鄉劇團」在城郊錢溝鄉演出,該劇打彩又高達 1300 元。〔註22〕在當時的物價條件下〔註23〕,一晚上一千多元的打彩,可以說是一筆很大的財富了,相當於一位職工一年多的收入。

2018 年 6 月 11 日晚,筆者在咸寧市崇陽縣白霓鎮白石港觀看中洲提琴戲藝術團的演出,在演出劇目《血濺望夫亭》後,又增演了打鑼腔的民間小戲《小媳婦回娘家》。演出結束後,有觀眾打彩,其中有一位白髮蒼蒼的老太太,打了 30 元的彩。身旁的觀眾何中望對我說:

何中望:這個老人家 80 歲了。

項目負責人:老人家一定有這樣的經歷,知道小媳婦很難。

何中望:她聽到這個有同感,受到感動,就丟錢出來了。

項目負責人:她不是專門來打彩的?

何中望:不是不是。

項目負責人:她就是聽了很感同身受就丟錢?

何中望:是是。

2018 年 6 月 21 日晚,我們在仙桃錢溝觀看仙桃花鼓戲劇團的演出。這天晚上演出的劇目是《李三娘》。演出完也有觀眾打彩。筆者採訪了其中一位大爺:

項目負責人:請問貴姓?

盧進齊:盧進齊。

項目負責人:今年高壽?

〔註22〕胡曼,《荊州花鼓戲劇種建設的情況與今後發展的設想》(油印本,未刊稿)。
〔註23〕1985 年,職工的年平均工資是 1136 元,大學生在校每月伙食費補助 17.5 元,一般工作人員每月伙食費 20 元,市場物價大略情況可見表 6:

表6　1985 年主要農副產品最高限價表　　　　　　　　單位:市斤、元

品　名	規　格	價格	品　名	規　格	價格	品　名	價格
麵粉	上白粉	0.42	鰱魚	2 斤以上	1.40	蘿蔔	0.16
麵條	上白粉	0.48	鯉魚	1 斤以上	2.30	鮮藕	0.32
大米	白米	0.39	草魚	1.5 斤以上	2.30	紅蘿蔔	0.22
菜、棉油	—	1.70	鯿魚	0.8 斤以上	3.00	大蔥	0.40
豬肉	淨案	2.35	大白菜	—	0.25	土豆	0.20
牛肉	淨案	4.70	包菜	—	0.24		

盧進齊：71。

項目負責人：剛才看到您打彩了，請問您一般在什麼情況下會打彩呀？

盧進齊：根據戲劇的情節打彩，比如說劇中的人物逃難啦……

項目負責人：您打彩的時候，心情是怎麼樣子的？

盧進齊：覺得他很可憐，就互幫互助，幫助他一下。

項目負責人：您剛剛打了多少錢呀？

盧進齊：不多，20。

項目負責人：打彩之後你有什麼感受呢？

盧進齊：他們唱的都特別累啊，流汗呀，唱的挺好的，看著他們挺辛苦的。

不管是因為劇情觸動了自己的情感，還是心疼演員辛苦，在打彩的那一刻，觀眾和演員和戲曲是在同呼吸。〔註24〕

2. 供腰臺

湖北地方戲曲各戲種都有「供腰臺」的習俗。

鍾清明的《咸寧地區戲曲史料調查報告》載：演戲的晚上，凡本姓當地之各屋場俱抬一條活豬前來，豬頭要披紅掛彩（無豬的用食物代替），另各戶用一瓷盤裝滿盛食品上蓋紅紙掀上蠟燭，待演到中間「腰臺」（停頓），則鞭炮齊鳴，將豬、食物等一齊送到臺前來。還要比排場闊氣。是夜，場內室外，田畈山間，一片燈火通明，蛇燈火龍絡繹不斷。〔註25〕

《漢劇志》載：漢劇在漢劇在農村或城鎮會館演出，每演到上半本戲完，當地頭人即上臺送禮品和食物。送腰臺有大小之分，小者每天一次，送包子、喜餅、香煙及土特產等；大者每臺送一次（演壽、譜戲另外），送有全豬、全羊、雞，鴨、魚，蛋及一罐酒，禮盒上還擺著彩錢等，同時鳴炮放銃，由當地頭面人物登臺送禮，向戲班師傅們表示慰問。戲班受禮後，「跳加官」表示感謝。送臺的大小，禮品的多少，視戲演出效果的好壞而定。「戲班打響，豬肉

〔註24〕當然，打彩也不盡然是喝彩叫好。「觀眾丟彩錢有幾種出發點，一種是被劇情感動，丟錢時，生怕打了演員，慢慢地丟在臺上。再一種是操邪，有意砸演員。過去用的錢是銅板，特別是一種五十文只當四十文用的『臭母狗』，比較大，就是單個用力砸上去，演員若不將面部護好都要砸破像，而他們還將這種錢四、五個黏住往臺上砸，特別是向演員的臉上砸，而且專砸旦角。高潮時，確實像燕子飛。」（李茂盛，〈演戲習俗〉〔J〕，湖北省戲劇工作室編，《戲劇研究資料》第 16 期，1986 年 3 月）

〔註25〕鍾清明，〈咸寧地區戲曲史料調查報告〉〔J〕，湖北省戲劇工作室編，《戲劇研究資料》第 15 期，1986 年 6 月。

三牲，送給你嘗；戲班（打）不響，包子無肉，餅子無糖。」〔註26〕

《楚劇志》載：農村接戲班演出，若頭天戲唱得好。或接的是名班名角，次日戲唱完三齣（六齣戲為一場），臺下便鞭炮齊鳴，臺上停鑼住鼓，村裏頭面人物及富裕農民一二十人，各自手托裝有肉、酒、煙、糕點、糍粑、油麵等食物的長方形木盤，送上戲臺。臺上由當家花旦行萬福禮頻頻致謝，並由班主及丑角上臺接禮物。此為「送腰臺」。鄰村多派人在臺下打探。待戲班轉至鄰村演出時，其「腰臺」必超過前村，方覺光彩。〔註27〕

「送腰臺」的習俗在湖北農村沿襲至今。2019 年農曆二月初二，孝昌楚劇團在孝感楊店鎮演出，當地觀眾以「送腰臺」的形式慰勞演員。

圖 18　送腰臺現場　　　　　　　圖 19　送腰臺現場

「送腰臺」不僅在案桌上放上各種禮品，而且也有在竹子上用膠帶黏上百元大鈔，遠處看來紅紅綠綠，煞是好看。

筆者在「楚劇一家人」的微信群裏向各位楚劇演員們請教。演員林公子（網名──筆者注）向筆者介紹說：在竹子上面用膠帶黏上百元大鈔，這個「送腰臺」風俗在新洲、黃岡一帶很是流行。

〔註26〕鄧家琪主編；《中國戲曲志·湖北卷》編輯委員會，武漢市文化局編，《漢劇志》〔M〕，北京：中國戲劇出版社，1993 年，第 213～214 頁。

〔註27〕李志高，《楚劇志》〔M〕，武漢：湖北科學技術出版社，2015 年，第 308 頁。

項目負責人：請問，用竹子有什麼講究嗎？

林公子：竹子節節高，又四季常青。

陳柱：有些地方用竹子，有些地方用的刺樹。

林公子：我做學生剛進團的時候，在新洲山區演出，那裏民風彪悍，用帶刺的樹綁上大鈔，臺下的小青年調戲舞臺上演員，把許多演員的手、臉都刺傷了。後來這個習俗慢慢被摒棄，用竹子代替，既不損害演員，又有好的寓意。

華晶：這個「送腰臺」的竹子，也叫花樹，把錢摘下來俗稱「摘花」，意思是有錢花。

無論「送腰臺」採取什麼形式，都寄寓了民間觀眾對戲班演員的感謝和祝福。

3. 演員昵稱

民營戲班和劇團常年在鄉間演出，其中的名角，備受民眾喜愛。

沈山是天沔花鼓戲名演員，「所到之處，不僅觀眾踴躍，有的地方還披紅放鞭炮迎接他去演戲」。〔註28〕江漢平原傳說，京山馬店西有個張家茶棚，那裏的人極愛花鼓子，也特別喜歡沈山的戲。當地一個道士的兒子得了一種怪病，長燒不退，不思飲食，而且常在夢囈中說些胡話，並不止一次的提到：山哥，我要聽你的喇唉喇，我要看你的戲。有時突然驚叫：「媽，快打雞蛋，快燒火，山哥來了，殺雞子他吃。」這一病就是數十天，中西醫看遍，也請了菩薩，就是不見好轉。為了救兒子，道士決定請沈山來唱戲，一來了卻兒子的心願，二來謝神。可事不湊巧，沈山剛散了戲班（那時的戲班是農閒組班唱戲，農忙散班回家務農），演員一時無法湊齊，無奈之下，道士親自到天門用高價請了月活工頂替沈山等人做農活，提前將戲班湊齊。五月初四，沈山一行人來到了張家茶棚，聽到消息，附近鄉民蜂湧而來，道士請人把兒子抬到禾場。只聽的沈山一句「喇……哎……喇」不知是每天吃藥的功效，還是沈山「喇哎喇」的作用，那個孩子居然當時就要吃，要喝，一時間禾場上沸騰起來，道士萬分高興，請人寫了一幅對聯貼在臺上：「害病不用吃方藥（[yó]），要聽沈山的喇哎喇。」這就是沈山「喇哎喇」的來歷。〔註29〕抗日

〔註28〕吳群，〈沈山的花鼓戲生涯〉〔J〕，湖北省戲劇工作室編，《戲劇研究資料》第16期，1986年3月。

〔註29〕「天沔花鼓戲」冠名應學黃梅戲〔EB／OL〕，荊楚網，http://bbs.cnhubei.com/thread-1927141-1-1.html，2010-09-05。

戰爭時期，當地新四軍要宣傳抗日政策召開群眾大會，有人向部隊首長建議說：「沈山的戲唱得好，群眾都喜歡聽他的嘞哎喲，若把他請來唱戲，海報一貼，鑼鼓一響，群眾就自然會來。」領導採納了這一建議，一試，效果很好。於是，李先念的五師所屬部隊，經常借用這一形式宣傳抗日政策，沈山就更出名了。〔註30〕

不僅是沈山，湖北地方戲各劇種的民間藝人，都往往有藝名，藝名往往比本名要響亮，其間寄寓了觀眾對他們的喜愛以及對他們藝術造詣、藝術性格的評價。縱觀各劇種藝人的藝名命名，最主要有如下幾類。

一是以區域知名度命名。如天沔花鼓戲名旦謝春城於1917年領銜花鼓戲班在漢口共和升平樓演出，因技藝精湛，觀眾贈以「賽湖北」藝名，從此，「賽湖北」其名代替了謝春城三字。吳鶴顯以演旦角聞名於天門、潛江、沔陽三縣，遂送藝名「蓋三縣」。黃梅採茶戲藝人余海先是鄂、贛、皖三省毗鄰地區十餘縣的知名旦角。民國八年冬，余海先同吳毛女、許連喜、吳福保、徐長林等到廣濟鄭公塔演出，開始唱《董水賣身》，他扮七仙女；下午唱《白布樓》，他扮蕭玉英；晚上唱《海林洲》，他扮馬金蓮。《海林洲》唱完後，觀眾不走，要求繼續唱。有的老師傅已精疲力竭，不能再唱了，觀眾提出要他唱折子戲。為滿足觀眾要求，余海先接著唱了《吳三保遊春》、《苦媳婦》、《藍橋汲水》等「找戲」，一直唱到天亮。這次演出，當地頭人和戲迷給他掛了銀牌，上書「蓋三縣」（即他的小旦工夫蓋過黃梅、廣濟、蘄春三縣藝人）。從此「蓋三縣」藝名傳開。〔註31〕

一是因旦角演員穿著彩色戲裝在舞臺上走碎步，像雲彩在飄動，以「雲」為名旦之藝名。如天沔花鼓戲名旦程蘭亭在漢川田二河演出《站花牆》，飾丫環春香，其摘花的特技深得觀眾喜愛，當地文人作寫對聯贈送，聯云：「蘭香十里路，亭茗一朵雲」，從此「一朵雲」藝名展翅飛。名旦趙德新1929年受邀在漢川田二河演出《何氏勸姑》，內場唱了一句倒板：「何氏女在娘家……」，音質優美，悅耳動聽，臺下頓時鴉雀無聲。繼之，他左手挽著紅包裹，右手拿著綠雨傘，背身挪步上場，上身輕輕搖擺，兩手指甲輕撫雨傘，神態嬌羞，觀

〔註30〕吳群，〈沈山的花鼓戲生涯〉〔J〕，湖北省戲劇工作室編，《戲劇研究資料》第16期，1986年3月。

〔註31〕桂遇秋、黃梅縣文化局，《湖北省地方戲曲研究叢書·黃梅採茶戲志》〔M〕，北京：中國戲劇出版社，1991年11月，第119頁。

眾大為喝彩，稱他賽過了「一朵雲」，從此，「賽雲霞」就成了他的藝名。天沔花鼓戲名旦劉貴才也是在漢川田二河闖出名頭。他飾演《拷打紅梅》中的紅梅，當演到江氏從他懷裏搶走春寶時，驚恐萬狀，悲痛欲絕，催人淚下，人們說劉貴才演紅梅，比天上的彩雲還要好看，其藝名「賽彩雲」由此而來。其他以「雲」命名的藝名，還有「賽彩雲」、「小雲」、「雲中仙」。

一是以「紅」之藝名。彰顯演員走紅的經歷和影響。如「出世紅」、「落地紅」、「開口紅」、「十三紅」、「十歲紅」、「九歲紅」、「胎裏紅」，皆是指演員走紅時的年齡和經歷。「滿天紅」、「金似紅」、「盛天紅」則是比喻這些演員的影響。

一是以「花」命藝名。如楚劇演員胡桂香藝名「白蓮花」，長相俊美，嗓音清脆，1917 年登臺演出即「轟動孝感半邊天」。當地觀眾編歌謠唱道：「看戲不看白蓮花，心中好像雞爪抓」。此外，如「翠金花」、「白菊花」、「靈芝草」、「小牡丹」、「黑牡丹」、「芙蓉花」等，也都以花卉為藝名。由於早期演出，旦角由男性扮演，這類藝名既顯示了這些旦角演藝高超，嫵媚可愛，也同時滿足了男看女相、女看男扮的性心理，在鄉間特別受歡迎。

一是以「鳳」、「鳥」命藝名，如沔陽花鼓戲女旦第一人段鳳耳（一作姆），八歲從師學戲，天賦聰敏，長相秀麗，嗓音清亮，表演細膩、潑辣，善於領悟刻畫人物性格，尤其擅長演愛情戲。10 多歲即藝名大著，她領班到監利、潛江一帶演唱，轟動一時。段鳳耳的拿手戲有《逃水荒》、《掐菜苔》等。她扮演《掐菜苔》的丫環，連唱帶做，聲情並茂，雙手牽起繫在腰間的長絲帶，在唱到「喥、喥、喥喥依哆哆……」時配合鑼鼓拍節連閃三下，其優美動作如同鳳凰閃翅，被觀眾譽為「真鳳凰」。人們稱讚她「南三（指河南名旦曾三子）北四（指沔陽名旦沈四），趕不上鳳凰閃翅」。與此命名類似的，還有「小鳳凰」、「鳳凰兒」、「賽鳳凰」、「白八哥」、「小鴛鴦」、「渾水鴛鴦」、「紅蝴蝶」。

一是以女性名命男旦。如楚劇演員江秋屏，藝名小寶寶，在漢口法租界共和升平樓演出，戲院將「小寶寶」三字以巨幅金字匾懸掛在門口，以招徠觀眾。楚劇演員傅心一藝名「小玉堂」、楚劇演員章炳炎藝名「小桂芬」，楚劇藝人張玉魂藝名「小春芳」，楚劇演員余文君藝名「筱雙紅」，沔陽花鼓戲汪學洲藝名「小紅」。這些女性化的藝名特別吸引觀眾。

一是以所演角色命藝名。如沔陽花鼓戲著名小生張守山「高腔」「沂水」能唱出喜、怒、哀、樂、憂、思、驚的不同感情與板式，尤以表演《商林歸天》

最為出色，觀眾美譽「活商林」。沔陽花鼓戲李再安有一雙「逼人如劍、釣人如勾」的「電光眼」。被戲劇界稱為「嬌嬌寶」，因擅演《安安送米》，被譽之為「活安安」。沔陽花鼓戲名旦肖作君扮演觀音、秦香蓮，形象生動，活靈活現，被人們頌其為「活觀音」、「活香蓮」。此外，「活山伯」、「活喜頭」、「蓋天寶」、「賽天仙」都是此類。

一是以演技命藝名。如黃梅採茶戲帥師信從光緒初到中期，經常領班到波陽、都昌、浮梁等贛東北各縣演出，也搭上述地區的班子，與當地藝人同臺獻藝。大約在光緒中期，波陽縣有個村組場學戲，派人請他去教場，開始當地的群眾只知道他是名旦，不知他還會唱別的行當、什麼戲最拿手。頭面人物問他：「帥師傅你能唱什麼戲？」帥回答：「不論什麼戲都能唱。」那位頭面人物當即邀請當地採茶戲演員們與他共同唱戲，請他配演《雞血記》中的娃旦桂枝，他雖人到中年，但仍把這個熱愛生活、天真活潑、愛憎分明的少女表演得很生動。接著請他主演《董永賣身》中的七仙女，這是他的本行戲，毫不推辭。又把這個追求個性解放、敢於衝破天規，多情、堅貞、聰明、美麗的七仙女刻畫得栩栩如生，那位頭面人物考了他的旦行，又考生行，點他唱《告經承》中的《打遊四門》，他把張朝宗打抱不平，置個人生死於不顧，與貪官污吏進行堅決鬥爭的形象演得逼真感人。接著又唱小生戲《郭華買胭脂》也很成功。最後他自己主動演了一齣毛子才（組戲）的丑角戲，又很出色。至此，波陽的那位頭面人物對他欽佩不已，同行們為他拍手叫好。授徒之前，那位頭面人物辦了一桌豐盛酒席，請他坐首席，高興地說：「帥師傅，我看你就叫『不論』師傅吧！」「帥不論」的諢名由此而來。荊河戲藝人許天喜以功底紮實、嗓音洪亮著稱，他飾演《玉清觀》中的孫策，出場亮相一聲喝叫，滿堂皆驚，時稱「許天官」，觀眾譽為「黑頭大王」、「活孫策」。又如沔陽花鼓戲名旦李茂盛於1948年在天門城關觀園演出，藝壓群技，當地老文人胡耀庭作對聯贈賀，聯云：「金杯玉盞、瓢器長榮。」橫匾是「膾炙香羹。」胡老先生之意，瓢器樸質，保持自然之美，是金杯玉盞不及的。「香羹」指美食，寓意美好。民眾從「金杯玉盞」中提取「金」，「瓢器長榮」中提取「瓢」，「膾炙香羹」中提取「羹」，譽為「金瓢羹」，從此「金瓢羹」藝名長領戲牌首席。漢劇周玉山腰腿功過硬，人稱「鐵胯子小生」。漢劇譚志道、江子林、詹婆婆擅演富貴婆婆戲，有老旦「三婆」之稱。楚劇陳苟金演武丑文唱戲《北擋馬》，以地道的鄂北方言，俚語說白，應山腔對唱，配以靈活的眼神、敏捷的矮子步，演來俏

皮滑稽，鄉土味濃，因而有「俏皮丑」的藝名，鄂北一帶流傳「吃菜要吃白菜心，看戲要看陳苟金」。楚劇演員余翠雲工花旦，表演身段靈活，目光爍爍，風姿誘人，遂得「妖怪」綽號，早年在葛店搭臺獻藝，一聽「妖怪」出場，觀眾蜂擁而至。沔陽花鼓戲項明倫、廖有昌、邱在魁三人為名噪同時的花旦，因同臺唱「滾臺」競藝，盛況空前，觀眾謠贊「三妖出洞，天震地動」，從此三麼（諧妖）藝名流傳數十年。沔陽花鼓戲的吳鶴顯以「鐵扁擔」的藝名著名，意為花旦、二旦、正旦一肩挑。如沔陽花鼓戲的彭簡兒藝名為「百行通」，意指各行當角色都會演。

　　一是以特長為藝名，如楚劇演員李百川因寫得一手好字，常為武漢店主題寫商號、店號，被人譽為「戲才子」。楚劇演員汪玲陔無論生旦角色皆能，有時還兼演淨、丑，有「潲水缸」之藝名。沔陽花鼓戲李四一戲路寬，記憶力特強，各行當戲文表演均銘記在心，被同行稱為「字紙簍子」。沔陽花鼓戲的陳新苟不僅兼習生、旦、淨、丑各行當，而且廣交秀才舉人，常與他們共同鑽研戲文音韻，深究唱詞字眼，並請文人為他編寫了一批單篇牌子唱詞，豐富了花鼓戲的演唱內容，被譽為「戲夫子」。沔陽花鼓戲鄒大階不僅熟悉花鼓傳統戲，還熟悉漢戲、楚戲劇目，中華人民共和國建國後，口述記錄花鼓傳統劇目甚多，被譽為「百戲肚子」。荊河戲劉明福唱老生兼生角，帶打鈸，人稱「戲簍子」。

　　一是以性格命藝名。如沔陽花鼓戲的吳鶴顯綽號是「下臺苕」。據藝人回憶，吳鶴顯為人忠厚老實，不會講話，語言蠻少，不講穿戴，平時總是農民打扮，他二十歲時，演「醉酒」中的花魁女特別精彩。演出結束後，人們爭著要看這個唱姑娘的相公的模樣，吳鶴顯此時卸了妝，坐在樓梯下休息，圍著的人一看說，「這樣子哪像個唱花魁的，下了臺怎麼像個苕」。〔註32〕「苕」是湖北方言，即紅薯，常常用來形容木楞，不開竅。沔陽花鼓戲的崔松二十餘年教七屆徒弟達一百餘人，知名者六十多個，人們頌揚「崔松教娃娃，真是有辦法」，可是，他平時沉靜少語，被送藝名「四方苕」。

　　一是以外形特徵命藝名。如沔陽花鼓戲的劉伏香、程連安、蔡青枝、程再安四個女演員於建國初期領先剪留短髮，沔陽仙桃的觀眾頓時為他們取了大、小、三、四「四搭毛」的渾名，各有各的崇愛觀眾，只要戲牌上寫出「好

〔註32〕劉德桂口述，〈漫談花鼓戲名旦吳鶴顯〉〔J〕，湖北省戲劇工作室編，《戲劇研究資料》第 16 期，1986 年 3 月。

－189－

消息！今晚四個搭毛齊登臺」，戲園子票房窗口前就會排上長長的隊伍。漢劇嚴少臣，本名張海，因自幼雙目失明，被稱為「瞎子海」。

一是對本名稍加變化。如楚劇演員夏銀秀，藝名夏二姐、夏大娘，又被稱為「真女旦」。鄂東各縣和皖西宿松、豫南商城一帶流傳一首歌謠：「不管忙不忙，也要看看夏大娘。」〔註33〕

湖北地方戲民間藝人的藝名林林總總，並非僅僅限於以上幾大類。其中雖也有戲班班主的操作，但大體上代表了民眾對他們演技的評價和喜愛，這些藝名繪形繪色、維妙維肖，彰顯出戲曲與鄉土文化的重要聯繫。

四、正統與非正統之間

對於專業劇團而言，民營戲班無疑是不正規的，不專業的，非正統的。但是，民營戲班在潛意識中卻並不這樣認為。

2013 年筆者採訪仙桃花鼓戲劇團束小雲〔註34〕，他講述了一個關於荊州花鼓戲起源的傳說。

束小云：為什麼沔陽是花鼓戲的發源地呢？為什麼群眾把花鼓戲搞〔註35〕在沔陽呢？沔陽總是淹水，十年九水。有一句話說：「沙河沔陽州，十年九不收。收一年了，狗子不吃糯米粥。」有一年淹水呢，有兩口箱子蹚到沔陽城。靠在一個坡子上。群眾把它撈起來，把它打開一看，都是戲服，另外一口箱子，都是頭盔。他們說這兩口箱子都這個東西。有這個東西，我們孩子們來組織唱戲。唱戲有服裝嘛，穿彩裝，踩高蹺，唱地花鼓、過年唱年會。慢慢提高了，最後就到鄉里，看看有好多錢、好多米，我給你們唱兩天戲。托平臺，幾個桌子架起來。群眾聽了之後覺得這花鼓戲好聽啊，就拿著這六根柱子，一邊三根，搭起來一個檯子，是這樣發展起來的。

項目負責人：兩個箱子飄過來？這是民間傳說是吧？

束小云：都是這樣說的——箱子飄到沔陽。

〔註33〕 參見《漢劇志》、《楚劇志》、《南劇志》、《黃梅採茶戲志》、《荊河戲史料集》、《郭河文藝》（仙桃市民間文藝協會郭河分會）以及魏澤斌等《荊州花鼓戲八十五藝名》，《戲劇研究資料》，1986 年 3 月，第 16 期；蕭國春：《沔陽花鼓戲藝人藝名拾趣》，《戲劇之家》……

〔註34〕 束小雲，仙桃花鼓戲劇團老藝人，50 年代曾任仙桃花鼓戲劇團副團長，於 2019 年 4 月 3 日逝世。

〔註35〕 「搞」，湖北方言，此字含義眾多，需從上下文中理解，此處意思應為「放、設」。

圖20　採訪仙桃花鼓戲劇團束小雲

　　以「箱子飄到沔陽」之傳說來說明花鼓戲的起源，其中不免有幾分「神授」和「天意」。

　　據沔陽藝人劉天黨保存的《汪家門徒師承譜紅帖》，康熙時，汪源發，五名家小，（因）官府捉拿，「無家可歸，隱姓埋名，入了江湖，總是傳戲，推車花鼓、彩蓮船、唱小曲子、打連廂、瓦子板。傳與兒子汪羊子……」從而成為沔陽花鼓戲的鼻祖。根據這個紅譜記載，這個汪源發會工尺譜，來歷可見不一般。

　　無獨有偶，崇陽提琴戲也有類似記載。戲曲行業崇拜老郎神的老郎神是誰，雖有不同說法，但崇陽提琴戲關於老郎神的傳說別具一格。據說，清康熙年間，皇太后死了心愛的公主，心中憂鬱，於是接戲班來演戲，以解憂悶。太后看戲時，見一男扮的旦角，貌似死去的女兒，便命將這個演員接進後宮同住。康熙認為此事有傷國體，但又不敢直言。不久皇太后亡故，康熙便重責俳優，宣布禁戲。在這次禁戲中，有一個唱花鼓戲的藝人逃到了江西，隱姓埋名，行乞度日。禁戲事過後才回岳陽，由他保留了花鼓戲的部分傳統劇目。這個叫化郎的人便是臨湘琵琴戲（即岳陽花鼓戲）的老郎神。後來花鼓戲流傳著一種習俗，凡江湖叫化，均認作戲班的親人，江湖叫化進戲班，只要將行裝袋往「官店」（藝人住宿處）一擺，藝人就知道是怎麼一回事，稱之為「來客了」並熱情接待三天，甚至更長時間。叫化臨走時，還由藝人集資相送。〔註36〕

〔註36〕饒浩良主編，《崇陽提琴戲劇志》〔M〕，湖北省崇陽縣提琴戲協，2015年，第481頁。

如果將崇陽提琴戲老郎神的這一來歷和沔陽花鼓戲的鼻祖汪源發比較，兩者實在相近。兩人都是因為康熙年間朝廷禁戲而逃亡，兩人都是隱姓埋名，入了江湖。兩人都保留了戲曲的傳統，傳之於後世。這種「巧合」呈現出民營戲班對自身的一種文化構造，這就是為自己建構傳統，建構譜系，建構來歷。

這樣一種文化建構，在漢口梨園界的老郎神祭典上也表現得淋漓盡致。1934 年 6 月 15 日的《戲世界》載漢口梨園界祭祀老郎神的情形：

梨園行中祀神之布置，神位列於淨室，或廳堂之中。外插黑龍旗，上供喜神龕（即後臺供奉之神龕）。其左另有一神龕，中供翼宿星君，即所謂中國之音樂神是也。以黃表紙書立牌位。或加供關帝、財神、靈官以及梨園行之老郎神、清音童子、鼓板郎君等神位。祭祀之前，龕前供饅首五盤、素菜五盤、水果五盤、麵供五盤（麵供係以麵製成雞魚各類之模型）。兩邊並擺設全副小鑾駕，如小模型之旗傘儀等物，及其他之香燭、元寶、冥洋之類。在神之左右，擺之演戲所用之兵器，如關公之青龍偃月刀、二郎神楊戩之三尖兩刃刀、張飛之矛、呂布之戟，上掛黃錢等物。內供有武昌兵馬大元帥之神位，即武行信仰之神。桌案上亦供有各式供品，中橫以一箸。據云，五位武神係每位一份。大概如此之布置，可謂麻煩。

林林總總的布置，諸神的到位，都是在建構自身的合法性、正當性。在這一點上，漢口梨園界與鄉間的天沔花鼓戲、崇陽提琴戲，可謂殊途同歸。

第二節　湖北民營劇團（鄉班）的個案調研

民營劇團（鄉班）在湖北鄉土文化中扮演的角色，使它們實際上成為地方戲曲與鄉土文化互滲的樣本。而更深入的研究，則需要從宏觀轉入微觀，從文獻轉入田野調查。所謂田野調查，就是深入現場，參與當地人的生活，在有一個嚴格定義的空間和時間的範圍內，體驗和記錄人們的日常生活，展示不同文化如何滿足人的普遍的基本需求、社會如何構成。本書在前四個部分，已經大量採用了田野調查材料，本章更以全景式的現場訪談和觀察記錄，記錄湖北民營劇團（鄉班）的日常，並對這些日常進行研究，揭示其間地方戲曲和鄉土文化互滲的內容。為了記錄這些日常，筆者率課題組隨團觀察，現場採訪，從而得到十分珍貴亦不可復現的第一手資料。為了最大限度復原當時的語境，保持訪談材料的鮮活性，筆者對採訪記錄除了在語氣詞上略作處理外，儘量保持訪

談原貌，並對訪談進行理論分析和總結。湖北地方戲曲有 33 個劇種〔註37〕，筆者無法遍及，從中選擇了荊州花鼓戲和崇陽提琴戲兩個劇種作為比照，期望通過對這兩個劇種的民營劇團的組織形態與生存狀態的考察，呈現湖北地方戲曲和鄉土文化互滲的一個重要側面。

一、荊州花鼓戲的源起和早期戲班

　　荊州花鼓戲是流行於湖北江漢平原的地方戲曲，由於最初形成於天門、沔陽（舊稱沔陽州）一帶，包括今仙桃、洪湖、天門及潛江的部分地區，因此被稱為沔陽花鼓戲，1954 年定名天沔花鼓戲，1981 年改稱荊州花鼓戲。

　　沔陽花鼓戲發源地天門、沔陽、潛江、監利一帶因水災頻發，諺云：「沙湖沔陽州，十年九不收」。受災地區的民眾流落他鄉，以高蹺、採蓮船、蚌殼精、三棒鼓、魚鼓、敲碟子和唱小曲等民間說唱藝術賣藝乞生。「據老藝人說，當時沔陽人民在逃荒討乞之時，大都帶一個像大板凳的木架子，或者推著小車，上面放鈸，旁邊掛鑼，腳上還踏一個小鑼，一個人手腳並用，一邊敲打這些樂器，一邊唱小曲小調。」〔註38〕因此，沔陽花鼓戲在當地習稱「推車花鼓」或「架子花鼓」。由於這些藝人穿村過市沿門乞生，因此，沔陽花鼓戲又有「叫花子戲」之稱。

　　荊州花鼓戲的戲班起源於清道光年間。清人傅卓然的《茅江夜話》記載，其時沔陽戴家場有賀四郎組班唱戲。賀家戲班演出時，觀者圍坐，場無虛席，聲譽卓著。陸謹的《陸莊詩稿》稱：「沔北三伶誰曉得，水鄉爭看賀四郎。」這是關於花鼓戲「草臺」演出活動以及花鼓戲名藝人的最早文字記載。到咸豐年間，花鼓戲有了演出專班，而且由穿插在漢戲中間演唱變成專臺演出。大約在咸同年間，花鼓戲發展到「六根杆」（六根柱子，一邊三根，搭起來一個樓子），藝人也在長期的演出中，摸索出「七緊八忙九停當」的規律，即七個人演出因人手太少而緊張，八個人也同樣手忙腳亂，九個人才比較從容停當，由此顯示花鼓戲的演出已再不是三五個人的小規模。

　　咸、同年間，沔陽花鼓戲出現了有傳承譜系的著名演藝門派，即汪、黃、史、賀「四大門頭」。

　　據沔陽藝人劉天黨保存的《汪家門徒師承譜系紅帖》，沔陽花鼓戲汪家門

〔註37〕湖北省文化廳關於報送，〈湖北地方戲曲劇種普查報告〉〔R〕，2017 年 6 月 30 日。
〔註38〕歐棟漢，《荊州花鼓戲的源流與演變》（未刊稿）。

－193－

徒的第一代藝人是汪源發。紅帖記載：明朝成化王末年，「唱戲的（要）滿門殺死」，「汪源發五名家小（因）朝廷捉拿姓汪的人，無家可歸，隱姓埋名，姓王名水發，雖入了江湖，總是傳戲，推車花鼓、採蓮船、唱小曲子、打連廂、瓦子板。」〔註39〕到道光年間，第八代傳人汪春保（1832～1910）傳徒近百，遍及江漢，形成氣勢。汪春寶是沔陽昌家灣人，又名汪十一。汪春保「惰習非業，自幼離家，終年漂泊在外」。他十三歲時師從汪愷，又參師漢調名伶王師傅，主旦角。師傅謝世後，他首創了沔陽花鼓戲汪家門頭，並與鄭東華合作，創作了《江漢圖》、《活思夫》、《仙桃十二景》等一批劇目。汪家門頭創立後，拜師學藝者紛至沓來，如胡正興、賽湖北、賽雲霞、肖作軍、胡順興等荊州花鼓戲名伶，均為汪家門頭傳人。

「史家門頭」的掌門人史望，道光丙午年（1846）生於沔陽南鄉金船灣（今洪湖汊河），秀才出身，因鄉試不第，仕途心灰，結識汪春保戲班後，尊汪為師，習學花鼓。始習旦，後拜漢劇胡師傅為師，改生行，創史家門頭，傳人有戴小德、唐石頭、黃潭園等，以【高腔】、【圻水】劇目為長。

「黃家門頭」創始人黃二生，咸豐癸丑年（1853）生於沔陽回龍灣趙趕河，黃從小愛看「三棒鼓」、「地花鼓」，暗記唱詞，避於田野練唱。其父見狀，將其送往汪春保戲班學戲，工旦，十六歲登臺，後離師獨闢途徑，自創黃家門頭。傳人有劉崇、程蘭亭、鄭坤山等。偏重【四平腔】與小調。

「賀家門頭」創始人賀霞玲，是監利縣三官殿賀家灣人。自幼喜愛花鼓戲成癖，被族中長者斥逐出走，拜沔陽藝人史望為師，習學汪家門頭技藝。其後，見花鼓藝術丑行缺乏，改工丑角，勤學苦練，為觀眾所喜愛，稱其為「賀派」。不少習丑行者前往求藝。傳人有史丙官、賀順、馮年春、王金苟、張守山等。側重於【丑四平】、【圻水腔】和專用小調。

「四大門頭」的創建，對於沔陽花鼓戲的發展和走向成熟有重要影響。2012年4月10日，來自仙桃市周邊縣市的110多位郭河籍的花鼓戲愛好者，在仙桃郭河鎮影劇院舉辦了郭河鎮首屆老郎盛會。當天表演的戲劇曲目為《狸貓換太子》，臺上懸掛「汪、黃、史、賀」四面旗幟，標誌著今天藝人對於前輩開創沔陽花鼓戲功績的敬意和緬懷。

〔註39〕 歐棟漢，〈荊州花鼓戲汪家門徒師傳譜帖珍本微集紀實〉〔J〕，湖北省戲劇工作室編，《戲劇研究資料》第16期，1986年3月；《中國戲劇志》，湖北卷編輯部，《荊州花鼓戲志》〔M〕，1993年，湖北省荊州地區行政公署文化局，中國戲劇出版社，第4頁。

圖21　郭河鎮首屆老郎盛會現場

由於晚清到民國，花鼓戲一直被官方明文禁演，大多數藝人為求生存，不得不與漢劇、楚劇（黃孝花鼓）乃至河南的越調戲組成「三合班」、「二合班」，改唱漢戲或楚戲，或「半臺」（即一半唱漢劇或楚劇，一半唱花鼓戲），俗稱「借屋躲雨」。

中華人民共和國成立後，沔陽花鼓戲重獲新生。

1951 年，沔陽縣政府在沔城召開文藝工作會議，貫徹國家政務院《關於戲曲改革工作的指示》，登記戲曲社團與知名藝人。經縣文教科批准，沔陽花鼓眾多藝人組成四個專業楚劇班（後改為花鼓劇團），劇團名稱為「藝光」、「光復」、「復聯」、「聯合」，這種首尾字相連的「魚咬尾」命名方式，意為「兄弟劇團本一家」，接受沔陽縣文教科行政管理。

1953 年，民間藝人沈山等在全國首屆民間藝術會演中演出了花鼓戲《打連廂》，有關文化主管部門注意到這一節目具有獨特藝術特徵。1954 年，湖北省戲曲改進委員會正式將劇種定名為「天沔花鼓戲」，「藝光」、「復聯」、「聯合」三個楚劇團也都改建為縣級花鼓劇團，成為今日「潛江市實驗花鼓戲劇院」、「天門市荊州花鼓戲劇院」、「仙桃市沔陽花鼓戲劇院」的前身。〔註40〕

「潛江市實驗花鼓戲劇院」、「天門市荊州花鼓戲劇院」、「仙桃市沔陽花鼓戲劇團」均是專業劇團，與它們並存的，是大量民營劇團和民間戲班。《中國戲曲志》（湖北卷）記載，建國初，即有「十餘個自負盈虧的鄉、鎮劇團和眾多的業餘劇團」。據 1979 年統計，業餘劇團約三百個，經常活動的有七千人。〔註41〕1985 年，胡曼在「全國新興劇種及地方小戲發展討論會」上作題

〔註40〕參見中國戲曲志編輯委員會編，《中國戲曲志‧湖北卷》〔M〕，北京：文化藝術出版社，1993 年，第 431、432 頁。

〔註41〕參見中國戲曲志編輯委員會編，《中國戲曲志‧湖北卷》〔M〕，北京：文化藝術出版社，1993 年，第 89 頁。

為「荊州花鼓戲劇種建設的情況及今後發展的設想」的發言，發言中談到當年民間劇團的狀況，稱「半農半藝的鄉劇團數以百計」。「區鎮劇團幾乎每天演出，沔陽縣七個區鎮劇團，去年除自給、上交五千元外，還盈餘三萬元，鄉劇團近年十分活躍，今年以來，沔陽縣農村唱草臺成風，三五里一個臺窩，當地一個『十老』劇團，平均年齡 57 歲，成立三年僅演了三個區、兩個鎮，今年春節起，沿沔陽城周圍連續演出四個月，每人除吃喝外，工資三百元，現仍久演不衰」〔註42〕。他所描述的情境，在江漢平原上可以說是經久不衰。仙桃花鼓戲劇團團長劉錦回憶說，他當年做文化市場管理工作，一個毛嘴鎮就有六十家小舞臺申請辦演出證。除此之外還有不辦證的。仙桃市共有十五個鎮，依毛嘴鎮的情況外推，整個仙桃辦證的小舞臺近千個。2013 年 10 月，筆者在仙桃花鼓戲劇團調研，荊州花鼓戲省級傳承人嚴愛軍估計：「現在仙桃學花鼓戲的人不少，上萬人。從業的人有上萬。」「光小舞臺就一個鎮超過 80 個。」〔註43〕民營劇團（戲班）的狀況可見一斑。與荊州花鼓戲專業劇團比較，民營劇團（戲班）更能呈現荊州花鼓戲在仙桃乃至江漢平原上的活躍程度。

二、天門市文盛花鼓戲劇院調研

天門市文盛花鼓戲劇院是由天沔花鼓劇團和天門黃潭劇團合併而成。筆者曾於 2013 年對天沔花鼓戲劇團進行過採訪，該劇團團長羅勝波可以說是筆者的老朋友了。

（一）創辦與經營

羅勝波是天門市僑鄉開發區快活村四組人，以修路和承接工程為主要職業。羅勝波自幼喜愛花鼓戲，2004 年略有盈利的時候，他一手創辦了天沔花鼓劇團。劇團創辦至今，已有十五年，自負盈虧。

2013 年 10 月筆者採訪羅團長，他對劇團創辦和經營作了介紹。

項目負責人：羅團長，很高興能採訪您，能不能介紹一下您個人情況和組建天沔花鼓戲劇團的經過？

羅勝波：我出生於 1978 年，組建花鼓戲劇團之前，主要從事修路和承接工程。但我業餘愛好戲曲，後來，有了經濟條件了，就開始組團了。

〔註42〕胡曼，《荊州花鼓戲劇種建設的情況及今後發展的設想》（未刊油印稿），1985年。
〔註43〕2013 年 10 月在仙桃花鼓戲劇團的訪談記錄。

項目負責人：您組團大概是什麼時候，家裏支持嗎？

羅勝波：我開始組團是 2003 年，家裏不支持我，偷偷的搞了三四年，家裏才支持。剛開始真的困難，什麼都沒有，又要組織演員，又要場子演出，又要資金來源。但我一個是愛好，二一個是我這個人好強，非要搞，借錢都要把他搞起來，哎，一輩子就是愛這個戲。這一路走來真的經歷了好多風風雨雨，又要組織演員，又要場子，要資金來源。而且，從一個戲迷到當老闆是不容易的，從一個外行來引導內行是相當不容易，我只有小學文化就只有慢慢學。還有各種打擊挫折，受過別人排擠，演員抬班。說的好聽我是為傳承做貢獻，不好聽就是神經病沒好。

項目負責人：呵呵有人說您是神經病啊？

羅勝波：這江湖上你搞得好別人妒忌你，搞不好別人嘲笑你。

項目負責人：您現在還在做工程嗎？

羅勝波：做呀。在天門附近。

項目負責人：是房地產嗎？

羅勝波：修路，土建。

項目負責人：您是有了錢就組建劇團？

羅勝波：也不是說有錢，也是創業創起來的，一開始投資蠻少，別人過年過節買衣服什麼的我們都捨不得買，但是買演出的東西我眼都不眨一下，就是捨得。現在投入蠻多了。

項目負責人：您的戲班子有無固定成員，有多少是固定的，多少是臨時招來的？

羅勝波：我們都是固定的，但是不種地。我們這個班子都是老職工，也有天門劇團的內退員工。

項目負責人：這些演員都來自哪裏呢？

羅勝波：有天門的，也有潛江的，還有沔陽的，實際上蠻多縣市都有，比如漢川的。

項目負責人：平時呢，平時他們做什麼

羅勝波：平時他們做活啊，一沒事就來搞這個。

項目負責人：您們劇團的演出主要是在天門一帶嗎？

羅勝波：不是，天門、仙桃、潛江、京山、應城、漢川、洪湖、監利，我們都會去演。

項目負責人：您一開始辦劇團最大的困難是什麼？

羅勝波：演員都還好，一般一有場子就組建起來了，就是剛開始設備不行，只能專門搭建檯子，後來時代不同了，設備不好不行，又慢慢加入了電子屏、燈光、音響。

項目負責人：你們的演出活動情況怎樣？

羅勝波：我們每年的場子都蠻大蠻多，基本上是從九月份開始，一直唱到來年三四月份，都基本上沒閒著。

項目負責人：當地是不是還有那種蠻小的小草臺戲班？

羅勝波：有的，遍地都是。

項目負責人：您這個劇團就屬於那種專業劇團和小草臺之間？

羅勝波：對對對，半專業半專業。

項目負責人：您搞成這個樣子真不簡單。

羅勝波：是的，我很喜歡這個事業，是我的全部心血。我兒子在讀省藝校，準備畢業後回來參加我的劇團，子承父業發展下去，有接班人。

2019 年 6 月，筆者再次採訪羅勝波，發現天沔花鼓戲劇團和黃潭花鼓劇團合併了，成立了文盛花鼓劇院。和天沔花鼓戲劇團比較起來，黃潭花鼓劇團有更久的歷史淵源。筆者採訪了黃潭花鼓劇團的團長楊文華。

項目負責人：楊團長您好，能不能請您介紹一下您和黃潭花鼓劇團的基本情況？

楊文華：我 1966 年出生，是天門縣黃潭公社廟灣村人。因為我出生時，正好中央發了 516 通知，文化大革命開始，所以我就叫文華。

項目負責人：您是如何開始辦這個劇團的呢？

楊文華：這個劇團是 1953 年就有了，已經有 60 多年的歷史。

項目負責人：60 多年啊？

楊文華：是，從我父親開始搞這個，到現在已經三代。

項目負責人：這個劇團一直都是民營的嗎？

楊文華：是的，一直都是民營的。以前是村劇團。我父親是村幹部，負責這個劇團。後來這個劇團不景氣，於是我來接手。

項目負責人：您哪一年接手的呢？

楊文華：1983 年。當時我在白茅湖棉花采購站上班，在白茅湖和黃潭之間兩地跑，兩年以後我辭職專心帶劇團了。

項目負責人：您剛才說劇團有 60 多年的歷史，那文化大革命期間呢？

楊文華：當時劇團叫毛澤東思想廟灣宣傳隊，後來叫毛澤東思想黃潭宣傳隊。整年在外市、縣、鎮、劇場賣票演出，演員沒有工資，記工分，只有很少的補貼買一些日常生活用品。有很多戲不能唱，有段時間把劇本全部收去燒了，我爺爺把有的折子戲的劇本藏好沒被燒毀。不讓演戲，就在田間勞動時暗暗的小聲唱一下。

項目負責人：您接手以後呢？

楊文華：我接手過來就開始唱草臺，單幹了。當時為了生存而奔波，過年在外沒有吃的，當地好心人給些年貨吃，唱幾場戲後才有所收穫，慢慢地受到歡迎了。到後來還有很多地方搶箱子，就是我們演出的時候，有人會把戲箱搶過去，讓你不得不去唱戲，結果經常搞得有人的地方沒戲箱，有戲箱子的地方沒人，就唱不了戲，要兩邊協商。

項目負責人：那這個是什麼時候的事情？當時你們演出收費買票嗎？

楊文華：當時我們賣的都是一毛五的一張票。

項目負責人：一毛五分錢的票，那是什麼時候？

楊文華：1980 年左右，當時票還分甲級票乙級票，甲級票是兩毛五，乙級票是兩毛。〔註44〕那時候我們沒有車子連手動拖拉機都沒有，不行就用板車拖，到哪裏表演我們基本上都是步行。

項目負責人：哦，步行過去，用板車拖道具。

楊文華：沒有板車就用人挑。後來就用手扶拖拉機，再接下來就用東方紅拖拉機。拖拉機顛簸顛簸，上面坐了蠻多人，我親媽也是一個角也是唱戲的。有一次，拖拉機太過於顛簸，把我媽顛到地下也不知道，一直往前開，結果到了唱戲的地方，找不到人，還是主角。

項目負責人：那是真艱苦。

楊文華：那個時候也沒有話筒，沒有電燈，都是用的煤油燈。

項目負責人：煤油點燈唱戲？

楊文華：這就是從無到有，從弱到強，都是自食其力、自負盈虧。

項目負責人：然後呢？從手動拖拉機到東方紅拖拉機。

楊文華：再接著就是解放牌汽車了。

項目負責人：真不容易。

〔註44〕兩毛：1980 年代的 0.20 元，相當於一張電影票的票價，大約一斤大米的價格。

楊文華：當初我父親搞劇團的時候是最艱辛的時候，到處貸款，我接手後要為父親還貸。

項目負責人：貸款呀？

楊文華：因為要吃飯，要生活呀，上面沒有給補貼。

項目負責人：也就是從村劇團到您父親貸款辦劇團再到您接手？

楊文華：是。當初村劇團的時候不需要辦貸款，打工分，今天賺多少錢就給你打多少分，有的人打了八分，有了打九分、十分。當時的各個劇團都是這樣，每次都是計工分。

項目負責人：記工分我知道，因為我有聽那些家庭劇班也說到這個打工分的事情。

項目負責人：您說您父親負責劇團，媽媽也是演員，那麼您這算不算屬於家庭劇團呢？

楊文華：不是，但是辦這個劇團也是因為我們家有好多人都唱戲。我岳母娘是唱戲的，岳母娘的父親也是的，我們家三代都是唱戲的。我的妻子楊翠紅還是省級荊州花鼓戲非物質文化遺產傳承人，也是劇團裏的業務骨幹。

項目負責人：您一家三代都是唱戲的，愛人唱戲，岳母也唱戲，岳母娘的父親也是唱戲的，所以您就把那個原來的村劇團給接下來了。

楊文華：是，是我父親當初辦下來的，我不能給丟了呀。

項目負責人：您父親唱不唱戲呢？

楊文華：我父親不唱戲，他是村裏的幹部，專門管劇團的事，一直管到他退休為止，管不下去了然後我接手，我的管理方法和他是不一樣的。

項目負責人：怎麼不一樣呢？

楊文華：自負盈虧。比方說，我請演員，根據不同情況定價格，你50他40他60，你來幫我演戲，我付錢給你，願打願挨的事。

項目負責人：也就是唱一次戲就給一次工資，給多少錢？一天多少錢？

楊文華：原來是40塊錢一天，現在有350了，有的拿到七百八百，有的還可以上升到1000塊錢。

項目負責人：一個人就可以拿這麼多錢？過年的時候嗎？就是一天，現在能打到1000了？

楊文華：最高的時候荊門那邊能拿到1500呀。1500最高應該是過年的時候，高峰的時候。平時就是350，最低就是350。

項目負責人：那麼有沒有主角跟配角的區分？包括後面打鼓的？

楊文華：都是一樣的。

項目負責人：您們劇團的演出路線是怎樣的呢？

楊文華：在洪湖我們有幾個地方，是每年都會去的，唱了3、4年了。天門，仙桃，洪湖，監利，是我們去的比較多的地方。潛江我們也去的比較多，就是最近這兩年去的比較少一些。

項目負責人：為什麼去少了呀？

楊文華：演出的價格太低了。

項目負責人：你們劇團也出省嗎？

楊文華：是的，到湖南。

（二）劇團現狀

2018 年 12 月 18 日，羅勝波的天沔花鼓戲劇團和楊文華的黃潭花鼓戲劇團聯合成立了文盛花鼓戲劇院有限公司。羅勝波任劇院院長，楊文華任劇院法人代表。羅勝波出資三十萬，楊文華出資二十萬。合併後的文盛花鼓戲劇院力量強大，有演員 76 人，其中不乏名角。

圖22　天門市文盛花鼓戲劇院主要演員簡介

筆者訪問了天門市文盛花鼓戲劇院的羅勝波團長和楊文華法人代表，圍繞他們的合併，進行了訪談。

項目負責人：請問，為什麼你們合併以後，叫劇院不叫劇團，申報的時候有規定嗎？

楊文華：是的，如果辦院需要達到二十個戲曲家協會會員的才能辦，辦團只要五個就夠了。

項目負責人：你們兩個團合併後，是一個什麼樣的形式？

楊文華：我們的合作是這樣子的，參加匯演啊，或者是搞什麼大型活動，我們一起合作完成。但是平時我們都是各幹各的事。

羅勝波：我們合夥搞，他的那個證沒變，我的證也沒變，然後又辦了一個新證。換句話說，就是他還是管他的劇團，我還是管我的劇團，然後我們合夥共同辦一個劇院。

項目負責人：哦，合併了之後還是各自幹各自的。那麼，演員如何管理呢？

楊文華：還是像以前一樣，我們接到了演出，有了演出任務，就把他們找過來。

項目負責人：那他們排練呢，給不給錢？

楊文華：排練不給錢，因為排的時間不是很長，我們每天抽出一點時間，就可以用來排戲了。比如，我們在廣場上有演出，就一早把演員召集起來，八點多鐘開始排練，排到 11 點多就結束了，然後中午吃完飯就開始演出了。也有一些人不演出，但還是過來參加排練。

項目負責人：哦，那他們排戲願意嗎？

楊文華：願意。就像我們參加會演，就是上面不給錢，我們也要排，是不是？

項目負責人：再請教，你們為什麼要合併呢？

羅勝波：現在天門民營劇團只有我們兩家大一些。合併了之後實力會變得雄厚。

楊文華：是的，我們兩家私營的也就不存在競爭。比如說去年的張港花彩節，一天四個臺唱戲。一個團就接不下來，兩個團聯合在一起，一起接活，一起演出。人員統一分配。這樣，四個臺可以一天同時演。再比如，有個地方跟我簽了一個月的合同，一個月要演 60 場戲，那得多大的劇團呀，但是我們新成立的劇院就可以承擔，既可以唱漁鼓，又會唱花鼓，又可以把電視劇的劇情，搬到戲曲裏面。

項目負責人：什麼是把電視劇的劇情搬到劇情裏？

楊文華：比如，把熱門電影、電視劇改成花鼓戲。去年，我們把電視劇《冬去春來》《家和萬事興》改編成花鼓戲劇目，老百姓很喜歡。

羅勝波：還有這兩年的送戲下鄉，戲曲進校園。

楊文華：參加匯演，參加比賽。

項目負責人：這些都是公益性的吧？

楊文華：是的，都是公益性的，都是免費的。

項目負責人：也就是你們利用你們平時賺錢的時間空檔，為公益排戲、演出？

楊文華：是。

項目負責人：那麼你們為什麼要去參加這些公益演出呢？

楊文華：因為名氣啊！再說近兩年上級領導對我們蠻照顧的，比如說他們給我們十萬，讓我們送戲下鄉。這十萬我們也賺不了錢，只能說是為了賺個名氣。

項目負責人：嗯嗯。

楊文華：還有紅色輕騎兵團〔註45〕下鄉，這個我們都參加。還有就是「中國文化進萬家」，走進鄉村。

項目負責人：都參加嗎？

楊文華：對，都參加。

周老師，參加這麼多活動，那麼政府一年給多少錢？

楊老師，幾萬塊錢。

項目負責人：你們實際上是無償的，義務的，雖然給的錢不多，還是願意去做。

楊文華：是，也不一定說要給錢才過去給幫忙。

項目負責人：你們兩位團長都是蠻厲害的人，把民營劇團經營到這樣的地步，真心敬佩。

合併後的文盛花鼓戲劇院，為天沔花鼓戲劇團的發展提供了新的機遇。2019年筆者見到的羅勝波團長和2013年相比更有底氣。

〔註45〕2017年11月，習近平總書記給內蒙古自治區蘇尼特右旗烏蘭牧騎隊員們回信，勉勵他們繼續扎根基層、服務群眾，努力創作更多接地氣、傳得開、留得下的優秀作品，永遠做草原上的「紅色文藝輕騎兵」。隨後，中共中央宣傳部正式發文，號召廣大文藝工作者學習烏蘭牧騎精神，努力做新時代「紅色文藝輕騎兵」。全國各地積極踐行「紅色文藝輕騎兵」的號召，組織「紅色文藝輕騎兵」深入基層。2018年，原省文化廳共開展荊楚「紅色文藝輕騎兵」文藝惠民演出1萬餘場，惠及近1500萬觀眾。

項目負責人：羅團長您好，2013年採訪過您，謝謝您給予我的支持。6年沒見羅團長了。今天團長沒有演出？

羅勝波：戲班子去監利去了，我還得搞工地。

項目負責人：6年不見，羅團長團裏有什麼變化？

羅勝波：告訴你一個好消息，我們現在有棚子了！

項目負責人：什麼棚子？

羅勝波：觀眾棚。

項目負責人：也就是相當於一個室內劇場嗎？棚子有多大呢？

羅勝波：棚子有300多個平方，熱天空調。

項目負責人：空調哪來呢？

羅勝波：搬來安裝。

項目負責人：那這得多少臺車？

羅勝波：我們都是好幾臺車，去年應城一位姓丁的有錢人家，老人去世，30萬唱五天，先請的楚劇團，楚劇團應付不過來，把我們請過去。我的棚子邊高8米高，中間十幾米，吊車吊起來的，全部裝的空調，根據他們的要求來。還有吊頂。

項目負責人：吊頂是幹什麼的呢？空調怎麼安裝？

羅勝波：吊頂的話，看上去大氣一些。我們的空調都是單體空調，就放在地上。我們去年在洪湖搭觀眾棚，好多人來看，武警都來守衛。

項目負責人：這個棚子是敞開的還是封閉的？

羅勝波：要封閉的話，也可以封閉。

楊文華：冷就把它封起來，不冷就敞著。

項目負責人：每次搭棚子要多長時間？

羅勝波：我們弄吊車吊很快，架子一搭，很快就弄好了。我們現在舞臺都是180個平方。還有LED屏。

項目負責人：LED屏是你們租的還是自己的？

羅勝波：自己的。

楊文華：這是我們去年參加省裏惠民演出時發給我們的一套。

項目負責人：這個棚子最多的時候能夠容納多少人？

楊文華：一萬多人。

項目負責人：記得上次見您，您們團還有演出車。

羅勝波：沒有了，不方便。

項目負責人：為什麼不方便呢？

羅勝波：搭臺不氣派，其他劇團都沒有我們氣派，天門劇院這次搞展演都是用的我的屏，我的屏現在裝在天門劇院。

項目負責人：天門劇院裝你的屏給錢嗎？

羅勝波：別人用就給租金。

項目負責人：租金是多少呢？

羅勝波：天門劇院搞匯演，用了七天給了我一兩萬。但是我們對外的話都是兩百一個平方，我的屏有一百多平方。這是因為劇團展演，我的兒子在劇團上班，順便就幫一下他們。

項目負責人：您現在演一場成本不少啊！

羅勝波：我們一場搭臺就要上萬。

項目負責人：那麼一場收費多少呢？

羅勝波：有時候高，有時候低。如果不搞的話就倒閉了，演藝行業就是這樣。

項目負責人：政府一年給你多少？

羅勝波：三十萬！三十萬給我們也可以了，我們演員還要發工資呀，我們去京山唱，每年唱幾回，都是老百姓自籌的錢請我們唱，都是戲迷。我在鄉里做了個辦公室和倉庫，花了兩百萬，現在設備多了，沒有場所保管不行。

項目負責人：您這些投入都是劇團賺的錢還是您的工程？

羅勝波：工程。

項目負責人：那您是不是主要靠工程來養劇團？還是說劇團已經自負盈虧了？

羅勝波：工程戲曲互相帶動，有時劇團根本不賺錢，工程養活劇團，有時劇團養活工程。

項目負責人：是不是工程賺的錢有可能用於戲曲？然後戲曲認識的人脈又給您介紹工程？

羅勝波：比如祭祖，做工程的都找我，這些老闆賺了錢，我給他唱戲，沒有關係網，沒有實力，人家不找你。

項目負責人：您一年唱多少齣？多少場？

羅勝波：我們每年可以唱6～7個月，從正月初三唱到四月份，按照陰曆

的話我們唱到五月一號。六七八九月演出看預約的情況。再一個就是婚喪嫁娶，從陰曆九月九重陽節，一直唱到過年，沒有休息的。還有慶生的，修廟的，修譜的，在外面一個鎮一個鎮的唱。不過現在演員工資上漲，出去的待遇變高，差不多承受不了。

項目負責人：這都是私人接戲，有沒有公家接？

羅勝波：公家的也有，但不多，就 2 場、3 場。

項目負責人：公家一般是什麼原因接唱呢？

羅勝波：開業，文藝活動，風俗節日唱一下。

筆者於 2013 年、2019 年兩次採訪天沔天沔花鼓戲劇團，其間發生了極大的變化，這些變化也映現出地方戲曲與鄉土文化的變遷。

天沔花鼓戲劇團與黃潭花鼓戲劇團實現了聯合，這種聯合在湖北各地的民營劇團之間是不多見的。

天沔花鼓戲劇團與黃潭花鼓戲劇團的聯合，是一種與諸多鄉間戲班、民間劇團競爭的策略。通過這種聯合，兩個劇團實現了資源共享和有效的市場爭奪，也壯大了自己。天沔花鼓戲劇團從昔日的三四臺演出車到今日的空調觀眾棚，大舞臺，LED 屏，實現了裝備上的前沿配置，這是一個巨大的飛躍。

2013 年筆者採訪天沔花鼓戲劇團，羅勝波團長曾經表示，如果能得到國家支持，我要辦得比專業劇團更好。這一時期的天沔花鼓戲劇團與政府是疏離的。但現在的天沔花鼓戲劇團已經獲得政府的支持，並積極參與到政府組織的戲曲進校園、紅色文藝輕騎兵、中國文化進萬家的活動。這也是一種文化角色的轉型。

新成立的文盛花鼓戲劇院，實際上在演出方式和演出內容上也實現了轉型，從民間花鼓戲劇團轉變成綜合性的演藝團體。這樣的轉型，既是符合政府文化工程的需要，也反映出鄉間文化在欣賞趣味上的變化。

天沔花鼓戲劇團的壯大以及黃潭花鼓戲劇團的長期堅持辦團，也映現出天門、仙桃、洪湖、監利、潛江一帶民眾對花鼓戲有極大的渴求。上個世紀八十年代初期，城裏的電影票 0.20 元一張，而鄉間劇團的演出，也竟然賣到 0.15 到 0.25 元一張，可見鄉間民眾對戲曲的渴求，這個渴求，既是荊州花鼓戲生存的土壤，也是天沔花鼓戲劇團和黃潭花鼓戲劇團的發展動力。

天沔花鼓戲劇團和黃潭花鼓戲劇團的演出路線，也映現出荊州花鼓戲在江漢平原上仍然有旺盛的活力。仙桃花鼓戲劇團的潘愛芳和魯美嬌都曾經說：

「花鼓戲是我們這裡的國戲」，〔註46〕羅勝波說：「那種楚劇和花鼓戲並演的地方現在基本不看楚劇了」，都是我們觀察湖北地方戲曲文化圈的重要參考。

三、仙桃劉修玉一家班劇團調研

採訪時間：2018 年 6 月 21 日

採訪地點：仙桃市

訪談人：項目負責人、李環、黃樹強、楊宇婷

受訪者：劉修玉、王軍

（一）從藝經歷與師承

項目負責人：您好，您是劉修玉先生？

劉修玉：嗯，劉修玉

項目負責人：您是哪里人？

劉修玉：郭河大發村。

項目負責人：您是跟誰學藝的呀？

劉修玉：我的師父去世了，他叫餘石喜。

項目負責人：餘石喜是什麼時候的人？

劉修玉：他跟那個賽雲霞（趙德新），是師兄師弟，同一個老師楊愛軍，80 年代就過世了。

項目負責人：《荊州花鼓戲志》裏面有餘石喜嗎？

劉修玉：有，楊愛軍是晚年教的他，到了六七十歲的時候教的。說是楊愛軍老師的麼徒弟，其實只能是學生。

項目負責人：您當時拜師是怎麼拜的呀？能不能仔細的描述一下？怎麼個拜法呀！

劉修玉：首先，我們搞藝術的有一個祖先老郎王，寫一個老郎王的祖宗牌。然後呢，還有師傅的師兄師弟之類，他這一輩人，就是所謂的師叔，請過來兩邊坐好。先給老郎王拜三下，磕三個頭，上三炷香。然後給師傅磕三個頭，師伯師叔也是一樣。如果是男生的話，一個長板凳鋪著，睡上去後，老師拿戒尺打屁股三下。還要啃板凳頭子。然後，講藝術的道德，從藝首先要有道德，一些戲曲的禮節。比如，臺上演戲，臺下要做人；學藝先學德；戲比天大；演戲天塌下來，也要把戲演完，家裏出了再大的事情，戲沒演完也不能下臺；江湖

是一把傘，只准吃不准攢；救場如救火。比如說我差角，非得要你去。你有現在有很大的事你都要丟掉，要去；你挖我的人，我割你的腳筋。比如鄰邊有一個劇團，暗地裏到你這裡，看你這個角演得蠻紅，就想高價挖過去，按那個時候的規矩，如果抓到了，可以割掉你的後腳筋，沒有罪。還有一些江湖話，就是別人一般不懂的，比方說，吃飯是捉金。

項目負責人：那也在拜師的時候教嗎？

劉修玉：平時教。最後是進餐、敬酒。敬一杯，進一輪。把桌上的老師們敬一輪，給師叔師伯也需要敬酒，師叔師伯們講一些祝福的話。

項目負責人：有沒有如果不聽話不要的情況？

劉修玉：有。跟師父關係處理不好的，或者學生笨的，差些的。師父就會說，我不承認你是我的學生，你不要在這裡了。

項目負責人：您以前拜老師的時候，他是怎麼收的您呢？是您去找的他嗎？

劉修玉：那是 1958 年，我和師傅是一個村的。

項目負責人：那您為什麼會想著去拜他呢？

劉修玉：他在當時就很厲害了。58 年他 54 歲，之前就在唱花鼓戲。沒解放之前就是師父。

項目負責人：他在哪裏唱？

劉修玉：在我們附近，就在我們荊州地區唱。

（二）組團

項目負責人：能請您談一下您組團的情況嗎？

劉修玉：我是 1958 年開始從藝，那個時候 15 歲。以後呢，1964 年以後，古劇不能唱了，不准幹這一行，就沒幹了。一直到毛主席過世以後，77 年 78 年開放，又重新唱戲。開始在仙桃通海口鎮的一個花鼓劇團當演員，有一次到監利縣城關人民劇場演出，演出的劇目是《十三款》，我扮演劉炳元連演八場。監利花鼓戲劇團當時正在排《海峽情》，要參加北京匯演，看我的演技好，用高價把我挖過去。於是，我在監利尺八劇團又工作了一年。一年以後，郭河花鼓戲劇團成立了。郭河就是我們本鎮。

項目負責人：這是哪一年的事情？

劉修玉：1983 年到郭河，郭河開始是鎮辦劇團。然後呢，體制改革，叫承包，私人承包制。我就私人承包了劇團。

項目負責人：私人承包是什麼時候？

劉修玉：80 年代末。88 年還是 89 年。承包了大概兩年。劇團黨委說，我們乾脆把服裝賣給你吧，也就是賣給私人。這個時候允許搞私人劇團。於是，我就開始私人辦劇團，招演員。

項目負責人：您組建劇團投資多少？

劉修玉：那個時候花的錢蠻少的。花了 4000 塊錢。

項目負責人：4000 塊錢買了多少東西？

劉修玉：劇團的東西都給我了。

項目負責人：那就是所有的道具、服裝？

劉修玉：對。

（三）劇團成員

項目負責人：您的劇團演員從哪裏請？

劉修玉：主要是我們一家。

項目負責人：您一家人都唱戲？

劉修玉：我的兒子媳婦也是幹這行，還有侄女，弟弟的女兒。

項目負責人：您也唱嗎？

劉修玉：唱。我們花鼓戲淨角很少，我這個臉型唱淨角不是很好，但是到下面的話，沒有人唱就只能上。我還唱過包公。

項目負責人：您全家都參與嗎？

劉修玉：全家都參與，1990 年全家都參與了。

項目負責人：也就是說 1990 年之前您的家人全部都在學戲和唱戲！1990年後，全家集合到一起辦私人劇團？

劉修玉：對。

項目負責人：那除了家庭成員外，您還招其他人嗎？

劉修玉：差什麼角，就接什麼角，但是主要還是以家里人為主。

表7 劉修玉家族劇團成員一覽表

姓　名	年齡（以 2018 年計算）	行　旦	與家族關係
劉修玉	75（1943）	小生、武生、老生	父親
印守英	72（1946）	服裝、後勤管理	母親
劉志波	42（1976）	丑角	兒子

馮早秀	43（1975）	小生	兒媳婦
劉環珍	40（1978）	旦角	侄女
李華強	40（1978）	武生	外甥
劉烈芝	39（1979）	旦角、奶生	外甥媳婦
劉修榮	72（1946）	管理場面	父親的弟弟

（四）演出活動、演出市場

項目負責人：劇團成立後，演出活動多嗎？

劉修玉：那個時候花鼓戲相當紅火，火的很。民間過搶。這是當地農村的風俗習慣。你的劇團還沒演完。他就把你的戲箱子一下子搞起走了。他說我不是要您東西，我是要您到我那去唱戲。有時候，我和這一處定了活動，另一處卻把我的箱子、服裝給搞跑了。我不能到原先說好的地方去演出，他這一方又會找我扯皮。那幾年相當火爆。

項目負責人：這是什麼時候？

劉修玉：1993、1994年的時候，有一次，我在洪湖演出，剛演完。有一個夥計沒有人唱戲，跑到我這裡找我，我說那不行，當地就已經接了我了，他不管你答應不答應，等我們睡覺以後，一兩點兩三點，他一車把服裝、道具拖走，搞得我們哭不是笑不是。那個時候是怎麼解決的呢！

項目負責人：這種情況您是怎麼解決的呀？

劉修玉：那就是組合成兩個劇團。這邊分一些演員道具，那邊分一些演員道具，兩邊都要應付。

項目負責人：服裝道具怎麼分呢？

劉修玉：也兩邊分呀。那個服裝道具都被他們搶爛了的。不該用的他搶到這邊來了。不過，那個時候的服裝比較多。像這樣的情況在那個時候經常發生。有時我就對來搶的一方說，你是來搶的，我沒有好演員給你，我就給你應付算了，他們也願意。

項目負責人：真是一片紅火。

劉修玉：後來時興搞小舞臺了，小舞臺時賺的工資高一些。

項目負責人：什麼時候的事？

劉修玉：小舞臺的興起應該是1996、1997年，私人接戲的多，比如說兒子結婚。

項目負責人：以前不是這些原因嗎？

劉修玉：以前沒有這個。

項目負責人：以前是什麼原因接戲呢？

劉修玉：以前都是什麼慶豐收！主要是大隊裏，以村、大隊來接戲。

項目負責人：哦，1996 年以前都是以大隊、以村來接戲這種形式！也就是說1996 年之前就沒有小舞臺？

劉修玉：沒有。

項目負責人：96 年之前沒有以自己家庭為單位來請的！

劉修玉：沒有私人請的。

項目負責人：96 年之後就有私人請了？

劉修玉：是。1996 年之前沒有搞小舞臺。到了1996 年後，開始是清唱幾段，人家給十塊錢，五塊錢，分賬。這是小舞臺的雛形。

項目負責人：只是請幾個人來唱？清唱？

劉修玉：對。1997 年開始，有小棚子了。但是呢，那個棚子，沒有臺，就在地上演出，和以前的地花鼓很像，不過，以前的地花鼓沒有棚子。現在這個地花鼓有紅毯，有一個小棚子。1998 年1999 年就開始有臺了。那個舞臺沒有現在的好，是板子和鋼管搭的。沒有現在的高，沒有現在那麼紮實。比較簡易，沒有什麼背景，也不大，最大20 個平方了不起了。一般搭在主家的外面。從2000 年開始瘋狂了。正規劇團的唱大戲開始走下坡路。因為小舞臺的收入高，一天一個晚上都可以搞幾百。起碼最少是300 塊錢。到了旺季，起碼要搞500。甚至搞到大幾百。甚至可以一天搞一千。

王軍：2000 年的時候小舞臺風靡，唱大戲的就開始走下坡路了。

劉修玉：沒有人看了。

項目負責人：您當時主要唱大戲？所以當時小舞臺對您造成了衝擊。

劉修玉：相當大的衝擊。

王軍：對，很多像他這樣的大戲的老闆也是一樣的，甚至慢慢的慢慢的就走向了瓦解。

項目負責人：為什麼您不接小舞臺的戲呢？

劉修玉：也搞過小舞臺，但是請戲的主家超過60 歲都不要了。他希望是年輕人。比如說我去人家演出，你再演的好，因為他不懂戲，他說您請了一個老頭來了。

項目負責人：這個時候您的心情是怎麼樣的呢？

劉修玉：跟隨時代的潮流和時代的變遷，但是當時還是有一點點失落。

劉修玉：那個時候多風光啊，輪到了，還搶箱子。這我還是知道的。現在的演出完全靠關係，全靠關係。不講藝術。比如，這次我請了你，下次你要請我。像還禮那樣，成了一個自然的商業圈。如果我找你的話，我就老保持著跟你的關係，如果我找他的話，就會老保持跟他的關係。有些關係網多一些，有些關係網少一些。

王軍：以前是有藝術的人才有資格當老闆，懂藝術的人才能當老闆。現在就算是一個撿垃圾的，只要接得到戲，隨便都可以當老闆，我願意給你付多少工資就給你付多少工資。演出前後，老闆坐在那，什麼都不管，什麼都不懂，就是幾個演員在搞。就這個舞臺是他的，音響是他的。他把工資一開，其他的錢都是他的。以前如果你不是懂藝術的人，人家都不會理你。老師還教戲。

項目負責人：2000 年以後是這樣？

劉修玉：對。

項目負責人：什麼時候開始您這個一家班就完全解散了？

劉修玉：08 年就基本沒有了。

四、個體演出戶採訪

（一）仙桃市個體演出夫婦調研

採訪時間：2018 年 6 月 20 日

採訪地點：仙桃市

訪談人：項目負責人、李環、黃樹強、楊宇婷

受訪者：薛勇、沈月新、王軍

1. 家庭情況

項目負責人：您怎麼稱呼？

王軍：薛勇。

項目負責人：您是哪一年的？

薛勇：1975 年的。

項目負責人：這位是您夫人？

沈月新：我叫沈月新，我是 1973 年出生的。

項目負責人：您倆都唱戲呀？

王軍：兩口子都唱戲。他唱小生的。他的愛人唱閨門旦。唱小姐的。

項目負責人：您的父母呢？

薛勇：父母是農村的。

項目負責人：您的父母唱戲嗎？

薛勇：受父親的影響。父親原來是唱旦角兒的，反串。所以我經常在家裏聽他唱戲。但是，他那個時候正碰上文化大革命，不讓唱老戲。等到十年過後，戲曲演出恢復，他已經改行學其他手藝了。但他還是很愛好戲曲，經常唱，我們也經常聽。戲曲還是有它的魅力的，還是有味道的。

項目負責人：您爺爺輩也唱戲嗎？

薛勇：不知道。

項目負責人：您小孩多大？

薛勇：18歲。

項目負責人：聽說也在學戲曲？

薛勇：是，5年前，13歲的時候就送過去了。

項目負責人：送到劇團？

薛勇：是，今年畢業。

項目負責人：為什麼想著把她送去學戲呢？

薛勇：小孩愛好，我們也愛好，也有點薰陶。正好碰上劇團招生。到劇團學會學得比較專業，像我們這樣還是草根。如果我們下一代不再唱戲了，草根就沒有了。草根絕跡了。民間藝人也就絕跡了。

2. 師承

項目負責人：您的師父是誰？

薛勇：一個女的，曾娥子，七十幾歲了，她沒有讀過書。但她非常厲害。在我們這一行，有個詞叫「浩（hao）水」。「浩水」就是只要給一個情節，演員就自己去想詞。

項目負責人：你們都是曾老師的學生？

沈月新：我不是。我是趙東漢老師的學生。

項目負責人：那個時候有沒有拜師儀式？

沈月新：請客，敬茶，下跪。

薛勇：我家和他家是親戚。他就說這些孩子跟著我學戲吧。

王軍：這就叫隨恩師，有時候不需要儀式，就是喜歡你，教你，帶著你混江湖。

項目負責人：您是怎麼跟著他學的呢？

薛勇：首先是學唱腔。開始在舞臺上，師傅不會給你大角色，很小的小角色給你，隨著慢慢的成長，逐漸的給你加重在劇中的分量，讓你成為主角。還要教你怎麼「浩水」，教你「浩水」裏面的平仄聲韻，怎樣簡單又明瞭，讓別人又聽得懂。

項目負責人：您有沒有教徒弟呢？

薛勇：現在有誰學這個？我們兩口子的生活都艱難，還會有誰來學？

3. 演出情況

薛勇：原來生存的這個方法是這樣子的，辦草臺。辦劇團，一個劇團演員大概二三十個人，去接場，單獨去做，現在呢，接場子也是我們生存的一部分，還有大部分就是小舞臺，比如說紅白喜事，或者家裏有什麼好事兒。就會請這個地方的花鼓戲來熱鬧一下。過去這個方式叫堂會。這樣演出紅火了幾年。

項目負責人：哪幾年？

王軍：最紅火的還是前五年。主要是紅白喜事。

項目負責人：您今晚去演出的叫什麼劇團？

薛勇：不叫什麼劇團。都是臨時組合。現在沒有固定的班子。除了專業劇團。

項目負責人：那怎麼排練呢？

薛勇：基本上是一種程式化的套路。平時都已經掌握。

項目負責人：是不是演一個完整的劇目？

薛勇：是的，都已經熟悉這個劇本兒了。

項目負責人：都是演的傳統劇？有沒有新編的？

薛勇：新編的不多。

項目負責人：如果東家要求有新穎的戲怎麼辦？

薛勇：可以加場。我們一起商量把角色分下來，然後把情節一講，自己組織語言。然後就可以唱。這就是臨場發揮。不同的角色不同的聲腔。比如說，劇情中我出去打獵，希望能夠打到好的獵物，賣出好價錢，就可以給我的父親買個皮襖。這就要用高腔。進了深山，老虎把我咬傷了，快要死了，我就要唱悲腔。我就不該叫我的哥哥過來，找到醫生治好了，就唱四平，唱十字梅。這都是根據不同情節唱不同腔調。高興的時候唱四平。歡快一點的，還有十字梅。如果很思念一個人就要唱圻水，圻水比較抒情。這些本領，專業劇團的孩

子們都不會。

　　項目負責人：那你們是怎麼學的呀？

　　薛勇：跟民間的老藝人。

　　項目負責人：專業劇團教不教「浩水」？

　　薛勇：不教，不涉及。他們基本都是教基本功，很少跟群眾跟老百姓聯繫上。

　　項目負責人：為什麼專業劇團不學「浩水」呢？

　　薛勇：因為他有編劇，把詞編好了他們照唱，而我們需要自己編自己唱。在專業演技方面，專業劇團的演員功底過硬，表演有人指導，有導演嘛。

　　王軍：他們的唱腔有專業的人寫，而只有唱我們的傳統的東西。

　　沈月新：我們草根在舞臺上唱戲很累，第一，舞臺布景沒有專業劇團的漂亮。他們的樂隊也好。我們沒有好的布景和樂隊，只有用情感打動著觀眾。唱的不好的話，別人就不會喜歡看，所以唱戲的時候更加的吃力。這就是所謂的高手在民間。哎，我們 70 後的基本上就是最後一批。

4. 當前困境

　　項目負責人：為什麼說你們 70 後是最後一批？

　　薛勇：前年下半年開始移風易俗，嚴禁請客送禮，禁止大操大辦，限制擺宴席、請客，結果也連帶了我們。禁止在門口搭舞臺唱戲。地方政府看到有演戲的就會拆臺。有的是當場拆。政府把我們戲曲也一併納入到移風易俗裏面去了。我們的生存空間變得越來越窄。

　　項目負責人：你們現在不唱戲了嗎？幹什麼呢？

　　薛勇：還是唱戲，也還是有人來請，只不過是其他縣市的，要走遠一點。

　　項目負責人：其他縣市為什麼要跑到你們這邊來請？他們那邊沒有嗎？

　　薛勇：我們仙桃的藝人是最多的，仙桃的民間藝人有一千多人。

　　項目負責人：你們有沒有到潛江去演出？

　　薛勇：去。他們也會請我們這些草根藝人。監利、天門、洪湖、潛江、京山全部都是請我們這邊的。

　　項目負責人：他們是如何聯繫的呢？

　　薛勇：電話聯繫的。原來我們不走那麼遠，附近都有做不完的事，現在我們要走很遠。雖然說我們天天有活做，但是很辛苦，比原來辛苦多了。

　　項目負責人：現在的演出頻率高不高？大概一個月能夠唱多少場？

薛勇：原來一個月滿滿的，基本上每天都有，還需要預約排隊。現在是今天做了，明天沒有了。為什麼現在很多一家班子的劇社都已經散了，就是因為生活太難了。雖然要搞藝術，但是得把肚子填飽，這是最基礎的保障。政府的移風易俗並不是搞的不對，但是，也要給民間藝人生存。以前我們每個鎮都有一個劇團，可以養活鎮上的藝人，現在沒有了。以前所有的劇團全部都打滅了。

項目負責人：現在不是開始扶持戲曲了嗎？

薛勇：上面的政策寓意好，底下辦事的不動。

項目負責人：聽說你們鎮正在籌辦花鼓小鎮，好像是全省第一個。

薛勇：就是辦了花鼓小鎮，劇團最多需要四五十人。我們仙桃的民間藝人總共有一千多人。光郭河鎮就有 200 多個人。所以說還是要每個鎮都要辦。起碼能夠解決一部分。民間藝人為了藝術，獻了一生的心血。總還是要給人家一個生存的路。你寫書的時候一定要把這句話帶進去：草根鄉間藝人過了 70 後，後面就絕對沒有了，再去拯救都沒機會了。

（二）郭河鎮個體演出戶調研

採訪時間：2019 年 7 月 3 日

採訪地點：仙桃市郭河鎮

訪談人：項目負責人、李環、黃樹強、孫炎晨

受訪者：李豔霞

項目負責人：李老師您好，能不能介紹一下您家庭的情況？

李豔霞：我是仙桃市郭河鎮人，住址是古河大道 78 號。父母健在。兩個孩子，還有一個爺爺。

項目負責人：能不能介紹您的學藝經歷？

李豔霞：個人學藝的經歷很長，我從小就愛好跳舞和唱歌。從幼兒園開始，一直到五年級，都是文藝委員。記得五年級的時候，去參加藝術節，唱了《紅燈記》裏面的一段，還得了三等獎。上初中的時候我就會唱《站花牆》裏的選段。從小學的時候，我就特愛看花鼓戲。我們那邊有一句俗話，說大人看戲，小孩聞屁。可是只要周邊有戲看，我就跟著大人去看。而且好多大人都看不懂的東西，我都看得懂。然後就給他們講演是些什麼劇情。後來初中三年也是一直喜愛文藝。有時候星期六星期天回家，就會拿一條毛巾，把它綁在手上，當作水袖。本來初中畢業準備去考個技校，後來由於家庭發生變故，沒能

讀成。正好我們那兒有老藝人在招學生，然後就去了，開始了我的花鼓戲生涯。那時候我 14 歲。我爸爸反對，說誰喜歡看戲呀？有人跟在我的後面唱我都不回頭，唱戲能夠養活你自己嗎？可不知道為什麼，我就是想學。

項目負責人：您的師傅是誰？

李豔霞：我的啟蒙師傅叫楊景晨，是一個特別會「浩水」的老師傅。他只是我的啟蒙老師。後來我師承仙桃市花鼓劇團的束小雲老師，學到了老師的經典劇目《思凡》，在外面演出的時候特別受觀眾的歡迎。當時唱戲 30 塊一天，一臺戲唱三天四夜七個戲，工資總共加起來才 100 多。我唱《思凡》，別人點播，出一百塊錢，再唱一個《思凡》，又出一百塊，一個《思凡》唱三遍，就可以掙三百塊錢。感謝我的老師，幫我賺了好多錢。再後來，演唱花鼓戲成了我們的一種求生的本領。

項目負責人：聽說您的先生也是花鼓戲演員。

李豔霞：我老公叫李宏偉，我們讀初中是在一所學校讀的，同年級不同班，後來學戲他是在另外一個地方學的，跟一個姓蔡的師傅，也是鄉班劇團。結婚後我們一直在一起演出，從沒分開過。

項目負責人：你們真是一個花鼓戲家庭。你們的收入情況如何呢？

李豔霞：我們結婚的時候，唱大戲才 30 塊錢一天，一年下來，收入也就幾千塊錢。2000 年的時候開始做小舞臺，那時候 60 到 80 塊錢一天。到 2002 年的時候，就是 120 塊錢。後來做紅白喜事，我們學會在舞臺上唱歌，我老公做婚禮主持。兩個人一年大概可以收入 20 萬左右。我以前從來沒有想過戲曲能滿足我的生計需要。

項目負責人：您平時是如何接戲呢？

李豔霞：一般都是老闆接下活後，叫一個領頭的，比如說今天我領頭，然後我就喊幾個人，需要唱什麼劇目就找能夠唱這些劇目的人。我們的演出根據各地觀眾的各自需求，比如仙桃市這邊的觀眾，比較喜歡悲劇，監利的觀眾比較喜歡喜劇，我們就根據他們的需要演出劇目，也可以根據東家的要求，根據演員的整體素質自己定戲，儘量滿足東家和觀眾的需求。

項目負責人：演出中打彩如何分配？

李豔霞：原來唱大戲的時候，打彩是平均分配的。再後來的話實行承包制，打彩也不分了，都是老闆的。我們得我們自己的演出報酬。演出前先就定好了，一個演員多少錢，演出完後老闆就會把工資發給演員。

項目負責人：現在演出市場怎麼樣？

李豔霞：現在國家狠剎人情風，除了婚喪嫁娶可以請戲以外，其他的演出都控制得很厲害。我們的收入受到很大的衝擊，現在我和老公的收入維持一家五口的開支還是可以應付，以後就難說了，可以說，我們現在是在夾縫中求生存，感覺要迎來一次鄉班劇團的低潮期，一度都想轉行不做這個了。

項目負責人：您一直是演出個體戶，現在加入郭河花鼓戲劇團了，演出多嗎？

李豔霞：我們這個劇團是去年成立的，大家剛開始的時候勁頭十足，很成功地舉辦了一次農民藝術節。但是現在一直都沒有演出任務。雖然我們劇團都是一些業餘演員，但是我們的專業素養還是挺不錯的，演員也非常年輕。

項目負責人：您對花鼓戲的前景如何看待？

李豔霞：現在非遺特別重視花鼓戲，讓我們在黑暗中看到了曙光。對於我們這種非專業的業餘演員來說，我們不敢說去傳承花鼓戲，只能說傳揚。不知不覺我已經從業20多年，其實這個職業是很辛苦的，但是我從來都沒有後悔過。我會繼續做下去，我們呼籲國家能扶持我們，把鄉班劇團辦好、辦長久，讓我們堅定信心走的更遠。讓我們的荊楚「國粹」更加燦爛輝煌走向全中國。

五、調研分析

第一，荊州花鼓戲的演出市場實際上是多元並存。既有如仙桃花鼓戲劇院這樣的專業劇團，也有文盛花鼓戲劇院這樣的民營劇團，還有更多草臺戲班，其中既有劉修玉家庭戲班這樣的以家庭為主的演出單位，也包括薛勇、沈月新夫妻、李豔霞夫妻這樣的演員個體戶。這些民營劇團、草臺戲班以及演出個體戶更多的是一種「自為」的存在。用天沔花鼓戲劇團羅團長的話來說，「扶持也搞，不扶持也搞」。它們不僅成為鄉村生活的一部分，而且成為包括荊州花鼓戲在內的湖北地方戲曲生生不息的基本力量。

第二，荊州花鼓戲民間戲班的生存，與其文化生態有密切關係。這一文化生態有兩大內容：其一、鄉村的節慶與多神信仰是戲班生存的保障，正是這些節慶和酬神的活動，猶如源頭之活水，提供了鄉村戲曲的舞臺，使他們得以生存。其二，鄉村的人際關係是戲班生存的前提。劉修玉的一家班之所以辦不下去，就是因為進不了這樣一個你介紹我、我介紹你的圈子，這個圈子，他稱為「商業圈」，實際上是鄉間的人際網絡。

　　第三，荊州花鼓戲的民間戲班，既是荊州花鼓戲傳播的重要渠道，更是一種謀生方式，演員賴以謀生，組團者賴以盈利。王軍指出，即使拾垃圾的、完全不懂藝術的，只要投資，就可以組織起劇團。正因為如此，民間戲班並不十分追求演出的精湛，演技的講究。對他們來說，演出就是一種掙錢的工作。

　　第四，基於成本的考慮，民間戲班往往除了核心成員，並無固定成員，具有較大的機動性。戲班由戲班主控盤，運作和分配都比較單一和有效。這也是民間戲班生存的機制。而演員個體戶則機動性更強，只要電話來，隨時成為戲班演出的生力軍。

　　第五，民間戲班的生存，既是鄉村生活中不可或缺的內容，也是一部分鄉民的謀生方式，當前反腐，限制擺宴席、請客，也連同搭舞臺唱戲也禁止，「看到有演戲的就會拆臺。有的是當場拆」。收窄了民間社團的生存空間，讓這些劇團、演員不得不在夾縫中求生存，以致他們產生嚴重的危機感，感覺將迎來民間戲班的一個低潮期，從而呼籲國家能扶持鄉班劇團，支持她們把鄉班劇團辦好、辦長久。這些出自內心的呼聲確實值得行政部門斟酌思考。

第三節　崇陽提琴戲民營劇團個案調研

一、崇陽提琴戲的源起及概況

　　提琴戲是流行於鄂東南崇陽、通城一帶的劇種。劇種名稱的由來，其說有三：一說是因伴奏之嗡琴，在琴頭下側千斤處釘一顆釘子，樂師既操甕琴又兼嗩吶，吹奏嗩吶時，將琴上的竹釘掛在樂師的左手拇指虎口處，琴就提起了，故稱提琴戲。又因演出時，操琴者有時站起提著嗡琴抵在腰部拉奏，群眾據其形象而呼之為提琴戲。」〔註47〕一說提琴戲原名琵琴戲，流行於巴陵（岳陽、津市）一帶，「琵」指月琴，「琴」指嗡琴（也就是現在的大筒）。來崇陽後，因農民經濟困難，用不起琵琴，也難以學會，便自製一種類似嗡琴的琴，來代替嗡琴，岳陽的「琵」字語音與崇陽的「提」字語音甚為相近，久而久之，便把「琵琴戲」叫成了「提琴戲」。〔註48〕

〔註47〕湖南省戲曲研究所編，《湖南地方劇種志叢書‧岳陽花鼓戲志》〔M〕，長沙：湖南文藝出版社，1989 年。

〔註48〕中國戲曲志編輯委員會編，《中國戲曲志‧湖北卷》〔M〕，北京：文化藝術出版社，1993 年，第 103 頁。

提琴戲源起湖南，是一個無可爭議的論斷，只不過在落戶崇陽的時間上有不同說法。已崇陽提琴戲的緣起，也說法不一。

湖北省戲劇工作室 1982 年編印的《戲劇研究資料‧湖北地方戲曲劇種專輯》中定福生、郭益非（群）所撰《提琴戲》文稿載：「據老藝人回憶，1885年到 1889 年間，岳陽藝人蔣傳玉、彭瑞生先後率領戲班到通城、崇陽演唱。此後，彭瑞生在崇陽安家落戶，教徒傳藝。」「這是迄今為止掌握的最早的教戲師傅的名單。」這一說法被諸多關於提琴戲的記載沿襲。如 1991 年出版的《崇陽縣志（1840～1985 年）》、1998 年出版的《中國戲曲音樂集成‧湖北卷（下）》，第 1445 頁「提琴戲‧概述」等。

根據 2013 年 6～10 月，《崇陽提琴戲劇志》編修人員的多番實地調查，蔣傳玉實名蔣春保，藝名蔣傳玉，湖南省臨湘縣長安鄉王禾村斛李蔣家人。11 歲隨本鄉大嶺村藝人彭瑞生學唱琵琴戲（即嗡琴戲），並隨彭瑞生到通城、崇陽一帶賣藝。成年前後，學過裁縫。在家鄉與本地李氏結婚，並生有一子。不久，外出到湘鄂贛一帶唱戲賣藝，十數年不歸家。抗戰前夕，在江西省修水縣白嶺境地，與年紀比自己小 20 餘歲、喜歡蔣春保演唱技藝的女士冷小英結婚，生育一女。1939 年後攜妻帶女輾轉崇陽，並落戶青山磨刀，或組班或搭班，在戲劇氛圍濃厚的崇陽境地唱太平戲或儺案戲。民國三十五年（1946）前後，在青山一帶收徒傳藝，頗有聲譽，成為崇陽提琴戲的第一代傳人。1964 年 6 月上旬在石壟大隊教戲期間去世，按照協議，由石壟大隊安埋在石壟口屋後的鳳形山毛屋墩山坡上。2014 年清明節，縣提琴戲協會為蔣春保先生之墓立碑，並舉行了祭祀儀式。據《蔣氏宗譜》載，蔣春保生於光緒壬辰年（1892）六月二十九日亥時。據此，《崇陽提琴戲劇志》指出：所謂「提琴戲真正在崇陽流傳是從 1889 年開始的……由岳陽老藝人蔣傳玉帶了一個戲班子來崇陽、通城一帶」之說是不能成立的，因為此時蔣傳玉（即蔣春保）尚未出生。

關於蔣傳玉帶戲班子來崇陽、通城一帶的時間還有另一種說法，這就是在1902～1903 年間。《崇陽提琴戲劇志》指出，這一說也不準確，因為，此時的蔣傳玉才 10 歲，隨班學戲賣藝應有可能，但由他「帶了一戲班子來崇陽、通城」應屬不能。

對於崇陽提琴戲的源起，《崇陽提琴戲劇志》作了如下描述：1903 年，琵琴戲藝人彭瑞生戲班來崇陽、通城一帶賣戲為業，其戲班叫琵琴戲班，藝人叫琵琴戲藝人。12 歲的蔣春保也跟隨彭瑞生來到崇陽。後來班子散了夥，藝人即分散

在崇陽鄉間落籍、教戲。〔註49〕據此敘述，很容易給人印象，彭瑞生一直在崇陽活動，蔣春寶也自此以後就留在崇陽傳藝。事實上，蔣春寶在12歲跟隨彭瑞生來到崇陽後，並沒有在崇陽定居下來。而是1939年才攜妻帶女，從江西修水輾轉來到崇陽，靠演唱賣藝謀生。〔註50〕換言之，從蔣春寶第一次跟從彭瑞生來到崇陽到1939年定居崇陽，其間相隔36年。這36年間並無持續性活動。

據《崇陽提琴戲》「大事記」，作為崇陽提琴戲第一代藝人的蔣春保在12歲跟隨彭瑞生來到崇陽後，並沒有在崇陽定居下來。等定居崇陽後，面對崇陽眾多喜戲、賀戲、願戲、太平戲的市場，經常邀請臨湘、岳陽藝人孟福昌，通城藝人許國南、吳松林、張關佛、胡金富等人來崇陽組班合作賣藝。蔣春保也在青山就地帶班授徒。這一時期的崇陽境內，漢劇、花鼓戲、提琴戲並存。由於提琴戲藝人在演唱賣藝的過程中，注重當地的風俗習慣和欣賞需求，不斷吸收和創新符合觀眾情趣的戲曲音樂元素，演出中，往往是一段提琴戲的「正調」，與當地一曲「挖山鼓」類似的民歌；一段提琴戲的「一字調」，與當地「哭喪」之類的孝歌，使群眾聽起來親切，唱起來上口，品味起來舒心。再加提琴戲形式非常簡便，只需要很少的演員和樂器，適合農村需要，尤其適合崇陽山區居住分散的地理條件。很快，提琴戲遍及崇陽農村，「其普遍程度有如楚戲在黃陂一樣，幾乎每戶都會唱提琴戲的調子，連小孩都會。」岳陽花鼓戲藝人李耀雄回憶說，他16歲隨師傅吳子凡在崇陽、通城等地學唱提琴戲，演出中，如果唱打鑼腔，場下的觀眾就起哄，鬧得不可開交，連聲叫喊：「不要這個戲，要唱提琴戲。」在這種情況下，岳陽花鼓劇團就換一種方式，把鑼腔改為琴起琴落，中間唱鼓板，後用琴與嗩吶接和腔，觀眾才沒有意見。〔註51〕抗戰末期，回頭鄉副鄉長甘秋補（老鴉村人）接媳婦唱喜戲，開始接的鑼腔花鼓戲，唱《正德王遇飯》，觀眾起哄說花鼓戲不好看。甘鄉長只好接有名氣的蔣春保、周怡生戲班唱提琴戲。結果，觀眾連連喝彩，並要求好戲連臺。於是戲班得以連續演唱。〔註52〕在這樣的氛圍中，提琴戲終於打破漢劇、

〔註49〕饒浩良主編，《崇陽提琴戲劇志》〔M〕，湖北省崇陽縣提琴戲協，2015年，第40頁。

〔註50〕饒浩良主編，《崇陽提琴戲劇志》〔M〕，湖北省崇陽縣提琴戲協，2015年，第3頁。

〔註51〕饒浩良主編，《崇陽提琴戲劇志》〔M〕，湖北省崇陽縣提琴戲協，2015年，第41頁。

〔註52〕饒浩良主編，《崇陽提琴戲劇志》〔M〕，湖北省崇陽縣提琴戲協，2015年，第3頁。

花鼓戲佔據崇陽戲曲市場主流地位的格局，後來居上，成為崇陽地方獨具特色的地方劇種。

二、崇陽提琴戲民營劇團的軌跡

在湖北各劇種的戲劇志中，《崇陽提琴戲劇志》就筆者看來是編得最出色的，志中保存了大量的資料，其詳備性為它志不及，尤其關於民營劇團的活動，內容之豐富，在各志關於戲班劇團的記載中，首屈一指。

依據崇陽提琴戲劇志，崇陽民營劇團經歷了賣藝戲班、業餘劇團、私營劇團三個階段。

（一）賣藝戲班（玩班）

據《崇陽提琴戲劇志》，晚清民國在崇陽境內唱戲的戲班一般採取兩種形式，一種是藝人組班，除了組班者提取一份報酬外，所有演出收入按搭班藝人應得的比例分配。一種是案主組班（案主也稱班主），由案主聘請藝人演出，按規付給報酬。民國年間，崇陽民間唱喜戲、賀戲多為藝人組班；唱儺案戲、太平戲多為案主組班。藝人組班不分季節、時段；案主組班均在正月起班，五月散班，八月起班，臘月散班，其餘時間務農。這一時期比較著名的藝人班有彭瑞生班、李堯林班、蔣春寶班、周怡生班。案主班有龐國瑞班、張木生班。[註53] 值得注意的是，藝人班的班主彭瑞生、李堯林、蔣春寶、周怡生都是湖南臨湘人。而案主班的案主龐國瑞和張木生都是崇陽本地人。前者賣藝為生，後者從中發現商機，不種莊稼，專靠玩班唱案戲為生。而為他們提供廣闊舞臺的，是當地流行的儺案戲。據《崇陽提琴戲劇志》記載：龐國瑞、張木生分任白霓、青山境地的案主，他們「事先聯絡各地唱案戲的場所，聯繫演藝人員組班，通知管箱人員送擔，收取戲金並分給演藝人員報酬」。而蔣春保、周怡生為了方便各地接戲，各自雕刻一個十太公、張太公的神像，放在行頭箱擔之中，每到一地，搬出神像，焚香供奉，即可演唱。[註54] 崇陽地區風俗，儺案戲要開唱一百天，不滿不散場，每年例行數次。而藝人的唱戲收入，每夜戲價為穀三籮（折米二斗五升），外加當天生活用的大米或麵條兩斤、菜油一斤、絲煙 8 兩。在當時的生活條件下，這些待遇是相當優厚的。這樣，藝人班主和

〔註53〕饒浩良主編，《崇陽提琴戲劇志》〔M〕，湖北省崇陽縣提琴戲協，2015 年，第263 頁。

〔註54〕饒浩良主編，《崇陽提琴戲劇志》〔M〕，湖北省崇陽縣提琴戲協，2015 年，第265、483 頁。

案主聯手，以儺案戲為舞臺，在崇陽打開了提琴戲的局面，為提琴戲的發展奠定了基礎。

（二）業餘劇團（1950～1990 年代）

建國初期，崇陽縣各地業餘劇團（或稱為戲班，或稱為戲劇組，或稱為劇團）大量出現。這一時期業餘劇團成立的原則有二，一是「業餘自願」，二是「自我娛樂」。其形式則有多種，或以鄉村大隊為單位，或以姓氏家族為單位，或以村落地段為單位。至 1956 年底，全縣先後建立提琴戲劇團 67 個（含成立時間不長，未登記入表的荊竹、古市、案山、花紅等劇團），1962 年又增加 4 個（蔡墩團山、石城石壁、桂花小源、白霓大白）。

這一時期業餘劇團的辦團經費來自四種渠道。

一是演員個人負擔。如艾家洲劇團，凡進劇團的人員，每人一擔穀的學藝費；灣頭劇團為了湊齊買服裝的費用，有人賣稻穀，有人拿白布，有人捐梓油；南林劇團為了解決傳藝師傅孟福昌全家人的吃喝費用，全團人員在後山開出一塊荒地耕作，用該地的收益解決傳藝師傅的基本生活費用。灌溪山下灣劇團將傳藝師傅從銅鐘坪接到山下灣，由演員幫其耕作、收割分給他的田地，解決傳藝師傅的家庭生活。新塘嶺劇團成立，每個演職人員出一籮穀，一部分買服裝，一部分分脫大米，送到大眼泉供養蔣春保師傅全家的生活。金沙蔭塘成立劇團，演員各從自己山上砍下一方樹出售買服裝。

二是個人捐獻。如 1951 年，銅鐘案山蔣家組建業餘劇團，沒有資金購置服裝道具，飾老生的蔣朝祖將自己山上的松樹砍下出售後解決劇團開辦經費。1954 年，磨刀劇團剛組建，需購置服裝道具，領頭的吳相谷把自己山上的樹砍下來，鋸成板條賣給華陂供銷社建房，解決建團所需服裝經費。1962 年，石壟劇團缺桌屏，領頭人徐秋林把自家的鐵鍋打破當廢鐵賣掉買桌屏。甘伯煉為解決劇團新辦資金困難，賣掉自家口糧，將 700 多元捐給劇團。

三是演員投勞。如 1950 年時，青山境地掀起一股辦提琴戲劇團熱。繼車上張家、艾家洲吳家、南林程家成立劇團後，地處中間地段的常嶺一批年輕人也想組建劇團。領頭的徐佛忠、趙佛送帶著一班演員打赤腳砍窯柴一個月，甚至去挖一個唱儺案戲班主的墳，從中得到班主身上裹的綢布和穿的衣服十數件。劇團人員將綢布和衣服洗淨曬乾，全部派上了用場，又將班主的隨葬品變賣，添置頭飾、龍袍和文武樂器。劇團所需的服裝道具一應俱全。又如甘伯煉為創辦業餘劇團帶領 10 多名演員給別人擔腳、放木排等籌措資金 2000 多元。

1953 年，路口西陵鄉劇團開辦時，劇團演員採取開荒種糧和上山砍樹等方式籌辦購買服裝道具的經費。1956 年灌溪山下灣劇團與婁家嶺劇團因行政區劃變更合併為烏龜石劇團，合作社安排演員投勞，用擔塘泥的方法將上級撥給該社清理「泉塘」污泥的工程款交給劇團添置更新服裝。

四是鄉村集體負擔。如 1950 年石城白驛、方山成立劇團，鄉幹部支持劇團把白驛堰上和廟背山上的樹砍下賣掉，為劇團購置服裝。1953 年，白霓長城成立劇團，農會幹部出面，將公山上的松樹砍下鋸成枕木出賣，為劇團購買服裝道具。1956 年雷駱劇團成立，由互助合作社劃一塊麵積一斗八升的水田給劇團人員耕種，打下的糧食出售後由劇團買服裝道具。1961 年石壟劇團為解決蔣春保師傅的吃喝住行，由大隊集體出大頭，劇團演員出小頭的方式，買下一間房屋供春保師全家居住。〔註 55〕

在演出收費上，50 年代農村業餘劇團在當地演唱太平戲或家門戲都不收費。出外鄉村演唱太平戲或喜戲、賀戲之收取胭脂水粉錢。到縣城演唱，收取一定數額的包場費，由組織演唱的單位支付或國家補貼。60 年代初，劇團演出開始售票。到縣城關鎮每包一場收費 80 元；另售票價按座位分一、二兩等進行售票，每張一等票價為 0.2 元，二等為 0.15 元；劇團在農村（包括公社所在地）每包一場收費 60 元，另售票價一律一角；劇團在學校演唱，中學每包一場 60 元，小學每包一場 40 元，若中小學聯合包場時收費 50 元。一百人以上集體購票時，其票價八折予以優待，對小學生五折予以優待售給。〔註 56〕

這一時期演員的演出，也基本上是盡義務，不要報酬。50 年代，劇團無論唱喜慶戲、太平戲，演出期間僅吃兩次工作餐。只要有人接戲，哪怕耽誤自家的農活，也要保證演出。1960 年，農村三級核算時期，演員白天唱戲，由生產隊記工分，參加集體收益分配晚上唱戲，則不記工分。〔註 57〕

半個世紀後，筆者看到這些記載，心生無限感動。這一時段的人們對戲曲有一種純粹的熱愛，有心甘情願的奉獻，由此也可見戲曲和鄉土文化有何等深刻的聯繫。它是鄉村生活撲不滅的生活熱情，是人們如甘如飴的精神食糧。

〔註 55〕饒浩良主編，《崇陽提琴戲劇志》〔M〕，湖北省崇陽縣提琴戲協，2015 年，第 273～274 頁。

〔註 56〕饒浩良主編，《崇陽提琴戲劇志》〔M〕，湖北省崇陽縣提琴戲協，2015 年，第 275 頁。

〔註 57〕饒浩良主編，《崇陽提琴戲劇志》〔M〕，湖北省崇陽縣提琴戲協，2015 年，第 275 頁。

　　文化大革命時期，業餘劇團或解散或改編為毛澤東思想文藝宣傳隊。但農村有一些大隊文藝宣傳隊將提琴戲的聲腔曲調移植到文藝節目中演唱。〔註58〕正如魯迅所說：「石在，火種是不會滅的」。果然，文革一旦結束，提琴戲劇團又迅速復蘇。1978 年黨的十一屆三中全會後，港口鄉大梅村率先恢復提琴戲演唱。其後，久已沈寂的業餘劇團如雨後春筍，蜂擁出現，至 80 年代中期，恢復和新成立的劇團達 70 個之多，幾乎和文革前的業餘劇團數接近。這些劇團的人員 99%為農民，農忙生產、農閒唱戲，自娛自樂。〔註59〕

（三）民營劇團（90 年代中期至今）

　　1981 年農村實行家庭聯產制，村民的觀念也發生變化，私人劇團開始出現。最早的私人劇團與家庭聯產制相適應，是以家庭人員為主組建的劇團。如青山艾家洲吳大華劇團、青山冷水港廖家劇團、石城王大毛劇團。這些劇團成立之初，得到村民的積極支持。如吳大華家庭劇團，全隊 150 餘人，人平均捐資 1～2 元，解決劇團參加縣調匯演的服裝急需，還是有一種休戚與共的心理和精神。

　　情況的改變發生在 90 年代的後期。市場經濟意識從城市席卷到農村。業餘劇團演員因為演出沒有收入、排戲耽誤工夫逐漸失去參與熱情，越來越多的年輕人外出打工掙錢。儘管不少劇團採取「排練發補助、演戲發工資」，也難以挽回業餘劇團衰落的局面。在此之際，一批看好崇陽演出市場的經營者抓住商機，創辦民營劇團。2014 年，除少數業餘劇團還有演出活動外，大部分鄉村業餘劇團全部歇業或散夥。〔註60〕同年，全縣累計出現私營劇團 20 個。此消彼起，凸顯出鄉村經濟格局和文化格局的大變革。

　　崇陽民營劇團的崛起，較多是繼承業餘劇團的遺產。或者是以交租金的方式，將劇團服裝道具承包；或是以一定的金額，將村辦劇團的全套設備買下，取得劇團設備的所有權，自此從事營利性演出。也有不少劇團是經營者投資創辦。如 2005 年，有長期演藝經歷，並先後在多個劇團擔任過業務團長的王完寶（女）與沈平香，因共同看好提琴戲的市場需求，分別出資 5000 元、8000

〔註58〕饒浩良主編，《崇陽提琴戲劇志》〔M〕，湖北省崇陽縣提琴戲協，2015 年，第
　　　　374 頁。
〔註59〕饒浩良主編，《崇陽提琴戲劇志》〔M〕，湖北省崇陽縣提琴戲協，2015 年，第
　　　　267 頁。
〔註60〕饒浩良主編，《崇陽提琴戲劇志》〔M〕，湖北省崇陽縣提琴戲協，2015 年，第
　　　　267 頁。

元，購置全套服裝道具及臨時戲臺設備，合夥創辦營業性的天城劇團，在全縣範圍內演出。年餘時間後，王完寶收回投資退出。2007 年，王又與提琴戲愛好者、退休老師沈漢屏合夥創辦實驗劇團。2012 年 10 月，為適應演出車的戲劇市場，王又與汪新龍、孫竹亮合夥，每人投資 2.5 萬元購買演出車一輛，添置部分服裝道具，將實驗劇團改為博愛劇團，繼續從事營利性演出活動。2011 年 11 月，年已 6 旬，一生有文藝工作經歷的夏寶菊（女），見近幾年沙坪、石城沒有提琴戲劇團，本鎮一些有演藝特長的人員外流。她看中群眾喜愛提琴戲的市場，一次投資 10 餘萬元，購買一輛演出車及全套服裝道具，組建起營利性的沙坪劇團。還有些劇團，是管理方式發生改變，如路口鎮劇團是 2002 年由鎮文化站站長張芳蘭提議組建，經鎮黨委書記石建新同意，由鎮政府投入部分資金，演員由本鎮有演藝經歷的人員組成，隸屬鎮文化站管理的文化團體。2005 年，創辦人張芳蘭退休，鎮文化站對劇團不再實施管理。此時，多數演職人員要求保留路口劇團這塊招牌，推選原業務團長兼主胡的盧劍英領銜，重新調整演藝人員，使該團成為一個主要從事營利性演出的劇團。〔註61〕

　　民營劇團的劇團團長，是該劇團的發起人，也是劇團的經營人。雖然其中不乏對提琴戲劇事業的熱心，但大多數還是劇團組建和演出作為一個職業和家庭經濟的主要來源。這些經營者，在劇團成立時，是劇團設施設備的主要投資者；劇團經營期間，是組織演藝人員搭班演戲的召集人，也是聯繫演出場次、分配收入和對劇團日常事務負全責的管理者。一般而言，劇團經營者要有比較廣泛的人脈關係，要對當地的民情風俗瞭如指掌，這樣才能為劇團打開演出市場。

　　民營劇團的演員分兩種情況，一種是有主要演員 6～8 人，文場職員 2 人（主胡兼嗩吶、二琴），武場職員 2 人（司鼓、夾手），音響師 1 人，場務負責 1 人（有些劇團為兼職），另有演出車司機 1 人。全團 15 人左右。另一種無固定演職人員。也有固定演職人員超過 15 人以上的劇團。演員工資採取包幹制的方式，工資標準隨市場行情的增長而增長。21 世紀初，劇團每演一場 500 元左右時，演員每場工資 20～30 元；2006 年前後，劇團每場收費 1500 元左右時，演員每場工資 40～60 元；2010 年後，劇團每場收費 2500 元左右時，演員每場工資 100～150 元。經營者分發工資本著多勞多得的原則，分配的依據

〔註61〕饒浩良主編，《崇陽提琴戲劇志》〔M〕，湖北省崇陽縣提琴戲協，2015 年，第 316 頁。

是各人在戲班中發揮作用的大小，主要演職人員的工資高於一般演員。

　　一般而言，為了維持戲班的正常運轉，每個劇團每年至少要演出 100 場次以上，才能維持劇團的生存。經營者想獲得更好的盈利，只能在增加演出場次上下工夫。每場戲價隨市場行情，21 世紀初期，平均每場 500 元左右；中期漲至 1500 元左右；2010 年前後，又漲至 2500 元左右。也有例外，如傳統節日（如中秋節、端午節、春節）期間，劇團或客戶為營造節日氛圍，會動員村民或觀眾自願捐錢或「打彩」，這時，班戲報酬又會稍高些。還有一些經濟條件好或有一定社會地位接戲人願意支付較高的費用。戲價事先有口頭約定，在演出結束後付費，沒有拖欠現象。

　　民營劇團在接請方所在地唱戲，觀眾多由接戲方提供的長條凳或自帶小板凳觀看。演出前，演員通常沒有集體彩排之類的準備活動，長期的舞臺實踐使他們對一些傳統劇目非常熟悉，可以隨時上臺演出。演員們常常在開演前聚在一起商議上什麼劇目，合計一下該劇目的大致情節，在劇目選擇上只要基本符合客戶當天活動的主旨和氣氛即可。比如，接戲方當天是辦壽宴，多上演《龍王慶壽》《三子爭父》等劇目；如果是生小孩或孩子生日、周歲，多選擇《三喜臨門》《觀音送子》《劉秀登基》等劇目。樂隊成員和演員之間的配合已成習慣，演出開始後，演員一張口，樂隊就知道唱的什麼腔調，即可跟隨伴奏。樂隊跟著演員走。

　　提琴戲劇目涉及到的題材很多，其中以民間傳說戲、才子佳人等傳統劇目居多，如《三喜臨門》《掛金牌》《觀音送子》《狀元拜母》《銀牌記》《屋簷滴水》《紫金錘》《帶子尋夫》《啞女淚》《母子淚》《白羅紗》《全家福》《孟江河》《劉秀登基》《平貴回窯》《三寶記》《牙痕記》《孟姜女》等，移植劇目有《鳳中龍》《女附馬》《卷席筒》《雷公報》等。也有少數劇團為擴大演出市場，與崇陽大姓加盟，演出以崇陽歷史名人為題材新創劇目。如實驗劇團演唱《耳環記》，天城劇團演出《汪尚書傳奇》，豔陽劇團演唱《黃廷煜傳奇》等。〔註62〕

三、崇陽中洲提琴戲藝術團調研

　　2018 年 6 月 11 日到 13 日，筆者率領課題組前往崇陽，跟隨崇陽中洲提琴戲藝術團跟蹤採訪。

〔註62〕參見：饒浩良主編，《崇陽提琴戲劇志》〔M〕，湖北省崇陽縣提琴戲協，2015年，第 317～319 頁。

（一）董事長汪吉剛

崇陽中洲提琴戲藝術團成立於 2015 年 8 月，劇團董事長汪吉剛，是崇陽縣天城鎮人。1961 年 8 月出生，大學文化。他十四歲師從舒子航學文習武；十七歲參加武術比賽獲咸寧地區青少年組冠軍，省級青少年組亞軍；二十歲入咸寧醫學院中西結合專業學習，畢業後從事鄉醫執業至今。

1994 年，汪吉剛三十三歲，開始涉足提琴戲文學劇本創作。他的靈感來自他的家族歷史。汪吉剛是明朝進士汪文盛的十四代孫。據縣史記載，汪文盛文武全才，官至明朝嘉靖戶部尚書，在職六年後，受命任安南總督，帶兵征伐倭寇，戰功卓著。凱旋後復任戶部尚書之職。後被姦臣嚴嵩陷害入獄，十餘載後昭雪平反，回鄉為民，以儒學治家。其子汪宗伊，明朝進士及第，先後任縣令、兵部侍郎，前後三次任吏部尚書。汪文盛、汪宗伊父子尚書是崇陽最自豪的地方歷史，至今崇陽縣城出城沿國道往東一公里路旁，還豎立著一座父子雙尚書的牌坊。

汪吉剛在城南三角洲中醫診所坐診接診期間，從老輩人嘴裏聽到關於祖上的故事，閑暇之餘，他查閱汪氏族譜和崇陽縣志，積累了大量關於汪尚書的歷史資料。進而創作提琴戲劇本《汪尚書傳奇》上、中、下三部。2014 年由天城提琴戲劇團排演，並在崇陽縣第九屆提琴戲劇節上公演，先後在周邊鄉鎮演出四十多場次，幾乎場場爆滿。

受到《汪尚書傳奇》劇本創作的鼓舞，2015 年 5 月，54 歲的汪吉剛投資四十餘萬元創辦了中洲提琴戲藝術團，自任董事長。

2019 年 2 月 1 日，筆者第一次見到崇陽中洲提琴戲藝術團投資人汪吉剛。

項目負責人：汪董事長您好，中洲提琴戲藝術團現在非常活躍，名氣也大，您當初為什麼要投資成立這個劇團？

汪吉剛：我投資辦劇團的目的就是看見當時崇陽劇團多，傳授藝術的少，傳統文化沒有真的發展，才組織劇團，聘任縣文化館的導演負責，挖掘精華。

項目負責人：您對劇團發展如何評價？

汪吉剛：三年來成本已收回，劇團在傳承中求發展，自編自創十部經典劇目，深受觀眾喜愛，每年添置設施近十萬，建立評獎制度改革創新，發展情況越來越好，心足矣。

（二）劇團演職員

崇陽中洲提琴戲藝術團現有演職員 20 人。

表 8　崇陽中洲提琴戲藝術團演員簡介表

姓名	年齡	性別	角　色	從業時間（年）	有無師傅	是否當地人	有無其他職業	是否跳班
黃三義	57	男	大筒	40	無	是	無	是
林克文	54	男	電子琴	12	無	是	無	是
施彥幾	40	男	鑼、鈸	3	無	是	無	是
吳煌志	43	男	金班鼓	22	無	是	無	是
吳大華	66	男	嗩吶	54	自學	是	無	是
張李燕	47	女	十雜	29	有	通城人	無	是
李英	44	女	婆旦	20	有	是	無	是
程宗意	38	女	花旦（手下）	21	有	通城人	無	是
鄭定芳	36	女	花旦（奶生）	8	有	是	無	是
吳四皇	55	男	小生、老生	35	有	是	務農	是
楊虹湘	56	女	小生、婆旦、老生	35	有	岳陽人	無	是
洪波	39	男	小生（花臉）	20	有	是	歌手、主持	是
舒琴	38	女	青衣	22	有	通城人	無	是
胡望明	51	男	丑角	19	無	是	無	是
堯美英	41	女	搖旦	22	有	是	無	是
葉雙虎	45	男	字幕、電腦	3		是	無	是
舒爾	32	男	後臺	2		是	無	否
陳正剛	65	男	燈光	3		是	無	是
葉經午	46	男	司機	3		是	無	是
陳付	22	男	學徒	倆個月	有	是	無	是

其團員中，不乏崇陽戲劇界的有名演藝人員。

吳大華是著名大筒演奏家，1952 年 8 月出生，崇陽青山人。自幼眼睛失光，卻天資聰穎，音樂稟賦超群。幼年在家自製胡琴學戲，後師從提琴戲傳人周怡生、吳清漢等主胡師，十二歲登臺擔任後臺主胡師，熟悉提琴戲各種唱腔及大筒、嗩吶演奏技巧，形成清新流暢、婉約淒美的演奏風格，是崇陽傳統提琴戲第四代藝人中的傑出代表。

吳大華不僅是著名大筒演奏家，而且也曾經有過經營家庭劇團的經歷。1983 年 2 月 19 日《人民日報》第二版以「家庭劇團演出忙」為題，報導崇陽

縣華陂公社艾家洲大隊隊員吳大華及其叔父一道辦家庭提琴戲劇團，服務周邊群眾的事蹟。據該報導，吳大華同他的叔叔兩家共有 28 口人，其中能上臺演出的 18 人。〔註63〕因其父和叔叔原是提琴戲劇團的主要演員，弟妹、嫂嫂都是業餘文藝宣傳隊演員。從 1981 年底起，他們借道具、找劇本，白天搞生產，晚上排節目，很快排練了《天仙配》《櫃中緣》等十多個傳統劇目，服務周邊群眾。這個家庭劇團收費低廉，在本村演出，一般不收費，只管飯，在外村演出，多則幾十元，少則幾元。由於演出水平不斷提高，所以接戲的人越來越多。

筆者於 2018 年 6 月 12 日採訪了吳大華。

項目負責人：吳老，您好，聽說您曾經成立過家庭劇團，是什麼時候啊？

吳大華：1979 年到 1983 年。

項目負責人：那就是四年。

吳大華：也不是四年。1983 年遭到了一些阻礙，出現了一些不尋常的事。就停了一下。1992 年，又建起來了。還是家庭劇團。大概是 1999 年，在我們的崇陽縣文藝匯演中得到特等獎。這個大家是都知道的。

項目負責人：您的劇團名稱是什麼？

吳大華：艾家洲劇團。昨天晚上唱老生的，都是我們一家。

項目負責人：你們都是姓吳嗎？

吳大華：對。他們都是我的晚一輩的。

項目負責人：那後來是什麼時候沒有搞了呢？

吳大華：1999 年還是搞，2005 年就把演出服裝給賣掉了。

項目負責人：為什麼賣掉？

吳大華：我的兒媳婦舒琴是家庭劇團的主角，2003 年調到縣劇團去了。那時候我就沒有搞了。以後，我就參加其他劇團。2008 年這個文昌劇團，可以說是我一手創辦起來的，其他的人投資的，08 年 3 月 16 日，我記得這個日子。中洲提琴戲藝術團嘛，我也搞了十幾年。我 12 歲就開始搞文藝了。

2008 年，吳大華和石城鎮個體戶余姐平合作在天城創辦了文昌提琴戲劇團，其模式就是余姐平投資，吳大華主持日常演出事務。在其後的崇陽縣第六屆提琴戲劇節中，文昌提琴戲嶄露頭角，獲得好評。其後，吳大華又應縣提琴

〔註63〕《崇陽提琴戲劇志》記載為兩家共 18 人，其中能上臺的 8 人，和《人民日報》的報導不一。

戲協會邀請，以主胡師身份，參與提琴戲專題系列影碟的製作。2007 年 4 月，吳大華被縣人民政府評為「有突出貢獻民間藝人」稱號。2015 年，中洲提琴戲藝術團成立，汪吉剛聘請他擔任主胡，他加盟中洲提琴戲藝術團，先後隨團伴奏兩百餘場，足跡遍及通城、崇陽、赤壁、溫泉、武漢。

中洲提琴戲藝術團成立時，汪吉剛曾經以《中州劇團》為題，寫下一首《臨江仙》，詞中有「矯健洪波英名顯，才女舒琴冠冕」之語。洪波與舒琴也都是崇陽提琴戲界的名角。

舒琴是崇陽縣青山鎮梧桐村人，1994 年華陂中學畢業。當年在通城縣私人創辦的劇團學唱提琴戲和花鼓戲。1999 年嫁給吳大華之子，成為吳氏家族成員。在吳大華的艾家洲劇團擔任骨幹演員。2008 年和吳大華一起加盟文昌劇團，任青衣主角。在舞臺上主演了一千餘場傳統提琴戲，足跡遍及崇陽和鄰近的湖南岳陽、臨湘；本省的武漢，本地的咸安、赤壁、通山、通城等地。2015 年受汪吉剛之聘，出任中洲提琴戲藝術團業務團長。到中洲提琴戲藝術團後，她與洪波搭檔，聯袂演出的代表劇目有《雙合蓮》、《銀牌記》、《秦香蓮》、《五子緣》、《王強臥冰》、《繡花女傳奇》、《汪尚書傳奇》、《秦雪梅觀花》、《孟姜女》、《西湖借傘》、《薛平貴與王寶釧》、《趙五娘》、《紫金錘》、《皮四英四告》、《淚灑相思淚》、《朱買臣賣柴》、《拾金簪》、《趙霸搶親》、《三女拜壽》等近百部傳統提琴戲。共計演出五百餘場次。2014 年獲評咸寧市首屆「香城泉都文藝獎」。

筆者於 2018 年 6 月訪談了舒琴老師。

項目負責人：舒老師，您好。您在崇陽很有名氣，我們很想知道您是如何開始學藝的？

舒琴：我的家庭是一個很貧窮的農村家庭，爸爸以前是工人。改革開放中，工廠虧損，父親失業，回鄉務農，媽媽雖然是高中畢業，但在窮鄉僻壤難有作為。家有兒女三人，我是老大，為了讓弟妹讀書，我很早就輟學，當媽媽幫手。媽媽是一個業餘宣傳隊演員，因此，我從小到大，受到母親的薰陶，喜愛文藝。我的表哥，姨媽的孩子張李吳是通城縣專業劇團的小生老師，媽媽因為我早早輟學心懷抱歉，我十五歲時，把我送到通城向表哥學戲。在劇團，表哥既是兄長又是嚴師，一字一句言傳身教，成為正式演員後，為了增強演藝，又拜崇陽漢劇國家二級優秀青旦演員吳佳容大師一年。

洪波是咸寧崇陽沙坪人，出生於 1979 年 2 月，從 1998 年開始從事提琴戲

至今二十年。在 2018 年 6 月 11 日的採訪中，他和我們談到他的學藝經過：

洪波：我 18 歲時沒讀書。當時一個地方叫堰市，老師他們玩彩船、龍燈，我也跟著玩。後來，老師通過玩彩船、龍燈集資，買服裝，辦劇團。我媽說你們搞劇團呀，你看我兒子，看他能不能學戲，那個時候我很瘦，也很高，我說我不唱，不去唱戲，我媽說你在家也無所事事，不唱戲幹嗎？你不唱戲可以你去吹嗩吶。我家隔壁有個吹嗩吶的白喜事人在家裏，她老念著就念了我三天，念得我煩死了，然後最後就去了。正月十六我就正式去了。那個時候我們年輕人很多，我們有 20 個，我們劇團，堰市劇團，因為這個地方叫堰市，從那個時候到現在，所有的演員都全部改行了。老前輩都過世了。我唱了整整一年，學了一個月就開始上角色。

項目負責人：您的師父是誰？

洪波：我的啟蒙老師姓方。是湖南岳陽的，我師父的師父姓蔣，也是岳陽的。我主攻小生行當。

項目負責人：您一進劇團就跟著師父嗎？

洪波：剛開始進劇團的時候沒有拜師，那時我不認識我師父。當時師父有個徒弟唱小生，我唱丑角，拍了一些戲之後，發現反了，他更適合丑角，我更適合小生，然後就反過來。那個時候才拜師。

項目負責人：能介紹一下您師父嗎？

洪波：我的師父很厲害，他通江湖，因為他每一個身段都會做，拍什麼戲，用什麼音樂，安什麼調，每個人的身份他都會做，是小生小旦花旦，他都會，還會拉琴啊，全部他都會。

項目負責人：哦，這就叫「通江湖」？

洪波：不僅僅是因為這些，他還會說「黑話」。好像是十八般武藝，他都全，很厲害的角色，而且我師父的強項是，假如我們今天到這個地方唱戲，新戲都唱完了，還要新戲怎麼辦？他就腦子裏想，心裏想一個劇情出來，現編角色分下去，基本劇情都全部可以講出來。這個戲的架子的橋樑就出來了，然後編詞，讓演員自己編，為什麼自己編呢？可以臨時變更臺詞呀。再碰上別的戲，把地點和姓名改一下就可以了，馬上就可以唱新戲。這是我師父的特長，所以叫做「海戲王」。

項目負責人：有沒有您師父的詳細介紹？

洪波：沒有文字記載，他現在已經沒弄了，退休了。在老家。我們偶而打

電話。他以前是巴陵提琴戲劇團，岳陽的。

項目負責人：聽說您妻子也在劇團，是不是同一個師父？

洪波：我跟我老婆不是同一個師父，當時我們不認識，只是在後來在崇陽縣一起唱戲才認識的。

項目負責人：哦，你們真是夫妻演員啊。

洪波：我的妻子叫程宗意，1980年12月生，是崇陽青山鎮人也從事提琴戲至今二十年了，主攻青衣！我們戲曲結緣配夫妻！將青春給予了戲曲！以後我們會唱到退休為止！

洪波不僅是一位青年提琴戲藝術家，而且還是一位有名的歌手，在崇陽屢屢得獎。2015年，洪波加盟於中洲提琴戲藝術團，和舒琴一起擔任業務團長。採訪那天，我們看到洪波和導演因為用一個學徒上舞臺發生意見分歧。

項目負責人：剛看到您和導演發生意見分歧，是為什麼事？

洪波：下午安排一位學徒上臺，想讓他鍛鍊鍛鍊這個角色。結果效果不是太好。

項目負責人：我覺得還可以呀。

洪波：演得不算很好。嗯，導演責怪我。選角不當。我的想法就是學徒這麼久了，也應該分個角色讓他鍛鍊。

項目負責人：每次分配角色都是您分配嗎？

洪波：我是專門管這個的。專門管角色分配。我專門管唱什麼戲，角色分配。

來到中洲提琴戲藝術團後，洪波與舒琴搭檔聯袂演出了《雙合蓮》、《秦雪梅觀花》、《西湖借傘》、《汪尚書傳奇》等膾炙人口的提琴戲，名氣更大。

此外，中洲提琴戲藝術團還有全能戲人吳四煌及張李燕、程宗意等名角加盟，聘請指導過央視大戲《雙合蓮》的縣文化館幹部黃三義為導演。因此，中洲提琴戲團很快火遍縣城，周邊縣市也戲約不斷。在崇陽第十屆提琴戲劇節中，中州和文昌等7個提琴戲劇團獲評優秀一等劇團，洪波、舒琴等26名獲評優秀演員，吳大華獲評優秀提琴演奏師。這都是中洲提琴戲藝術團的實力所在。

中州劇團雖然擁有一批出色演員，但是，這些演職員有一定的流動性。洪波解釋說：

洪波：我們有一種行走江湖的班規。就是我們的演員。會唱花鼓戲，也會

唱提琴戲。今天我不在這個劇團裏面，到湖南某個劇團去唱，都可以跟他們一起唱戲。也就是這個演員在這個劇團唱，但不是說完全屬於這個劇團。就像這位師傅，她就是湖南人。她也是屬於走江湖的。所以到我們這邊也可以唱。

項目負責人：是不是就是說在這邊唱一段時間然後又回去湖南？。

洪波：那就不是了。她家在通城嘛！安家在這裡。所以工作生活都在這邊。

項目負責人：你的意思是說，不管他是哪里人，他都可以在這邊唱戲。

洪波：對對。

項目負責人：就是不排斥別的地方的人。

洪波：這就是說，融合到我們這個劇團一起來演出。

這種流動性也賦予劇團活力。

（三）劇團的日常

2018 年 6 月 11 日～6 月 13 日，筆者帶領調研小組，跟隨崇陽中洲提琴戲藝術團，對他們的演出進行抵近觀察。劇團演員的一天作息表如下：

表 9　演員一天作息表

春夏季度	時　間	備　註
	8：00	起床，出發到達目的地。
	10：00	搭建戲臺，演員準備。
	15：30～17：00	下午演出時間。
	20：00～23：00	晚上演出時間。
	23：00	演出結束。
秋冬季度	時　間	備　註
	8：00	起床，出發到達目的地。
	10：00	搭建戲臺，演員準備。
	14：00～16：00	下午演出時間。
	19：00～22：00	晚上演出時間。
	22：10	演出結束。

6 月 11 日上午 11：30 我們到達崇陽縣白霓鎮白石港，那天崇陽中洲提琴戲藝術團在這裡有一天演出，演出「太平戲」慶祝大王的生日，據主家回憶，「大王」是族上確實存在的人，保護地方平安穩定，後人為紀念他，委託龔敏惠（52 歲女）聘請戲團前來演出一天。下午和晚上共兩場，並負責劇團的午

餐晚餐，包含煙、點心，費用總共五千左右。費用由兩個隊兩百多戶共同承擔，一般 50 或 100 左右，但秉承自願出資的原則，也有的農戶沒有出資。

我們到演出地點時，已近中午，舞臺皆已布置完畢。

11：55：午飯。

12：40：演員在堂屋化妝，提前將戲曲妝畫好，然後午休。

15：15：演出開場，劇目《喜榮規》。

演員：楊虹湘飾趙平玉，程宗意飾跑龍套，張李燕飾崔繼宛，吳四皇飾考試官，趙天覺堯美英飾岳母姚氏，陳付飾跑龍套。

16：25：演出結束。藝員聚在一起討論接下來晚上的劇目該怎麼演的問題。

17：34：汪吉剛董事長到現場。

18：35：晚餐，確定晚上劇目是《血濺望夫亭》，曲調：西湖調、哀調、倒板、哀調等。

19：50：演出開始。

洪波飾孫俊（小生）楊虹湘飾強盜，舒琴飾山姑（花旦），鄭寶芳飾弟弟山寶，吳四皇飾員外（老生），程宗意飾夫人（老旦），張李燕飾下人，堯美英飾丫鬟，李四英飾新娘刀美豔，楊虹湘飾公公，胡望明飾王醫生。

20：47：演出結束。

增演打鑼腔的民間小戲，《小媳婦回娘家》。

（演員胡望明回答筆者「為什麼大戲後面還有小戲」的疑問時回答：「一般演出結束後面加一場小戲，小戲它傳承下來都是有教育意義的，代代相傳，小小的故事有教育意義」。）

21：00：一天演出結束。

21：20：演員、工作人員整理東西。

21：35：收工。

2018 年 6 月 12 日，演出地點：咸寧市崇陽縣天城鎮竹山吳家

8：30：跟著劇團的運輸車一起出發。

9：09：到達演出地。

今天是吳詩涵（女）小朋友的周歲酒席。吳詩涵的媽媽許婷，廣東潮汕人，從事服裝生意，爸爸吳伯松，崇陽人，從事面料生意。

9：30：找到了合適的舞臺車停放位置，開始舞臺搭建。

10：00：舞臺基本搭建好，進入微調階段。

10：15：完成舞臺搭建，演員、工作人員進入休息時間。

11：30：戲臺鑼鼓聲響起，這是當地的習俗打彩的時間。

由演員堯美英和陳付倆人演出，打彩的費用最後交給主家。

11：52：打彩結束。打彩的費用二千不到。

11：53：午飯時間。

12：19：鳴炮、放煙花，開席。

12：40：放提琴戲的錄音。

15：10：對戲曲進行討論與修改。

15：28：演員做好最後的準備，樂隊調整樂器，準備就緒。

15：34：鑼鼓聲響起，演出正式開始，演出的劇目為《巧配姻緣》。

曲調：勸頭調、原板、正調、過江調、西湖調、打花鼓、八音連臺、花石調、安童調、木馬調、南數板等。

演員：陳宗意飾母親，楊虹湘飾春生，張李燕飾員外，胡望明飾張寶寶，吳四星飾長工，李四英飾小妹，堯美英飾夫人，鄭寶芳飾員外女兒，陳宗意飾媒婆。

17：24：演出結束。

18：04：劇團開會議。

18：40：晚飯。

19：50：鳴炮、放煙花。

20：15：開幕。曲目為《鳳中龍》。

曲調：正調、西湖調、快西湖、木子調、勸頭調、急板、哀垛子、散板轉慢板、三流、排子、散板、辭店調、內倒調、寧鄉正調、黃昏調、過江調、行弦、快三流、反主折反調、四六調等。

演員：洪波飾劉景良，李田英飾彩連，吳四皇飾劉員外，堯美英飾丫鬟，鄭寶芳飾小時候的女兒（亞男），張李燕飾師太，胡望明飾將軍，楊虹湘飾長大的女兒（亞男）。

21：35：打彩時間。打彩費用給劇團。

23：04：演出結束。

23：05：演出結束後的即興表演。

演員：胡望明、堯美英。

2018年6月13日，演出地點：咸寧市崇陽縣白霓鎮金星村箭樓屋王家。

當地陳敏兄弟請劇團為慶祝父親七十大壽。

　　8：30：戲臺搭建完成，演員到位。

　　11：16：鑼鼓聲響起，準備打彩。

　　11：28：鳴炮，演員開始表演，打彩開始，總共六百左右。

　　11：36：即興表演。

　　演員：陳宗意。

　　11：55：午飯。由主家提供，十分豐盛。

　　15：04：敲鑼打鼓聲響起。

　　15：08：鳴炮、放煙花。

　　老壽星親自點的劇目《茶樓記》、《榮喜歸》。

　　曲調：正調、西湖調、雙朵子（本地調）、洋煙調、和調、花石調、安童調、快西湖、過江調、哀子哀調、急板、八音連臺等。

　　演員：吳四皇飾張和，程宗意飾大嫂，堯美英飾妹妹（張和珍），洪波飾王俊文，胡望明飾大石頭，鄭玉芳飾縣官夫人，張李燕飾縣官。

　　16：30：演出結束。

　　演員各自休息，幾位準備晚上主場的演員圍坐在堂屋討論晚上演出的劇目。

　　18：45：晚飯。

　　20：00：放歌熱場。

　　20：08：鳴炮、敲鑼，上演晚場戲《血濺望夫亭》、《香魂恨》。

　　曲調：散版、急板、老哀調、打花鼓、數板、原板、淒頭散板、流皮、哀調、老原板、遊春調、哀原板、老正調等。

　　演員：楊虹湘飾李尚源，洪波飾舅父，胡望明飾馬公公（馬妙良），張李燕飾養父，程宗意飾石娘娘（石泓嬌），鄭玉芳飾丫鬟，吳四皇飾皇上，洪波飾新皇帝，吳四皇飾尤愛卿，舒琴等。

　　21：50：加演《小媳婦回娘家》。

　　22：00：演出結束。

　　23：06：搭車回酒店。

　　三天的活動模式，大致相似。上午、下午和晚上的開場是全天演出的儀式。演出的節目除主家指定外，劇團也可臨場機動決定。這是民營劇團的優勢所在。演出的收入，根據兩方面情況決定。一是與中介人事先談好的價碼，如在白霓鎮白石港演出「太平戲」，是龔敏惠聯繫，談好的價碼是演出加午餐晚

餐，包含煙、點心，費用總共五千左右。這個五千，也是根據演出的劇目而定。如果演出《雙合蓮》、《狀元拜母》、《王強臥冰》就是五千，如果演出《喜榮規》，就是四千五。二是依靠打彩。劇團演出，上午開場要打一次彩，晚上收場時要打一次彩。

關於當地打彩，2018 年 6 月 11 日筆者採訪洪波老師的時候，他給我們做了比較詳細的解說。

洪波：打彩是我們這邊看戲的習慣。二十年前，也就是 98 年、99 的時候，我在劇團一年的戲價是 300，就是下午和晚上 300。那個時候打彩是屬於我們自己的，我們是平均分，平均是幾塊錢十幾塊錢，如果打彩打得好的話，一天就是 30 塊。

項目負責人：那個時候打彩多不多？

洪波：那個時候打彩基本上都有十塊的，五塊的，兩塊的那樣的錢，當時物價就低，基本上每一場都有打彩。

項目負責人：一般是唱前打彩還是唱後打彩？

洪波：看劇情，一般是中途，劇中人物很可憐的時候就會打彩。

項目負責人：現在呢？

洪波：和以前不一樣。比如我們演戲吧，市價是 4500 對不對？如果主家所有親朋好友全來打彩，打彩超過了 1 萬，那麼主家他賺了錢。那他就除了把 4500 的工資給我，還會給我們 300 元的打彩小費，多的或者是還有零錢的，20 元的 10 元的 5 元的也都給我們。其他的就歸主家。

項目負責人：哦，我看到來的客人好像還要在一個本子上寫下名字，交紅包，這和打彩是兩回事吧？

洪波：對啊，那是禮簿嘛。

項目負責人：那個禮簿跟那個打彩是分開的？

洪波：是。

項目負責人：那是不是到在禮簿那兒交了錢還要打彩？就等於交兩次？

洪波：這就是人情嘛！這次我請客，你到我這來，欠了你的人情。下次你請客，我到你家，還你的人情。今天你請客，我來給你捧場，打彩的時候我出 200，下次我也請客，你到我家首先寫禮簿送禮，之後又來打彩給我，就是還人情。

項目負責人：相當於就是送人情、還人情，有無可能一次送 400，禮簿送

200，打彩打 200？

洪波：也不是。禮簿是禮簿，你該送多少就送多少。打彩是額外的。打一百、兩百也不怪，打幾十也可以。

項目負責人：那個老奶奶就是打的三十塊錢。

洪波：為什麼農村戲多呢？就是這個原因，因為主家是在收人情，他是不用出錢，甚至賺錢。所以這個戲錢就由他出。但他實際只是出點煙呀，吃點飯。在別的地方，如果在沙坪那邊，就沒有這樣的。只有白霓這裡有。打彩的習俗要分很多地方，並不是每個地方都有。有的地方興打彩，有的地方不興打彩。我們老家就不打彩。請你去唱戲，然後這個費用全部由東家出。不用親朋好友去打彩。

項目負責人：哦，來客如何知道需要打彩呢？

洪波：知道，都是行情。如果要打彩的話，我們上午就唱一點點戲打彩。如果不打彩，我們上午就不唱。

項目負責人：那這個打彩是誰要求的呢？

洪波：東家。

項目負責人：我們和你們演出的一個主家的媳婦聊，她說如果包幹的話，1 萬多塊錢包幹。然後打彩的錢交給東家。如果是戲班子只是收一個唱戲的費用，嗯，打彩的錢就給戲班子。

洪波：那是包與不包的問題。這個比較少，一般都給東家。

項目負責人：今天看你們給主家送了一個很長的東西，那是幹嘛的？

洪波：是我們送給他的賀禮，他給我們紅包，相當於撈油水。

項目負責人：這個撈油水能夠撈多少？

洪波：看東家的大方不大方，最少的是 400 起步，高達 2000，不等。

項目負責人：有 2000 的嗎？

洪波：有 2000 的，有錢又大方，多說些好話，他們就給多一點，我們也是因人而異，這個人家確實不太富裕，他們就 400。

項目負責人：是不是每次出去都會有這個呢？

洪波：還是看情況，一般這是祝壽才會有。還有，祝福語言也會給紅包，但是沒有這麼多，但一般還是有，少則 200，多則 600，400，如果沒有祝壽的，也有紅包，祝壽就多一點，反正也是因人而異，碰到大方的話就好，如果條件好，但很小氣，那也是白搭，小氣的話，他也不會給你太多。

（四）收入與經營

演員收入是一個比較敏感的問題，但對於深入瞭解民營劇團的運行頗有價值。筆者對這個問題也進行了採訪。

該劇團的副團長、主要演員洪波老師回答筆者的提問說：

洪波：就說收入吧，我們這裡沒有基本工資。

項目負責人：不是每個月給基本工資？

洪波：對，演一場戲給一場錢。

項目負責人：如何給呢？

洪波：普通演員就是 200，我是副團長，比他們高 20 塊錢。

項目負責人：高 20 塊錢？

洪波：他們是 200，我是 220，也就是高二十塊錢而已。有些演員，大概四十歲以下的，可以給你買養老保險，買社保。

項目負責人：四十歲以下的買養老保險？

洪波：就是可以買。

項目負責人：會不會主要演員多一些呢？

洪波：沒有。

項目負責人：抱歉，能不能大概說一下您每個月的收入？

洪波：4000 元左右吧。

對崇陽提琴戲劇團 W〔註 64〕的訪談也涉及到劇團的經營和分配問題。

W：下面私人老闆投資，投了不少錢，一個戲班子十幾人，要養活他們就要找生路。鄉下的班子都是做生意來的，不可能不掙錢。十幾個人要養活。現在這樣的班子二十個人只能拿百分之六十的工資，就是說一個月一千多塊。鄉下的是沒有工資的，完全靠演出，一場演出可能三千多塊錢，十幾個人分配。

項目負責人：他們也很難啊，要是大家都搶接戲，會不會衝突起來？

W：不會，不存在的，汪團長的班子一起來把好多班子拆了，他把好多班子好的角都弄出來了，他這裡生意比較紅火。〔註 65〕

（五）演出劇目

崇陽中洲提琴戲藝術團日常上演的劇目是什麼，從如下劇團 2019 年 1 月份演出一覽表可見一斑。

〔註 64〕應受訪者要求隱去姓名。
〔註 65〕2018 年 2 月 1 日在崇陽的訪談記錄。

表 10　崇陽縣中洲提琴戲藝術劇團一月份演出一覽表

日　期	地　點	演出劇目	備　註
1 月 4 號	通城　陳段	《四朗探母》《十想十望》	
1 月 5 號	通城　陳段	《十八歲的姑娘》《喜榮歸》	
1 月 6 號	塘口石板堆	《四姓團圓》《金玉奴》	五字
1 月 7 號	橫堤畈上	《美醜姻緣》《紫金鐘》	五字、打懶
1 月 8 號	高堤潭家	《美醜姻緣》《十八歲的姑娘》《王麻子定計》	
1 月 9 號	石城　黃龍	《美醜姻緣》《雙玉蟬》	打懶
1 月 10 號	石城　黃龍	《茶樓記》《孟女》	掰筍
1 月 11 號	石城　楊林畈	《美醜姻緣》《雙玉蟬》	五字
1 月 12 號	通城　沙堆	《美醜姻緣》《狀元拜母》	五字
1 月 13 號	大市	《茶樓記》《狀元拜母》	五字
1 月 14 號	華陂	《美醜姻緣》《雙玉蟬》	掰筍
1 月 15 號	小港　汪家	《美醜姻緣》《雙玉蟬》	五字
1 月 16 號	大路　汪家	《喜榮歸》《雙玉蟬》	打豆腐
1 月 17 號	百義桂泉村	《美醜姻緣》《香魂恨》	
1 月 18 號	因頭咀　劉家	《美醜姻緣》《香魂恨》	五字
1 月 19 號	因頭咀　劉家	《茶樓記》《雙合連》	
1 月 20 號	因頭咀　劉家	《雙金杯》《香魂恨》	打懶
1 月 22 號	榨下程家	《情定奇緣》《香魂恨》	擦皮鞋
1 月 23 號	小港　黃家	《情定奇緣》《香魂恨》	擦皮鞋
1 月 27 號	銅鐘新農村	《情定奇緣》《雙玉蟬》	賣酒
1 月 28 號	河田　魏家	《香魂恨》	賣酒
1 月 29 號	大市下灣　程家	《雙玉蟬》《啞巴學語》	

　　從 1 月 4 日到 1 月 29 日，崇陽中洲提琴戲藝術團除 24 日、25 日、26 日三天外，天天都有演出。演出的劇目都是小本戲。

（六）觀眾評價

　　在隨崇陽中洲提琴戲藝術團演出的臺上臺下，我們隨機採訪了現場的觀眾。

　　何中望（2018 年 6 月 12 日上午 10：35）

　　項目負責人：聽說您是一位戲曲愛好者，也是一位業餘演員，您能自我介

紹一下嗎？

　　何中望：我年齡五十歲，農民，家住天城縣菖蒲村八組。

　　項目負責人：您為什麼要學唱戲呢？

　　何中望：因為家裏沒事做，孩子的婚事也完了，唱戲可以學點文化。小時候書讀的少，到我們這個年紀，有些字也不認識。打麻將也不好。唱戲可以學到很多東西，一個是文化，二個是藝術。唱臺上這個動作什麼的，可以鍛鍊身體。有三個好處。

　　項目負責人：您這總結的蠻好的呀。還可以鍛鍊身體。

　　何中望：臺上那個什麼動作，可以鍛鍊身體。你要唱也可以，跳舞也可以。跳舞鍛鍊身體。那個唱詞什麼的，可以認識字是吧。這三件事是最優秀的。

　　項目負責人：說的真好。

　　何中望：打麻將吧，打回來，老公不歡喜，兒子不歡喜，孩子孩子不帶，打什麼麻將？通過學唱戲學點文化，學點藝術。他們都不說什麼的，而且還可以掙錢。有四門好處。有工資嘛！我三個女兒，一個兒子，一個媳婦。他們都不反對我幹什麼。還有那個廣場舞，我也不愛。不知道為什麼就不愛這個。就愛戲，哪裏有戲，我就到哪裏去，只要有人要我去看戲，我就去，我還帶個孩子。抱著去。有時還往蒲圻跑。

　　項目負責人：蒲圻您也跑去？

　　何中望：他們今天晚上叫我去，我今天不去。我今天家門口有。他們說他們今天唱的是《秦雪梅弔孝》，這個戲好看呀。上中下三集。是文昌劇團在蒲圻唱，要唱三天，已經唱了兩天了，今天最後一天。他們叫我去，我家門口有戲，就在家裏看，家裏沒有了，就過去看。

　　項目負責人：你也是他們吳家的媳婦？

　　何中望：是的。

　　項目負責人：您是第幾個媳婦？

　　何中望：我是第六個。

　　項目負責人：今天這個戲是誰出的錢呢？

　　何中望：我二嫂。二嫂家那個孩子周歲。

　　項目負責人：請這個劇團要花多少錢呀？

　　何中望：一個晚上的戲，大概要花五六千。工資就有4000多嘛，連煙呀算起來，六七千吧。一般的人家唱不起。就這幾個劇團貴一些。他們都是4000

多。有些劇團便宜一點，3800 元到 4000。最多到 4000 元。像他們就不行。他們人多，20 多人，就多一些。

項目負責人：這個戲班子是通過什麼渠道請過來的？為什麼要請中洲提琴戲藝術團呢？

何中望：我們請劇團都是利用關係，出名一點，收的便宜一點，我大嫂跟他們熟，就請了他們，我和他們不熟，要是我請，我就不會去請。

項目負責人：您請哪一個呢？

何中望：哪個劇團我有熟人我就請哪個。都是利用關係的。

項目負責人：也就是說不一定要請那種特別好的劇團？關鍵是看自己的關係？

何中望：如果我在那個劇團有熟人，而且我也覺得他們唱得好，我就請他們，如果談不好我就請別的劇團。我上個月幫他們請的文昌劇團、博愛劇團。都是我接來的。本來這些劇團的戲也唱得好。

項目負責人：您喜不喜歡中洲提琴戲藝術團的戲呢？

何中望：不管哪個劇團的戲，我都喜歡。

項目負責人：今天要上演的戲已經點了嗎？

何中望：他們家（即主家——筆者注）點。

項目負責人：你們不知道什麼戲！

何中望：問了一下，好像今天晚上唱《鳳中龍》。

項目負責人：您和中洲提琴戲藝術團熟嗎？

何中望：不蠻熟，和文昌劇團熟一些。

項目負責人：文昌劇團有沒有名角兒啊？

何中望：有啊。他們唱旦角兒的都是名角。是我們崇陽、湖南的名人。

項目負責人：是哪些演員呢？

何中望：不知道，只知道他們的小號。不知道他們名字叫什麼。

項目負責人：您幫他們拉了戲，他們有沒有給你一些回扣呢？

何中望：有，我幫他們聯繫，他們就會給我回扣。跟演員一天的工資一樣，200 塊錢。

項目負責人：你們這裡最喜歡什麼戲？

何中望：提琴戲呀，我們這裡都是提琴戲。那個花鼓戲沒人看。

項目負責人：有沒有特別喜歡看的劇啊？哪個戲你們最喜歡看？

何中望：嗯，現在那個《雙合蓮》在這邊還是蠻火的。劇場到處都在演，《雙合蓮》、《梁山伯》，就是我們崇陽這邊的文化，是遺傳下來的。

東家阿姨（2018 年 6 月 12 日上午）

項目負責人：您這個戲班子是通過什麼渠道請過來的？您為什麼請這個中洲提琴戲藝術團？

阿姨：就是辦喜事，圖個熱鬧。這個文化的傳承不能讓他失傳下去。如果辦喜事不請劇團的話，劇團不就失去了嗎？

項目負責人：崇陽有很多劇團，為什麼要請中洲提琴戲藝術團？

阿姨：本身的人際關係。跟他們熟一些。

項目負責人：他們演一場，大概花費是多少？

阿姨：工資伙食費大概幾千。煙肯定還要的。煙酒在酒席上喝嘛！大概花費六七千。

李璟：這個劇團有沒有熟悉的演員？

阿姨：不在家，我都不認識。我們一般都在深圳帶小孩，就這次小孩辦酒席回來一次。

黃先生（2018 年 6 月 12 日下午 4：36）

項目負責人：黃先生普通話說的很好啊。以前是做什麼的呀？

黃先生：種田的哦。

項目負責人：您普通話怎麼講得這麼好？

黃先生：自己學的。

項目負責人：很喜歡唱戲是吧？

黃先生：喜歡看，我也喜歡文藝。

項目負責人：昨天在白霓那邊看到您，今天您又跑這邊來了，您手上都有他們的電話是吧？

黃先生：嗯，打個電話一問就知道了。

項目負責人：那您是不是每天都到處去看戲呀？

黃先生：崇陽到處都有戲看，起碼都是好十幾個。

項目負責人：你覺得崇陽比較突出的有哪幾個劇團？

黃先生：漢劇團。漢劇團唱得好，他是拿工資的。然後再其次就這兩個劇團：中洲和文昌。

項目負責人：還有沒有其他的？

黃先生：其他劇團，也有些好演員，還可以。

項目負責人：一般看什麼樣的戲呀？

黃先生：反正我看多了。

項目負責人：您覺得今天這個《巧配姻緣》覺得怎麼樣呢？

黃先生：覺得還行吧，還可以。

項目負責人：晚上還會來吧？

黃先生：過來賣氣球，然後又過來看戲。

陳全保（2018 年 6 月 13 日下午 17：33）

項目負責人：您怎麼稱呼？

陳全保：我姓陳。陳全保。

項目負責人：您聽過這個戲嗎？

陳全保：聽過，經常聽。

項目負責人：您覺得今天下午的《巧配姻緣》唱得如何？

陳全保：唱的還可以。

李環：您對戲裏的演員有瞭解的嗎？喜歡哪個演員？

陳全保：那個員外。

李環：您認識舒琴吧？

陳全保：嗯，她還不錯。

咸寧市崇陽縣白霓鎮金星村箭樓屋王家，主家陳敏（2018 年 6 月 13 日上午 10：23）

項目負責人：您為什麼會請中洲提琴戲藝術團過來演出？

陳敏：聽別人說中洲提琴戲藝術團辦得挺好的。

項目負責人：怎麼能夠請到他的呢？

陳敏：這個汪師傅我們認識。

項目負責人：您有沒有聽過或看過他們的戲？

陳敏：沒有。聽別人說這個劇團還挺好的。

項目負責人：那以前有沒有請過別的戲班呢？這個地方唱戲的很多嗎？

陳敏：也請過別的戲班。

項目負責人：平時還有什麼時候請戲？

陳敏：生孩子時，十多歲，太平戲。

項目負責人：您的大隊請太平戲的多不多？如果太平戲的話，是整個隊裏

都捐錢是吧？

　　陳敏：是的。

　　項目負責人：太平戲多不多呢？

　　陳敏：有一點點。

　　項目負責人：嫁姑娘不請吧？

　　陳敏：嫁姑娘不請。結婚請，生兒子請。老人祝壽請。

陳正良及其子陳敏（2018年6月13日上午10：35）

　　項目負責人：兒子看您喜歡看戲，就請了戲班子，您以前看不看戲？

　　陳正良：看呀。經常看。

　　陳敏：他有個收音機磁帶的那種。

　　項目負責人：看提琴戲還是看花鼓戲呀？

　　陳正良：提琴戲。

　　項目負責人：都是看提琴戲？

　　項目負責人：這個地方平時唱戲的人多不多呀？

　　陳正良：有時候唱有時候不唱。

　　項目負責人：一般什麼時候什麼情況唱呢？

　　陳正良：結婚呀，祝壽啊。

　　項目負責人：您看過中洲提琴戲藝術團的戲嗎？

　　陳正良：看過。

　　項目負責人：您對他的演員熟嗎？

　　陳正良：不熟。

　　項目負責人：您一般喜歡看什麼戲呀？

　　陳正良：演什麼看什麼。

　　項目負責人：比較偏向於看什麼戲呢？傳統的，現代的？是喜劇類型的，還是悲劇類型的？

　　陳正良：都可以。

曾省球訪談。

　　項目負責人：陳家今天請戲，你們也很高興吧，你們也可以看一下。這邊接戲的多不多？

　　曾省球：不多。沒有這個經濟條件。

　　項目負責人：哪一家接戲是說哪一家有錢。您多大年紀呀？您貴姓啊？

曾省球：免貴姓曾，今年54。曾省球。

項目負責人：您在這裡待了蠻久了啊？

曾省球：待了30多年了。是嫁過來的。

項目負責人：你們喜歡看戲嗎？

曾省球：不喜歡。

項目負責人：為什麼不喜歡看呢？

曾省球：方言我也聽不懂，我不是這裡人。

項目負責人：他們今天唱您會不會聽呢？

曾省球：不看。不想看。

饒秀娥訪談。

項目負責人：您貴姓？

饒秀娥：我姓饒，饒秀娥，我是嫁過來的媳婦，是一個鎮的。也是崇陽的。

項目負責人：您喜不喜歡聽戲呀。

饒秀娥：喜歡看啊。

項目負責人：你以前看過沒有？

饒秀娥：看過。

項目負責人：您多大年齡啊？

饒秀娥：68。

項目負責人：也是看的提琴戲是吧？

饒秀娥：是，我不太喜歡看。只在自家門口稍微看一下。

胡永紅訪談（2018年6月13日晚10：53）

項目負責人：您如何稱呼？

胡永紅：胡永紅。

李環：您多大？

胡永紅：42歲。

項目負責人：您以前看過中洲提琴戲藝術團的戲嗎？

胡永紅：看過。

項目負責人：喜歡看嗎？您今天看這臺戲有什麼感受啊？

胡永紅：唱得好啊。

項目負責人：您最喜歡哪個演員？

胡永紅：那個舒琴。

項目負責人：您知道這個劇團有哪些出名的演員？

胡永紅：演那個皇帝的，還有那個娘娘的。

苗春香訪談（2018 年 6 月 13 日晚 11：03）

項目負責人：您如何稱呼？

苗春香：我姓苗，叫春香。

項目負責人：您的年齡？

苗春香：50。

項目負責人：您今天看的戲覺得怎麼樣？

苗春香：好看。

項目負責人：您以前看過中洲提琴戲藝術團的戲嗎？

苗春香：看過。

項目負責人：您認識中州劇場中的演員嗎？

苗春香：認識兩個。就那個小生，還有那個縣官的老婆鄭定芳。

項目負責人：您如果想請戲班子，會是在什麼情況下去請？

苗春香：熱鬧一下。

項目負責人：如果您要請劇團來演戲，會請哪個劇團？

苗春香：喜歡哪個劇團就去請。

張豔兵（2018 年 6 月 11 日下午）

項目負責人：奶奶，您覺得今天的《榮喜歸》唱得如何？

張豔兵：唱得好呀！晚上還唱的好些。

項目負責人：您平時聽提琴戲聽得多嗎？

張豔兵：聽的比較多。

項目負責人：這個戲您以前看過嗎？

張豔兵：看過幾次了。

項目負責人：您家里人也過來了嗎？

張豔兵：媳婦過來了。

項目負責人：這個中洲提琴戲藝術團您以前知道嗎？您是第一次看他們的戲，還是以前就看過？

張豔兵：以前是別的劇團多一些。

四、調研分析

對崇陽提琴戲民間戲班的採訪以及對觀眾的訪談，使我們獲得了關於戲

曲、鄉村文化以及民營劇團的極為豐富的信息。

其一，揭示了鄉村戲班的生存邏輯，這就是依賴「熟人社會網絡」而生存。在崇陽，諸多劇團十分活躍。鄉民接戲班演戲，除了劇團名氣、名角外，更為重要的出發點，就是有熟人，有比較熟悉的交往。有熟人就有演出市場，所以，對於介紹演出的中介者，劇團會給 200 元，相當一個演員一天的工資。

其二，揭示了鄉村民營劇團的頑強生命力，這就是開放性、流動性。它沒有體制的限制，演藝人員可以在劇團之間流動，業餘的鄉民也可以加入。（筆者於 6 月 24 日晚與何中望聯繫，她此時正在舞臺上）這就真正是扎根在草根，召之即來，和中國古代的「兵農合一」之說有某些跡近之處。

其三，揭示了戲曲在鄉村中已經成為鄉民的一種生活方式。對於何中望這樣的戲曲愛好者來說，看戲唱戲，是比打麻將、跳廣場舞更好的選擇，唱戲可以學文化、可以鍛鍊身體，還可以掙一筆收入，這樣的認識，在鄉民中可謂出類拔萃。對於大多鄉民而言，他們對於劇團演出的劇目，並無高度審美的要求；對於劇團或演員的選擇，也無明顯的苛求，對於他們來說，什麼劇團都可以，什麼內容都可以，只要是鑼鼓一響，就可以把身心融入到戲劇之中，筆者把這種觀賞心態概括為「無主題觀賞」與「無差別觀賞」，換言之，這是一種精神上的「得魚望釜」，也是各色劇團無論水平高低，在鄉村總能存身的重要原因。

其四，揭示了戲曲在鄉村具有特定的社會交往功能。主家請來劇團，請來親朋好友觀劇，固然是為了喜慶、為了團聚，但極為重要的一個目的，是送人情，還人情。今天你送了禮金，打了彩，明天我給你送去禮金，打彩。在鄉村人情往來的社會交際中，戲曲演出成了一個極為重要的場所、機會，甚至是不可代替的場所和機會。

結　語

　　歲月陵替，物換星移。在中國鄉村的大地上，政權和政策更迭，江山變遷，但是，戲曲和承載戲曲演出的劇團（戲班）始終活躍，有著雋永的生命力。站在這樣一個歷史高度來觀看地方戲曲，不能不發現，僅僅從非遺文化、從振興戲曲的角度來思考它的命運是遠遠不夠的。

　　在完成本課題的過程中，筆者深深感受到：

　　1.討論鄉土文化和地方戲曲的關係，首先必須打破二元觀念。地方戲曲從來就不是孤立於鄉土文化之外。它是鄉土文化的一部分。它是從鄉土文化的土壤中成長發育起來；它反映地方歷史的脈絡和重大事件；它以本地方言為基調發展出來自己的聲腔；它採用當地的民歌、小調，加工成戲曲音樂；它參與當地的民俗，成為人們生活的不可或缺的一部分。因此，研究地方戲曲就是研究鄉土文化；研究鄉土文化，絕不可能缺乏對地方戲曲的研究。兩者是融合為一體的文化共同體。

　　2.地方戲曲是鄉土文化的有機成分，但是，它和鄉土文化又存在一種互動關係。地方戲曲從鄉土文化中產生，它的成長、壯大，又反過來豐富了鄉土文化，擴張鄉土文化的內涵，成為鄉土文化的符號。正因為如此，地方政府對於地方戲曲的建設和宣傳往往給予極大的支持和推動，甚至打造戲曲，建構戲曲，以戲曲來凸顯本地域的形象以及關於本地域歷史文化的敘述（附錄四）。雙方互動，成為地方戲曲和鄉土文化繁榮的重要動力。

　　3.戲曲是一個複雜的文化價值系統。在這個系統內，儒家思想、宗教信仰、民間倫理爭相表達和競爭。論者或因「獨尊儒術」一說而將鄉間意識形態以儒家思想影響加以概括，殊不知，中國傳統社會的統治秩序從來不是簡單的「獨

尊儒術」，而是「儒表法裏」，關於這一問題，清華大學秦暉已有斷論。鄉間的意識形態更為複雜。儒家不言亂力鬼神，而民間則多元崇拜，以戲曲娛神、酬神、謝神，與儒家思想相去甚遠。從這一角度說，戲曲尤其是地方戲曲比儒學更能呈現鄉村意識形態的複雜性。

4.由於戲曲在民眾中具有強大的影響力，因此，中國古代的統治者高度關注戲曲的教化作用，並從多途徑對戲曲進行管控。近代以來，一方面知識分子和文化精英把戲曲作為思想啟蒙的工具。另一方面國家政權以意識形態改造戲曲，把戲曲納入國家意識的軌道。從這一意義上說，戲曲在歷史進程中的命運和形塑，其背後是社會文化的演遷，是國家對地域社會的滲透與支配。

5.戲曲的演出是一種文化傳播。在鄉土社會，這種傳播往往從兩個渠道進行。一個渠道是專業劇團，一個渠道是民營劇團。兩類劇團各有其文化功能。專業劇團的任務是通過宣傳、教育為黨的中心工作和精神文明建設服務。為此，專業劇團堅持公益性，只有公益性，才能保證文藝事業的健康發展，失去了公益性也就失去了專業劇團存在的意義和價值。與此同時，專業劇團演出正規，設備比較完善，是戲曲演出市場中的一支正規軍。民營劇團不同於專業劇團，他們雖然在戲臺上演出，但這個戲臺是開放式的，不管是鄉村院落還是田間地頭都照演不誤；它們的演出隨人而宜，成百上千人演，幾十個人、幾個人也演；它們演出的時間是機動的，十天半月演，三天兩天演，三小時兩小時也演。它們的藝人扎根民間，「鑼鼓一響，同把臺上；鑼鼓不響，各拿靴網。」因此，對鄉土文化和民間的喜怒哀樂有感同身受、最親和的聯繫。與鄉土習俗有最貼近的關係。那些臨場發揮的「浩水」，「觀眾想怎麼唱就怎麼唱」便來自豐厚的鄉土生活的積累以及無與倫比的民間智慧。它們的演出以傳統唱腔與傳統劇目為主，緩解了現代性和當代意識形態對傳統的衝擊，成為戲曲傳統生生不絕的重要脈絡。當然，專業劇團和民營劇團不是對立的，而是相輔相成、互為補充。專業劇團的演出劇目和演出水平對民營劇團有一種示範作用，專業劇團不少演藝人員離職後轉入民營劇團繼續演藝生涯。而民營劇團在演出市場上的活力，也促進專業劇團不斷提高演出質量和拿出新招，民營劇團的優秀演藝人員也往往成為專業劇團的補充力量。在戲曲演出市場中，兩者缺一不可。惟在和鄉土文化的內在關係上，兩者不可同日而語。雖然，專業劇團創作新劇，也必然要在題材、方言、音樂等方面採納鄉土文化元素，但這些元素更多的運用於表演。因此，在涵容鄉土文化、呈現鄉土文化以及與鄉土文化互滲

上，在接近地氣，表達草根情緒和生活方式上，民營劇團的角色不可替代。兩者之間的區別，一在廟堂，一在草根。合而觀之，對於鄉土社會的複雜和多元將有更為深刻的瞭解。

6.戲曲是一種藝術形式，但在鄉土文化中，它實際發揮的是多種功能。它是一種「文化儀式」，無論是人生儀禮、廟會、宗教節日與時令節日，戲曲都是儀式中不可或缺甚至是最重要的一部分；它不僅在傳統社會娛人助興、娛鬼酬神，是民眾的精神食糧，即使是今天，在新興娛樂形式風起雲湧的當下，仍在鄉村社會佔有陣地，佔有人心。在鄉村社會，戲曲還是一種人際交往的媒介，張家請李家看戲，李家回請張家看戲，在咿咿喔喔的唱腔中，在喝彩打彩的過程中，鄉村社會的人情往借助戲曲的演出而得以完成。因此，地方戲曲是一種藝術，更是一種文化，在這個文化形式中，寄予了人們的情感、人們的倫理、人們的願望，人們的信仰。不瞭解地方戲曲，就不能真正的認知地方文化。

7.戲曲參與鄉土社會生活，成為鄉土社會——文化秩序的有機部分，鄉土的歷史和傳統藉由戲曲而得到延續，構成鄉土自身的文化邏輯。對地方戲曲的保護，不是僅僅在保護文化遺產，也是在保護鄉村傳統，保護鄉土文化的自在邏輯。

8.民營劇團（戲班）以及演出個體戶是鄉土文化中戲曲生生不息的最重要力量。在大力整肅風俗人情的今天，關注和保護民營劇團、戲班以及演出個體戶的生存空間，也就是關注和保護鄉土文化，維繫湖北文化之根。筆者衷心希望，各級政府在制定和實施文化政策時能對他們給予必要的文化關懷。

後　記

　　經過三年的艱苦努力，國家社科基金項目「湖北地域文化視野下的湖北
地方戲曲」終於基本完成。之所以說是基本完成，是因為這個題目包含太多
內容，這項成果只能是一個最淺層次的探討。感謝國家社科基金委員會批准了
我這個項目，使我能夠以這個項目為依託，深入湖北地方戲曲和湖北鄉土文
化，學習到好多東西。我在武漢大學學習到的社會學、民俗學的知識和分析架
構，也在實踐中得以應用、檢驗並且昇華認識。

　　筆者在完成這一個項目的過程中，參考了湖北省戲劇工作室編纂的《戲曲
研究資料》。這一套資料編纂於建國之初，保存了很多老藝人的回憶以及關於
地方戲曲的調查，其價值實在是太珍貴。筆者還參考了《中國戲劇志》、《荊州
花鼓戲志》、《楚劇志》、《漢劇志》、《南劇志》、《崇陽提琴戲劇志》以及《荊河
戲史料集》，這些戲劇志與戲劇資料彙編，給予筆者很大的幫助，尤其要提到
的是《崇陽提琴戲劇志》，該志所保存的各個歷史時期崇陽縣（市）地方政府
關於戲曲的政策性文件，以及建國後不同時期民營劇團的發展情況，都是極為
難得的資料，足可稱為湖北地方戲曲志中的優秀之作。

　　這本書的完成，要特別感謝著名學者、文化史專家周積明教授。周積明
先生是本項目的特聘顧問。在本項目的完成過程中，周先生既顧又問，以他的
深厚學養，對本書從理論駕馭到材料運用都悉心加以指導，如果沒有他的幫
助，這本書無法順利完成。

　　湖北省藝術研究所原所長胡應明、原黨委書記龔戰，湖北地方戲曲戲劇
院前院長李道國、湖北省群藝館方光誠、武漢音樂學院劉正維，還有漢劇大師
程彩萍老師以及一級作曲陳受新老師等等，都是湖北省著名的戲曲專家。他們

對本項目的進展一直予以關心，凡有訪求，必予指導。他們的隻語片言，往往使筆者豁然開朗，特此致以由衷的謝意。

筆者在各地的採訪中，得到當地文化部門和國營劇團、民營劇團的大力支持。特別要感謝的是：

襄陽地區：

群藝館非遺處：黃佳、何瓊

《襄陽會館》作者：李秀樺

拾穗者成員、攝影師：徐信

襄陽地區戲曲專家：董治平

襄陽市藝術研究所：任曉雲

襄陽市文化局：趙亮（科長）

宜城非遺中心、花鼓戲劇團：彭先一、梅桂鳳、張青松（團長）、田燕（業務團長）、廖紅英（宜城文旅新局藝術文化科）、孫成強（宜城電視臺）、李丹。

穀城縣湖北越調劇團：傅道洪父子、王紅、唐舒雲、宋金鋒、孫中立、劉豔君（市級傳承人）等。

穀城非遺中心：李春閣、黃遠升

穀城文化局：石訓軍（副局長）、陳波

國家級非遺傳承人：葉祥成

仙人渡文化站：汪輝

豫劇團導演：朱建國（現指導仙人渡花鼓戲）

仙人渡花鼓戲老藝人：曾桂榮、崔大順、崔桂英

老河口湖北越調劇團：苑立珍、周生果、范桂榮、杜改英、孟翠煥、任秀山

村民：宋志甫、宋志華等

十堰地區：

十堰市文化局：王瑞副局長

十堰市文化局藝術科：曾梅（藝木科長）、張中乾（非遺科長）

十堰市群藝館非遺中心主任：溫冰

丹江口非遺主任：陳志剛

丹江口習家店鎮文化站青塘村：李國瑞、王德學、張富龍

鄖陽區文化館館長：楊淑慧

鄖陽區非遺主任：田英鷗

鄖陽二棚子傳承人：金榮華、吳正秀、楊有滋

竹山文化局副局長：周舟

竹山高腔劇團：胡波、蔣書記、龔曉雪、蘇兆芳、董維、張廣智、張雄、龔偉、王壽成

竹溪文化局副局長：薛鋼

竹溪文化和旅遊局工會主席：

竹溪山二黃劇團：周毓成〔註1〕、黃彩萍、楊振武、柯尊德、哈安紅、陳春麗

　　隨州地區：

隨州文體新管局：夏雪

隨州非遺傳承辦公室主任：彭慧勤

隨州花鼓藝術劇院：何金國（院長）、李永朝、胡仙安、陳小寶、辛紅、劉迎春、甘露

隨州市戲曲家協會副主席：王西山

　　崇陽地區：

崇陽文化館：曹道遵

崇陽縣劇團：熊天霞、龔敏惠

崇陽中洲提琴戲藝術團：汪吉剛、舒琴、洪波、黃三義、吳大華、胡望明、陳正剛、陳付、張李燕、李英、程宗意、鄭寶芳、吳四皇、楊虹湘、堯美英、葉雙虎、舒爾、葉經午、林克文、施彥幾、吳煌志

崇陽提琴戲傳承人：甘伯煉

群眾：孫豔初、汪天冬、陳敏、陳正良、孫燕、張豔斌、許婷、汪學玉、吳建議、何中望、陳全保、葉貝、曾省球、饒繡娥、王國進、苗春香、王立新、胡永紅

　　仙桃地區：

仙桃花鼓戲劇團團長：劉錦

仙桃花鼓戲劇團副團長：王軍

郭河花鼓戲戲曲團團長：廖明星

郭河花鼓戲戲曲團：武思凡

〔註1〕書稿完成之日，驚聞接受過我們採訪的竹溪山二黃劇團周毓成老師不幸於上
　　　　月（2019年11月）因病逝世，專此致以哀悼。

演藝人員與群眾：薛勇、王軍、趙紅兵、答煉、答沙、劉修玉、魏桃花、翠萍

武穴地區：

武穴文化和旅遊局副局長：郭端陽

武穴文曲戲研究院：高勇（主任）、陳雙喜（院長）、王若熬（院長）、陸淑芳（院長）、周輝朝（院長）、管超（科長）、趙仕華（院長）、范國清、梅小峰、趙風

武穴花橋鎮：李國正、吳老師

荆州地區：

荆州群藝館館長：張斌

荆州市群藝館非遺辦公室主任：趙雲鵬

荆州市藝術劇院院長：李先勇

荆州著名詞作家、文化學者：任善炯

荆州市群藝館非遺戲曲項目負責人：王文華

荆河戲藝人：譚復秀、徐方貴、陳順珍、胡興春、白林、徐厚芬、徐中春、戴聲海、李世平等

恩施州地區：

巴東：譚紹康（堂戲傳人）

恩施市非遺中心：譚驍（主任）、張敏、楊珏

三岔鄉儺戲：鄧永紅（主任）、張永明（市級傳承人）

白楊坪鎮燈戲：孟永香（第二批國家級傳承人）

來鳳南戲傳承人：吳兆雲、徐釗元、秦唯正

鶴峰柳子戲：熊曉紅（文化館館長　州級傳承人）、肖宗祥（文化館副館長　省級傳承人）、熊曉華（省級傳承人）向國平（退休老幹部）、向宏理（退休老幹部）

咸豐南戲：潘華明（副團長）、顏惠（劇作家）

因採訪週期較長，採訪地點分布較廣，再加採訪過程中工作疏漏，上述人員中或有疏漏和姓名信息不全，深感抱歉。專此對所有支持本項目的受訪者致以衷心感謝。

最後要致謝的是，陪同我一起採訪的小夥伴們，他（她）們是武漢大學博士趙淑紅、碩士生張夢夢；湖北大學碩士生李環、黃樹強；以及楊宇婷、孫炎

晨等同學。懷念我們在一起採訪的日子，謝謝你們對我的支持。

　　本書書稿完成於 2019 年年末，由於各種原因一直未得以出版，幸有臺北「花木蘭文化事業有限公司」許郁翎予以援手，本書稿終於得以面世。專此感謝多年致力於兩岸文化交流的「花木蘭文化事業有限公司」，感謝郁翎女士和嘉樂編輯。

附錄一　訪談日誌摘選

題記

從 2017 年，筆者前往湖北各地進行湖北鄉土文化與地方戲曲的調研，跟隨我同行的有趙淑紅、李環、黃樹強、楊宇婷、孫炎晨、張夢夢、熊萍等。每次採訪歸來，她們都會寫下採訪日誌，記下一天的活動，所見所聞和內心的感受。筆者從這些日誌中摘出數篇，作為附錄，以此紀念我們一起度過的難忘時光。

一、襄陽篇

2017 年 8 月 1 日（週二）

湖北地方文化與湖北地方戲曲課題調研的第一天，目的地是第一條路線的總起：襄陽站。

去襄陽之前對襄陽文化的瞭解停留在古隆中、諸葛亮、郭靖守城，當然還有襄陽牛肉麵這些方面。那麼襄陽會館、移民與襄陽地方戲曲之間存在怎樣的互動和關係，這是此行試圖挖掘的要點。調研不該帶著預設前行，然而預設卻不可避免，至少我是這樣認為的。我的預設是移民與會館是相互帶動、相互促進的，會館是移民群體經商、交流的文化場所，會館的發展和壯大又不斷吸引著新的移民，同時，移民既是不斷促進會館發展的新鮮血液，也是帶動地方文化之間交流與碰撞的載體。我的問題是，雖然，移民的流動帶動了戲曲的傳播，然而如何進一步論證、分析這個結論？找證據，是的，我們來襄陽找支撐材料，找專家，找證據。

駕車自武漢駛至襄陽，行程約三百多公里，耗時約三個半小時。進入襄陽

市後，沿途路標設有「黃州會館」等，嗯，來對了，會館在此。但午飯過後尋了半天卻始終未見會館影蹤，哎，空歡喜……沒事沒事，根據赴江漢平原調研花鼓戲的經驗，出來總會有收穫，因為組織帶頭人很強大。

稍事休息，驅車行至襄陽市群眾藝術館。外觀看來，藝術館較新，八成當地領導對群眾藝術比較重視吧，到底還未進去，也不好下這種定論，或許是九成十成，也或許是個假象。車子還未停進去，就被藝術館門口的襄陽老大媽一頓嚷嚷，老大媽在大聲指揮停車，這種「大聲」，像極了呵斥。倏地腦海閃過一碗熱騰騰的牛肉麵，直覺告訴我，我已無福享受這碗麵，看這老大媽的架勢，這麵一定辣極了。不過還是有一絲竊喜，喜啥呢？襄陽畢竟靠近河南，河南雖帶個「南」字，但畢竟是北方，哈哈，終於我能聽個大概他們在說啥了，世界上最遙遠的距離不是你在南國，我在塞北，而是你坐在我對面，我卻不知道你在說啥。這種痛苦，不整理個十天半月的錄音，簡直無法體會。

進了群藝館，要辦正事了，困，為啥困？心裏不擱事，想著今天要早起來襄陽，愣是半宿沒睡好覺，我媽說我就這點出息了，我同意這種觀點，但是我還是欣然接受了我自己，就這樣吧，挺好，沒大問題。還是得強打精神，這是正事，瞌睡蟲你走開。

下午 14：54 分，見到了群藝館黃佳主任、何瓊老師。兩個年輕人，據說非遺這塊這裡只有這三個人負責，除了這倆，還有一個人，說是也叫什麼「瓊」，好像是「楊瓊」，「瓊」是特色嗎？黃主任與何老師看上去人不錯，給我們提了不少建議，也推薦了幾個戲曲和地方文化專家。嗯，要的就是這個，帶頭人與兩位老師簡單交流了一下此行目的，也簡單諮詢了一下這邊的戲曲場所、群眾文娛，還關心了此非遺中心對地方戲曲的扶持力度、中心發展面臨的困難等問題，對襄陽地方文化尤其是戲曲文化的發展有了一個大概的瞭解。

下午四點左右，我們一行三人驅車駛至襄陽人大，拜訪《襄陽會館》的作者之一李秀樺先生。這本書前段時間找資料的時候我曾經翻過。李老師，五十上下的樣子，好像是左腿可能受過傷，走路稍微有一點跛，還愛抽煙，但是長得挺正派。也不知道為啥，我總是潛意識裏覺得這是在河南，所以其實還有種同是北方人的親切感。同在一個辦公室的還有一位七十多歲的老人家，姓徐，我們進去的時候正在如數家珍地擺弄桌子上的數十張老照片，說是在給老照片分類，這位老人看起來很容易親近，我還蠻喜歡，他拍過很多照片，也搜集過很多照片，他說照片就是歷史，這話很簡單，但是我覺得說的真好，記錄生

活的方式有千千萬萬種，照片或許是最直觀的一種，尤其過去有些地方沒有留下過照片，就像不曾存在過人們的生活裏一樣，然而卻真真切切地存在過，其實這挺可惜，萬物有靈啊，如果是一座建築，就如會館，存在過，卻沒有留下痕跡，想到這些，會館大概也會黯然神傷。他認真地給我介紹哪些書裏的攝影是他的傑作，老人家的臉上洋溢著自豪和滿足，我不懂攝影，但一個勁地誇他，為他點贊。

李秀樺老師跟周老師交流了挺長時間，中間我接了導師的電話，離開了幾分鐘。李老師贈送給我們他的書，還有一個小小的徽章，還發了很多材料給周老師，實在感謝。但是恕我直言，就會館與戲曲還有移民與戲曲這塊，我還是覺得沒有得到很大的啟發和建議，也或許李老師已經說了，只是正好我困過去了。

充實的一天啊，從李老師那裏告辭回到群藝館，竟然見到了這一整天都在被人提到的大咖，也是出鏡率最高的專家：董治平老師。董老師是個很可愛的老人家，八十高齡，但耳聰目明，精神矍鑠，尤其董老師的頭髮長得真精神，雖然略顯稀少，還是花白色，但是一根一根直立著，不光增高了董老師的身高，還顯得有種老頑童的調皮。我對這種很慈祥的老爺爺總是很有好感，許是自己的爺爺雖然高壽，但畢竟去世的時候自己還太小，所以總沒有太多印象，從小沒怎麼跟老人家相處過就會覺得慈祥和藹的老人家充滿生活的智慧，是活的歷史。後來吃飯的時候周老師一直在跟董老師交流和請教，我呢，聽著聽著就得走走神溜達溜達，再晃過神來聽的時候常常接不上來，索性休息會吧。看著董老師邊吃邊說。還有個矛盾的事，覺得周老師一個勁的問董老師，兩個人都沒有吃好飯，有點心疼董老師這麼大年紀吃個飯也沒吃好，又很理解周老師趁著來之不易的機會向董老師討教的急切，哎，真難辦……但是轉念一想，兩個志同道合的人碰在一起是多不易的緣分，那當然就是得暢聊無阻，這種幸福感哪是那份煲仔飯能承載的？！這時候只想到吃的人也就是我這種俗人了。

倆人通過長時間的交流和碰撞，終於各取所需，滿載而歸。再見了，可敬可愛的董老師。

8月2號（週三），上午第一站，9：30，襄陽市藝研所，探訪任小雲所長

任小雲，四十餘歲，中等偏胖身材，畢業於武大，皮膚不大好，臉上有

坑，像我。看起來很穩重，穩重地有點過頭，這是我的印象，搞藝術的嘛，我覺得適當的活躍一點是可以的，也可能因為是所長，所以要嚴肅些，但其實……還好吧。

中午，與老河口越調劇團一同吃飯，坐在我斜對面的團長，中年大鬍子男人，很搞笑，看得出來對傳統文化很維護，雖然身材粗獷，但是內心淳樸，有些看不慣現當代的歌曲和藝術。現場要寶學了一首流行音樂，表情和動作是誇張扭曲，顯露出對現代流行風尚的不可理解。想想看人與人之間的審美趣味和思想觀念相差這麼大，也是挺神奇。另外，這頓飯點的菜真不咋地，不過，人請我們吃，有的吃就不錯了，還嫌棄啥呢……

飯後，與老河口越調團告別，1：30 左右駕車遷往文化局。未見到藝術科的工作人員，但見到分管的趙亮趙科長，目測年紀不大，濃眉大眼，是招人喜歡的款，長得挺精神，是個挺帥的小哥，而且手上沒戒指，說不定截止目前這枚小鮮肉還無人認領，喜歡的可以下手了。不過這是猜測，都工作了，說不定有了家室，那就算了。面上看唯一不足是有點矮，哎，人無完人啊。這小哥一邊說著他剛來這邊工作，不是很瞭解情況，一邊給我們各種相關人員的聯繫方式，多少也介紹了些情況，但是所說與之前瞭解的不符，尤其對於非遺項目的資金支持。說是政府專項投入的「好戲大家看」，投資達 120 萬，專業劇團送戲 105 萬，歡樂襄陽惠民演出達到 80 萬，群星音樂廳能到 24 萬，市級非遺項目保護補助經費叨叨 32.8 萬，還有戲曲振興 53 萬。都是鉅款，就是得驗證真假。

離開文化局，驅車前往宜城花鼓戲劇團。17：05 分，與宜城花鼓戲劇團團長張青松碰面。陪同人員還有田燕（業務團長），文化局藝術與社會文化科科長廖科長、宜城電視臺孫成強主播。

張團長就宜城花鼓戲、曲劇等的發展情況以及劇團的運營與發展作了介紹。提到當地人喜歡花鼓戲，花鼓戲很受歡迎，但通過當晚在小廣場上對不同年齡段、不同性別的隨機採訪發現，花鼓戲的群眾基礎與張團長的介紹有所出入。

8 月 3 號（週四）上午，在宜城花鼓劇團與梅書記、李丹館長、彭館長見面

就非遺的保護與傳承、縣級劇團的發展問題開展交流，也提到了戲曲與當地文化的一些關係。

……〔註1〕

8月3日　星期四　晴

一大早，坐上從武漢開往襄陽的列車，前去調研。沒有參與過田野調查的我，對於此次調研心懷忐忑，不知道該怎麼做，但同時對未知的世界充滿好奇，希望能有所收穫。下了車，熱浪襲來，哎呦，自己忘記帶太陽傘了，但是轉頭一想沒有帶傘也挺好，這樣的話，隨身帶的東西就少一點，不會太累。中午十二點左右和周老師、淑紅學姐在襄陽碰面，然後一起吃了飯，算是為淑紅學姐送行，也算為我接風。

中午，在襄陽錦江之星稍作休息。周老師聯繫了幾個襄陽戲曲藝術團的人，沒有得到肯定答覆，而後我們直接開車去了穀城。一路上景色很美，有山有水，各種花草樹木裝點著綠油油的大地，自己一直處於欣賞美景的喜悅之中。路上和周老師說，「我們這叫走在希望的田野上」，土地上的田野充滿勃勃生機，希望我們的社會「田野」也是如此充滿活力！周老師也很開心，還和我分享了她從事學術的歷程和一些心得體會，學習到很多。

大概下午五點左右，我們和穀城縣湖北越調劇團的藝術工作者見了面。他們還專門為我們準備了兩段湖北越調的表演，《琴房送燈》和《紅燈記》。稍後，我們去了會議室與他們交流有關穀城戲曲的一些情況。

我們認識了作曲的傅道洪老師和他兒子，還有石訓軍團長、王紅團長、唐舒雲副團長，還有攝相黃遠生，宋金鋒、孫中立、牛豔君（湖北越調市級傳承人）等。期間，劇團人員與我們分享了他們關於湖北越調來源的一些觀點。據瞭解，越調是從越國傳過來的，工作人員還分析了四句越調和大越調的不同，為了使講述更加清楚易懂，劇團人員講到唱法的不同時，還現場演唱了起來。我有點激動，第一次聽現場版的戲曲演唱，離我這麼近，這麼鮮活生動，太有感染力了。以前都是在電視上看，總覺得很有距離感，沒有太多的感觸。現在真正地體會到了學界提出的「身體民俗學」的概念，不親身體會，不身處其中，沒有身體經驗和身體記憶真的很難深入領會民俗文化的意義和價值。

晚上，石訓軍團長帶領劇團人員和我們一起吃飯，品嘗了當地菜肴。當地有一種特色米酒，很香很甜，他們的待客文化和酒文化非常熱情，需要一碗乾，頗是豪爽。

〔註1〕日誌太多限於篇幅只作部分摘錄，下同。

吃完晚飯，石訓軍團長還領著我們去逛了穀城老街。老街很古樸，很漂亮，但是很多都被拆掉，剩下斷壁殘垣，甚是可惜。趕上落日的餘暉，在長長的古巷裏拍了幾張照片，很有意境，要是再撐一把油紙傘，來一場邂逅可能就更完美了！

8月4日　星期五　晴

早上，去了穀城文化館，見到了李春閣館長。她講述了自己發掘越調的曲折過程。之後幫我們聯繫了原文化局局長陳波，以及民間老藝人葉祥成。葉祥成老人講述了有關越調的來歷和傳說，以及越調的特點，陳波老師主要講解了穀城的歷史文化及相關地理知識。

李春閣館長有句話令我印象深刻。她說自己和愛人（石訓軍）在穀城老街沒事兒轉著玩的時候總是會感慨：「我們是有想法沒辦法，領導是有辦法沒想法。」他們夫妻二人熱愛民間戲曲，有藝術修養，也有家國情懷，希望戲曲文化得到更多的重視和發展，值得敬佩。但是面對他們的感慨，有很多值得我們思考的地方，在非遺工作展開的過程中，領導是真的沒想法嗎？還是不想有想法？領導與地方基層工作者之間如何達到更好的溝通，以共同推動文化的傳承？

另外，令我好奇的是，他們夫妻都是五十多歲的人，但是看起來像是三十多歲的，其他的藝術工作者看起來也很顯年輕，難道是吃了什麼神仙藥丸嗎？哈哈，自己都想以抗衰老的緣由去學戲曲了。但是現在戲曲的傳承情況不容樂觀，不像繪畫、舞蹈這樣的藝術有很多培訓班，普通百姓想學習還真是要好好找個門路，傳統戲曲的傳承還有很長的一段路要走啊！

中午一起吃飯的時候，越調老藝人葉祥成還唱了兩句清戲。據說清戲已經失傳，但是他說他還會唱兩句，令我們很是詫異，大家趕忙拿起手機錄音錄像。飯席上，大家互相交流各個地區的曲藝文化，不時唱上兩句，其樂融融，甚至愉悅。原來文人藝人坐在一起吃飯這麼有意思！

下午，我們在檔案室查找了一些關於越調的文字資料，拍了一些照片以備後用。覺得地方檔案館的工作有待進一步推進，希望能盡快建立全面的電子書系統，將相關資料公佈在官方網站上，這樣我們做學術研究可就方便多了。

8月5日　星期六　晴

上午我們到了仙人渡仙鶴社區進行了一些訪談。

剛到場，社區的戲曲演員就為我們演唱了傳統花鼓戲《夫妻觀燈》和一齣

現代戲（有關婆媳關係的），非常精彩。演員來自不同單位，不同行業，年齡大小不一，都出於對戲曲的熱愛一起學習、演唱戲曲，雖然學習時間不算長，但是已經唱得有模有樣了。我覺得這種文化氛圍特別好，一方面群眾的興趣愛好得到了滿足，另一方面也傳承了我們民族的傳統文化。

之後，我們訪談了仙人渡文化站站長汪輝、老河口豫劇團導演現指導仙人渡花鼓戲的朱建國、三個老藝人——曾桂榮、崔大順、崔桂英，瞭解了一些河南戲曲在當地的影響以及與當地越調的不同。

下午去了老河口湖北越調劇團，（有關該劇團的信息可查找微信公眾號「老河口豫劇團」），拜訪了劇團演員，有苑立珍副團長、琴師周生果、演老旦的范桂榮、演青衣的杜改英、演老生的孟翠煥，還有吹笙的任秀山。現劇團唱的越調曲目主要有兩個，一個是古裝戲《趙五娘吃糠》，一個是現代戲《曾真的故事》。

據他們介紹，穀城申報的越調非遺原本是老河口要發展的，但是由於當時在任的領導不太重視文化發展，就錯失了申報機會。這其實就是地方之間的文化之爭，文化的地方歸屬性問題也是當前非遺申報工作的一個難點所在，因為某種文化的傳承範圍與地理上的行政範圍是不一致的。那麼該如何協調這種不一致並減少因此而產生的地方性衝突呢？這是值得深入思考的問題。

吃過晚飯，我們去鄉下採訪了幾戶村民，有住在宋營村五組 43 號的宋志甫（70 歲），還有同村五組宋志華（前者的二哥，82 歲），主要是瞭解一些他們對越調的認識。這些老人都不怎麼會講普通話，幸好我是河南人，他們的口音與河南方言挺接近，基本能與他們交流，還可以翻譯給周老師聽，訪談還算順暢。

訪談結束，我們聽說附近有人家辦喪事，有戲劇演出，便驅車前往。舞臺在室外，布置得很簡陋，不太亮的燈光晃來晃去，大致可以看到演員們臉上誇張的妝容，有戲曲演員，還有穿著暴露的舞蹈演員，舞臺下面是一桌桌喝酒吃肉、談笑風生、等待演出的群眾。戲曲演員跑場子掙錢的辛苦，舞蹈演員用身體獻媚於群眾的怪誕，辦喪事人家的傷感，群眾間的歡笑吵嚷，一切都伴隨著清冷的燈光聚集在一起，生活真的很複雜，我們的「田野」能探知多少呢，一時間內心五味雜陳。

晚上到達丹江口時已經十一點左右，因為有點累，我這個小迷糊在車上睡過去了，周老師叫都叫不醒，真是不好意思。我們找了家賓館休息，為明天

的調研做準備。感歎周老師做學術的幹勁兒，這一整天馬不停蹄，走了好幾個地方，真的做了很多訪談，收穫滿滿。

二、十堰篇

8月6日　星期日　晴

一大早，我們由十堰非遺中心的溫主任帶領前往丹江口習家店鎮青塘村，採訪有關神戲的情況。因為有很多山路，比較難走，車程需要兩三個小時，時間緊張，我們早上隨便買了幾個包子就上路了。司機大哥特別辛苦，兩三口吃了一個包子，之後便忙於開車，一直堅持到中午。

其實，路上也是訪談的好時機，既打發了路上的無聊時間，也獲得了很多地方性知識，而且市非遺中心主任的角色不同於普通的民間藝人，他對民間戲曲的傳承有自己獨特的看法，為我們認識神戲提供了新的視角。真的是處處是田野啊，不是說見到了戲曲傳承人才是訪談時間，調研的時時刻刻都是田野，不能輕易忽略任何時機！

到達之後，見到了神戲的幾個傳承人：王德學、張富龍、龐春蓮。他們講解了神戲的裝扮、人物扮演、樂器、唱腔，以及有關越調和神戲的關係。這幾位民間藝人文化水平不是很高，也不怎麼會說普通話，一開始不知道該說些什麼，有點緊張和拘謹，但是聊了一會兒之後就好多了。如何打開話匣子，如何讓訪談對象暢所欲言，也是田野工作的基本功啊，需要好好努力。

之後還介紹了有關戲樓的情況，說以前有座戲樓，清朝光緒年間所建，建國後被拆毀，為了形成旅遊景點，現在又在重建。我們還走出訪談的會議室，走到山裏看了一下正在重建的戲樓。山裏的天是那麼藍，草是那麼綠，空氣是那麼清新，一切都是那麼令人舒適，對於從沒進過山的我來說特別開心。

下午我們開車前往武當山。當時走了一條山間小路，道路很窄，彎也很陡，雖說有點驚險，但也算看到了別樣的風景。從青塘村到武當山的路程還是挺遠的，體貼的周老師怕司機大哥太累，路上幾次與司機大哥換班開車。值得一提的是，周老師駕駛技能不輸男人，不能小瞧女司機哦！

晚上周老師的妹妹接待了我們，同行的還有她的弟弟和弟媳婦兒，還有小侄子。他們人都很好，非常熱情好客，認識他們很開心。

8月7日　星期一　晴轉雨

數天前得知姐姐要來十堰調研，從那時起便欣喜若狂，多年未見了，心裏

按捺不住的激動。緣分是種多麼神奇的東西，讓我們相遇相知，惺惺相惜，印象裏姐姐既能幹又要強，屬於明明可以靠顏值吃飯卻偏偏靠實力闖蕩江湖的女俠，看似大大咧咧，實則心細如髮。我倆的結識是上天賜予的禮物，雖多次相約探望，卻久久未能如願，一晃工夫，十多年過去了……這次姐姐帶著調研十堰地方戲曲的任務而來，身為老十堰人的我，非得使出十二分的勁兒，助姐姐一臂之力。

見到姐姐那一刻，我知道，十幾年的時間不算什麼，再見姐姐，依舊是往日的親切與熟悉，歲月彷彿在我們之間按下了暫停鍵，一切依然美好，也終將繼續美好下去。

聽了姐姐講述曾經走過的地方，真心覺得姐姐的戲曲調研之路像極了「尋寶」：一層層剝掉地方戲曲色彩斑斕的外衣，努力接近其最初的模樣。我相信，這一探索和找尋的過程本身就充滿樂趣，畢竟，兜兜轉轉才能撥開雲霧見青天。倐地，對姐姐的羨慕之情油然而生：地方戲曲調研之路，在收穫豐富多彩的戲曲文化的同時，更能結識形形色色的人，雖只是短暫的接觸，但這樣的經歷依然是一段值得珍惜與回味的人生旅程。

工作以後，鮮少再有時間像上學時那樣經常到各地轉轉，平日裏不是忙著上班，就是忙著跑工程，哪像姐姐這般還有可以到處跑跑看看的機會，雖也是工作需要，也有不小的壓力，但畢竟要強於我們這些天天坐辦公室的人，對我這種不出去看看世界就心裏癢癢的人來說尤其如此。閑暇時，我很喜歡看《走遍中國》、《遠方的家》、《味道》一類的節目，得空也會琢磨一下為什麼喜歡，許是因為這些節目都有一個共同的名字：遠方。拍攝鏡頭就是我的眼睛，跟隨鏡頭就能瞬間乾坤大挪移，置身於也許未來很長一段時間都將在腦海裏散發著浪漫光芒的遠方。在一個地方待久了，有時候會對身邊的事物變得漠然起來，非要暫時退出所在的圈子，從遠處看回來，才能重新整裝待發，迎接一個全新的自己。久而久之，這彷彿成了生活裏一種儀式感的存在。也有時候，「遠方」並不遙遠，只是從未涉足，從未如此面對面地凝視。就像現在，若不是姐姐的工作任務，十堰戲曲於我而言就是一個被封印多年的百寶箱，姐姐的到來終於使其解除封印，我實在是沾了姐姐的光，終於看清了自己身邊的風景並不比「遠方」差。這幾年，一句「生活不止眼前的苟且，還有詩和遠方」火遍了大江南北，這話的初衷充滿了向陽的力量，給深陷迷茫與困境的人們端上了一碗熱氣騰騰甚至飄著肉沫的雞湯，不過漸漸的，各種揶揄自嘲的版本也

七嘴八舌起來：生活不止眼前的苟且，「還有身後的苟且」、「還有長久的湊合」、「還有明天的苟且和後天的苟且」等諸如此類。在對這些說法付諸一笑的同時，要我說，就算生活裏充斥著種種「苟且」亦無妨，畢竟苟且有時候才是生活的常態，總要平常心對待，何況量變總會發生質變，苟且到頭了，天也就亮了。所以，說句毒雞湯的話，有時候，我們去遠方，見識到多種多樣的「苟且」，對自己的「苟且」也就釋然了。

此次姐姐尋寶的「遠方」是我的家鄉十堰，這個鄂西生態文化旅遊圈的核心城市，亦是鄂、豫、陝、渝毗鄰之地：東與湖北襄陽市的保康、穀城、老河口三縣市接壤，東北與河南南陽市的淅川縣相連，北與陝西商洛市的商南、山陽、鎮安三縣相接，西與陝西安康市的白河、旬陽、平利、鎮坪四縣毗鄰，南與湖北神農架和重慶的巫溪縣交界。十堰這一獨特的地理位置使其擁有「川陝咽喉、四省通衢」之美譽，其行政建制自古便歷經數次變動，加之本地人口向外流動頻繁，這些因素共同造就了這個文化圈內戲曲之間的融匯貫通，有的甚或達到「我泥中有你，你泥中有我」之境地。如此看來，正如姐姐所言，地方戲曲這一說法，也許更多的是一種廣義上的大的文化圈，而不局限於行政區劃之分，是一種更廣意義上的文化地理。因此，各地之間如何對待本就相融的戲曲文化，甚至由此出發，如何看待近些年一直持續的以名人故里之爭為代表的文化之爭應當引起進一步關注和反思。而國家政策的支持、地方政府的推動、學者的號召以及當地傳承群體的積極參與共同塑造了當地的戲曲發展現狀，在這一過程中，尤為值得一提的是相關機構、部門及時的檔案資料整理與歸納意識，亦即文化敏感性。非遺的申報如同學生們的考試，每道題目都必需作答且答案翔實可靠方有可能取得佳績，因此，時時的資料整理和歸檔看似基礎性工作，但對於保護和傳承非遺的意義非同尋常。而在這一問題的背後，亟需探討的是如何規避重申報輕保護這一現象，其背後的要旨在於，是否真正立足於優秀傳統文化的保護與傳承，換言之，是以真正的文化意識、文化態度來對待傳統文化，還是出於行政性或功利性的工具理性需求。

這個思緒好像是跑得有些遠了，言歸正傳吧，上午十點左右到達了鄖陽區群藝館，姐姐居然在幾百里以外遇到了自己的學生，欣喜激動自然是免不了，少不了寒暄，張同學也是格外的賣力，辦檔案，翻閱資料，耐心的解讀，聯繫當地的群眾藝人。

金老師，二棚子戲曲藝人，到達金老師工作的子胥湖公園，已經是中午，

烈日炎炎，熱情的金老師一定邀請到公園內逛一逛。中午吃了當地地道的農家菜，到金老師的戲屋正值中午一點左右，40 多度高溫，那是一間平房，格外的熱，金大姐的寶藏全在裏面，各種戲服，飾品，道具。金大姐邀請了她的戲搭子吳老師，吳老師也是金老師的妯娌嫂子，多年的默契，不用太多的交流，戲便開始了，天熱，在吳老師的堂屋裏聽著戲吃著甘甜的西瓜也是別有一番風味。

這是二棚子戲裏的《楊八姐春遊》還有《老阿叔》，吳老師還來了一段《樊梨花》以及《秦曲》，眼看快四點了，還要趕回市文化局彙報工作，雖意猶未盡的卻不得不離開，我們也開始驅車往市文化局。

8月8日　星期二　雨

十堰好像還沒有我不熟悉的地方，真不是吹牛，姐姐找我做嚮導那是再明智不過了。一早上了十巫高速，這一站竹山站，下午三點見到竹山文化局周局長，周局長滿懷遺憾，皮影戲現在看不成，聯繫了兩處，人湊不齊，因為這些人都出去忙一個白喜事去了，到文化館介紹竹山非遺工作情況。

皮影戲看不成，高腔還是可以看到，高腔可以看到他們最近新創的幾個地方小戲，高腔竹山也稱青戲。兩竹都在發展高腔，「兩竹」其實是個地名，竹山竹溪，竹溪那邊早已列入非遺，有專家稱高腔為漢戲，比京劇還要早，這些我以前真是聽未聽聞所未聞，長見識。

聽完介紹，天色已晚，因連日舟車勞頓，晚上大家就早早休息了。

……

姐姐又順利完成了尋寶路上的重要一站，家鄉的地方戲曲有如一道大雜燴，食材諸味紛呈又融為一體，鮮香味美且老少咸宜……

期待姐姐常回來看看！

……

三、崇陽篇

2018 年 2 月 1 日　星期四　晴

今天下去調研，目的地是著名的古戰場赤壁，杜牧當年路過赤壁時，有感於三國時代的英雄成敗寫下了膾炙人口的七言絕句《赤壁》，字裏行間暗含了自己鬱鬱不得志之感。本小姐固然遠沒有杜牧這般的才情與見識，但今日第一次去赤壁，卻也思忖著能夠多一點時間偽裝一把文人墨客，做一番懷古思今

狀，得出點能唬唬自己也唬唬旁人的心得體會。誰曾想，回首歷史的感情還未來得及醞釀成功，目的地便已然到達，真叫自己哭笑不得。原來，從武漢坐高鐵只要半個小時就到了咸寧。我還從沒坐過這麼短途的火車，跟回家坐火車的時間相比，簡直是屁股沒坐熱就要下車。罷了罷了，就不去故作深沉地嘗試做個酸溜溜的文人了，該幹啥幹啥吧。下了火車要打車去客運站，司機牛 X 哄哄地說一口價十五塊，說這裡不興打表，言語裏帶著一絲「愛坐不坐，不坐拉倒」的痞氣，這麼有歷史感的地方竟有這般地方特色？這個體驗不大好，可以考慮給個差評。

很快到了客運站，我們要坐大巴去往崇陽，取了票，進了站，找到了乘坐的大巴，要坐一個小時差不多，女神與我還是決定先去下洗手間。誰料上個洗手間的工夫，回來時大巴已經出發，原地只剩一個掃地的大媽。車走了？我們有些不知所措，估計像我們這樣誤車的人大媽見得多了，她很熱心地快速翻動上下嘴皮，整個嘴巴忙得不亦樂乎，我彷彿看到一串串的神秘字符從大媽口中湧出，然而令人崩潰的是，我們卻死活 get 不到大媽的點，她雖是言傳，我們卻只能七零八碎的意會。我們面面相覷，腦子裏已經亂成一鍋粥。雖然我們偉大的祖國幅員遼闊，但這裡距武漢難道不是剛才說的只有半個小時的高鐵車程麼？這半個小時究竟跨過了多大的語言階梯？此情此景，大媽突然意識到她的話只有她自己懂，於是揮舞起手中的大笤帚，朝向前方給我們比劃著，一邊比劃嘴巴還一邊嘟嚕嘟嚕講著地方特色的外語，手上的笤帚指著她的右前方，右前方儼然被大媽的笤帚劃出一個長長的指示箭頭。儘管一臉茫然，可總得做點什麼回應善良的大媽，先往前跑了再說吧！於是接不上大媽話的我們開始了此次調研的第一輪狂奔，以前都沒想過，出來調研是要練就一點體育技能的，追不上車可就悲劇了。我們往前跑著，大媽還在後面喊，回頭看她一眼，她手裏的笤帚儼然已經成了指揮棒，告訴我們跑偏了，我們迅速調整方向，還好還好，車子在出站口清點人數，而我們也終於在出站口追上了這輛赤壁發往崇陽的充滿鄉間氣息的大巴。終於意識到肢體語言真重要啊，沒有大媽的比劃，沒有大媽充滿魔力的笤帚，我們哪能追得上車呢，感謝大媽。

一邊欣賞著沿途街上時不時冒出來的睡衣男女，一邊跟女神聊著天，一個小時的時間過得倒也快。到達目的地以後，熊團長與我們接頭，帶我們去了他們劇團演出的地點。那是一家給十歲孩子慶生的農家，專門請戲班子來唱戲慶賀的。家裏有事請人來唱戲已經不單單是來慶賀，同時還具有了金錢意義上的

象徵意味，跟中國人特有的面子文化有了關聯，所以這或許也是戲曲在民間生命力頑強的一個因素。女神跟劇團的汪老師聊了一下，這個汪老師頭戴一頂褐色格子的貝雷帽，脖子上圍一條紅白菱形格子的圍巾，手握一個不銹鋼保溫杯，一身的文藝範，又一身的熟男氣質。今天已經看到好幾個大爺都戴著一頂貝雷帽了，感覺好帥氣，默默地搜索某寶，將貝雷帽添加進了購物車，當然，是女寶寶款。

　　臺上咿咿呀呀地唱著，臺下的人們三三兩兩地聊著，正式的演出要到下午兩點來鐘，上午這一會兒的亮相可能只算作熱身吧。許是唱個二十來分鐘的樣子，臺上演員就要打彩，也就是跪在臺上向觀眾乞討，沒見有多少人上去交錢，主人家竟然說這一會兒工夫討到六千多塊，這是出乎意料的。打彩完畢不一會兒就到了吃飯時間，主人做飯的傢伙就很奇特啊，啥叫民間智慧，這才是民間智慧。那是一個像衣櫃樣子的超大號蒸籠，有兩扇開合的門，整個櫃子冒著咕嚕咕嚕的蒸汽，旁邊是一個燒水的大傢伙，像一個 XXXL 號的胖煙囪，兩個大傢伙之間有管道相連，可以同時燒水，又可以利用蒸汽把食物燒熟。今天吃的所有美味，幾乎都出自這兩個神奇的大傢伙。我的女神竟然天真地用手去摸這個咕嚕咕嚕冒熱氣的大蒸籠，這算是以身試蒸籠麼，這細皮嫩肉的，怎不叫人心疼。主人家像變魔法一樣，一會開門拿出這個，一會開門又取出那個，當地特色的梭子肉啊，板栗燒雞啊，紅燒豬蹄啊，珍珠丸子啊，臘魚啊……哎，一想起來就餓，說句實在的，每次出來這伙食是真的不賴，最關鍵的是還都是地方特色美食，過了這個村可就沒有這個店了，讓人怎麼把持得住呢，魔鬼身材就是在這些讓人垂涎的美食中去魔鬼化的，哎，所以每次調研回去長個一斤兩斤的都正常，想到平日裏辛苦減下來的肥肉一調研便刷刷地重新貼膘，這種「痛」，再給我來一打！哈哈～剛開始大家還都坐著吃，不知道從上哪道菜開始，我們便不約而同地都站起來了，哈哈，長這麼大，我幾乎還沒站著吃過飯，小時候偶而站著吃飯看動畫片還要被家長訓，說是樣子不好看，哎，真不知道這麼些規矩是能吃還是能用。古時那些大碗喝酒大塊吃肉的英雄好漢，哪一個在乎過坐姿呢，好想過一把他們那樣的快意人生，可比在酒店包間裏文縐縐地吃飯要無拘無束地多，滿心都是爽歪歪的感覺。

　　陪伴我們吃飯的還有幾隻不知道是太熱情還是愛搗亂的大鵝，敲黑板點一下幾隻大鵝的名吧，它們真的是太吵了。整整一個午飯的時間，所有客人在主人家院子裏吃酒席，這幾隻不安分的鵝一點都不眼生，一直嘎嘎地叫著，逗

它們的時候一個個凶巴巴的，抻著脖子伸著嘴巴要啄我，它們還是太傻太天真，我都是它們四五倍高的大人了，還能讓他們咬著？！罷了，看在它們顏值在線的份上，小姐姐我就不與它們計較了。與這幾隻吵吵嚷嚷的大鵝相比，關在廁所的兩頭大肥豬要顯得落寞得多。這可能是長這麼大第一次上過的最有「地方風味」的廁所了，這兩頭豬跟茅坑只有半牆之隔，不停地哼哼叫著，好害怕他們突然成了兩隻飛天豬，飛到人身上，天哪，那會把我壓扁吧。儘管一進去就跟它們打了招呼，請它們多擔待多照顧，但這個廁所還是上的戰戰兢兢。臨了要走了，轉念一想，這樣的經歷多麼難得，不給它們拍個寫真對得起它們的不飛之恩麼？別的動物們都在外面晃悠，尤其是那幾隻高傲的大鵝還在不停地嚎著，這兩個大塊頭卻只能躲在這個暗無天日的小窩棚裏，多憋屈，同是要上桌的命，憑啥別的動物們就能享受外面的陽光和雨露，而它們就要在這黑咕隆咚臭氣薰天的窩棚裏呢，動物生來不平等啊，它們也是命途多舛，來生可別再託生成豬了。那麼來吧，擺好姿勢看鏡頭，我來用手機記錄下它們的音容笑貌。

吃過午飯，跟十歲生日孩子的媽媽孫燕聊了一下，又跟孫燕的叔爺爺聊了一下，把農戶送的兩個超大號白蘿蔔寄放在司機小汪那裏，我們便要起身去另一個號稱是在廟裏演出的民營劇團去了。帶我們去的這個汪吉剛真是個不簡單的人物，據說又是武夫，又是醫生，又是劇團老闆。說實在的，我對這種傳奇人生充滿了好奇，掐指一算，這人應當經歷了許多不為外人道的事。第一次見面是在他的診所，樓上樓下病人不少，樓上有個大叔在做艾灸，雖然只是看到一個裸背，但這大叔一看歲數就不小了，背上的肉忒鬆垮，護士把艾灸拔下來，大叔背上鬆弛的皮膚象徵性地抖動一下，一個個揪起的膿包看得我渾身難受，心裏默默祈禱就算論文寫不好也一定要保重小身板啊，不然這個罪受不了啊。同時也就越發不能理解醫生和戲曲編劇相差如此甚遠的角色如何在一個人的人生中體現。如果說人生之路的遠近已經注定，而寬窄可以左右，那這位汪編劇的人生估計是寬到可以橫著走了。這類人的故事應當專門出個傳記，或是專門製作一本奇人異事的書，看看有沒有共同規律，考察一下什麼樣的環境能造就這樣的人。

去到這個白馬村以後，不知道信息傳遞過程中哪個環節出了問題，完全不是想像中的在廟裏舉行特殊儀式再唱戲的情景，原來汪吉剛的中洲劇團來到這裡是為慶賀一座廟宇而唱戲，那座廟是翻新蓋成的一座三清廟，廟宇不大，

像是家族裏的祠堂。廟的前面是一派水田，據說也有護佑這片土地風調雨順的意思，廟宇前面的空地上三個香爐裏還燃著沒有燒盡的香。

女神主要跟這個劇團的黃三義、洪波和舒琴三個演員聊了一下，洪波是個外表看起來還蠻帥的小夥子，比我大整整十歲，鷹鉤鼻很搶眼，眉眼也還精神，有輕微的啤酒肚，黑色外套裏面是一件粉色的襯衫，黑皮鞋擦得很亮，跟這田埂鄉間的泥巴塵土形成反襯。大概我比較保守，搞不懂為什麼一個大老爺們要穿一件粉色的襯衫，要知道我都幾乎不穿粉色的。吃飯的時候，洪波拈著指頭拿著個什麼輕飄飄的東西在空中優雅地揚起，我還以為這是要給我們露一手，原來是鋪個塑料桌布而已，舉手投足都儀態萬千啊，心裏微微一顫，瞬間似乎理解了粉色襯衫的內涵。

劇團今晚演出的是《雙合蓮》，從不到七點要演到十點半，額滴神，真佩服這些老爺爺老奶奶對這戲的癡迷程度，寒冬臘月地坐在露天院子裏看戲，我真是甘拜下風。八點半左右，汪老闆載我們回了住處，感謝汪老闆，感覺快要凍成冰棍了。

2018 年 2 月 2 日　星期五　晴

從酒店出來，往酒店正前方走個兩三百米，是個丁字路口，越往前就越是一個上坡，道路左邊是些經營各類水果雜貨的小店，右邊的路牙石上是些流動的商販，天氣不錯，這條街上一派小縣城的喧囂，很有生氣。我們站在路口處，想要攔一輛去往文化館的車。崇陽特色的小的車來來往往，本以為只有綠色的小的車是當地人所說的招手即停便可以搭的車，但看樣子貌似只要是個麵包車就可以將其攔下，因為好多司機從我們身旁經過時總會與我們對視幾眼，有幾輛還特意搖下車窗瞄我們一下，當然也有被我們的美貌傾倒的可能，但那眼神更像是一個大問號，而我們無動於衷的反應也就讓他們走開了。

在我們身後的是三個擦皮鞋的中年婦女，最右邊的一個年紀應當是最大的，看上去至少有六十多歲了吧。第一次見到這樣擦皮鞋的營生還是在十年前，那是剛上大學的時候，在那個城市的汽車總站門口，大概有十幾個擦皮鞋的人，他們湊成了一排，有男有女，有年紀輕的也有年紀稍大的。我記得一靠近他們，就會聽到他們有人對著來往的乘客一臉期待地說，「老闆擦皮鞋嗎？」有次寒假回家在那裏準備坐車的時候，一個中年婦女問我，「小姑娘擦靴子嗎？」我滿臉不好意思的搖頭走開了，倒不是心疼那一塊錢，而是我這麼大了讓一個可以叫阿姨的中年婦女給我擦鞋子，這得多不好意思。而且那時候看到

那些真的坐在那裏伸出一隻腳放到踏板上，讓面前擦皮鞋的人左左右右塗這個抹那個來擦皮鞋的人都像極了壞人，覺得他們怎麼好意思伸出個大臭腳讓人家給擦鞋，就不能自己回家買個鞋刷自己擦麼，非得在這裡當大爺，一身正氣地覺得他們簡直就是在壓榨勞苦人民，甚至覺得怎麼沒有人揭發這些新時代的「地主、大爺們」的醜陋嘴臉呢。現在想來，自己真是怎一個傻字了得。總結一下，大體上傻在三處，一是我不能總是用「我覺得」來評價別人的行為動機，對這些擦皮鞋的人而言，他們是真的需要通過努力把一雙一雙的皮鞋擦乾淨來掙錢，他們需要一塊錢一塊錢的積累，他們要吃飯，要養家，家裏會有上學的孩子，會有生病的老人，我所認為的那些「壓榨」他們的人，正是他們的「上帝」，每一雙他們擦乾淨的鞋子裏，藏著他們酸甜苦辣的生活。二是這些「地主、大爺們」比我善良多了，他們讓這些辛苦擦皮鞋的人得以實現價值，讓他們掙到了錢，他們自己不見得就真的是「大爺」，不論有心抑或無意，他們這只伸出去的「大臭腳」，到底是幫了這些擦皮鞋的人一把，不像我，只考慮著自己不好意思，還作出正義凜然的樣子鄙視「大爺們」，卻完全無視別人真正的需求，像我這樣的人，死要面子又帶點虛偽。第三，我還沒有想到該怎麼表達這種深層次的傻，也或許應當換一個語境來表達，但一定也是傻的一種，雖然不太能完全說得清楚，但的確是有的，只是可能是更大層面上的，或許跟階層，跟整個社會有關，沒琢磨清楚，或許是有點嚴肅的話題，我怕掌控不了。我想多留一點成長的空間給自己，生活面前，畢竟我還是太嫩了，第三處傻，就算作一個開放性的或者未完待續的答案吧。跟女神搭了幾句話，回過神來，不再遙想當年，正看見左前方一個騎著電驢的五六十歲的大爺奔來，一看就是老主顧了，他一下車子，壓根就沒在這三個擦皮鞋的婦女中間選擇，而是坐在最右邊那個年紀最大的大娘面前，自然地伸出腳，大娘也二話不說，拿起幾張防止沾污顧客襪子的紙板夾進鞋子裏，嫻熟地工作起來，夠不著大爺腳後跟的地方，就抬起屁股，半屈著身子夠到。要是以前，我非得使勁白這個大爺幾眼，不過現在倒是平靜多了，整個過程二人沒有任何交流，大娘工作著，大爺也不必盯著，只是看著前面上坡的人來人往，等到兩隻鞋都擦完了，大爺從口袋掏出一個還是兩個的硬幣，大娘接過去，大爺點開車子走了。一切彷彿自然而然就發生了，開口說一個字都顯得有點多餘，多瀟灑的大爺，多努力的大娘……

其實每次跟女神出來，我都覺得自己有點多餘，又不愛動嘴，又不愛動

腦，又比較無趣，肩不能抗手不能提的，幹活實在不中用，加上八十一歲的心理年齡，連走個路導個航都懶得弄，要我這個小老太太有何用？再有，我的點總不在正事上，總是被那些個無關的人，無關的事所吸引，實在是愧對女神的信任。女神聯繫司機這會兒，又一個婦女成了我腦洞泡泡的主角。

她推的那種車，在我的家鄉叫做地排車，是一種車體主要用木頭製作的傳統運輸工具。因為是上坡，所以這個背著斜挎包的婦女推得很吃力。路見不平沒吼也該幫個忙吧，閒著也是閒著，因為就在我面前，我的本意是想過去給她搭把手，助她一臂之力，誰知訕訕地走過去卻硬是沒好意思伸手，為啥呢，怕人家覺得自己的行為會有點奇怪。可是都到人跟前了，傻站著貌似也有點怪異，索性裝著瞧了瞧她車上賣的是什麼東西，人家看我也不像個買東西的主，沒招呼我就吃力地推車過去了。那是一車的豆製品，豆泡啊，豆皮啊，千張啊之類的，好多千張疊在一起，看起來還有點像家鄉的煎餅。看完了，人也走了，帶著一丟丟沒幫上忙的失落，轉身我也退回路邊。一回頭，發現那三個擦皮鞋的婦女，中間那個正衝著我笑。她在笑啥？莫非看穿了我的心思？我的破綻很明顯嗎？還好吧應該，不至於啊。算了算了，不管她是為啥笑，唯一能確定的是那是一種善意的笑，溫暖的笑，乾淨的笑，管她笑啥呢，我也毫不吝嗇地露出一排沒有立正的牙，贈以熱情洋溢的大牙花子，衝著她使勁笑了笑，就當我們是知己吧。等我再回頭看那個推地排車上坡的婦女，已經是她的丈夫在推車，她幫他拿著挎包並在一旁用力。倆人好像在說什麼，看起來心情不錯的樣子，他常常面帶笑容地看她一眼，這一刻，不論生活如何艱辛，夫妻攜手同心的畫面不也是很美嗎？中間擦皮鞋的婦女在笑，這對推車的夫妻在笑，女神也常常在笑，我也在笑，笑真的是世上最美的符號。

司機終於來了，我們上車趕往崇陽文化館。這是一個條件有點簡陋的文化館，館員帶我們去找曹館長查閱有關崇陽地方文化以及崇陽提琴戲的各類資料。課題做了這麼久了，崇陽已經是第十八站了，地方戲曲與地域文化的關係貌似在骨髓而不在腠理，不知是一言難盡，還是無從說起。但資料總歸是重中之重，故我們對文化館，對曹館長都寄寓了不小的希望。沒聊上幾句話，渾身的細胞似乎都在傳達一種不悅，這個曹館長穿著很樸實，面相也忠厚，但就是態度貌似並不是那麼友好。等女神亮出省非遺中心使者的身份，我心裏嘀咕著，要是他一下子轉變了態度，那我一定要在心裏鄙視他幾眼。然而事實是，我依然沒有看出這個館長的態度有明顯的變化，依舊是牢騷滿腹，但又能明

顯感覺到他的倔強和硬氣，這倒讓我對他多了些興趣。這可如何是好，貌似我還是頭回碰到這樣的主。誰承想，說著說著，館長許是看出來我們的誠意和想做事的態度，話匣子一下子全打開了。於是乎，各種資料，各種照片，各種影像，各種心聲，一下子湧了出來。中午一起吃飯的時候，他肚子裏的貨實在比桌上的菜還要豐富，讓我想起早上出發前在酒店吃的早餐：我以為那真的是一個大蘑菇，吃到嘴裏才發現被騙了，原來是個做成蘑菇樣子的梅菜餡兒包子，雖然有被這個假蘑菇騙到的感覺，但還是很開心，因為這包子還蠻好吃的。館長就像這個蘑菇包子，一開始拒人千里之外的態度讓人覺得這趟訪談怕是沒多大的收穫，然而戰線拉長一點看，會覺得這個蘑菇料很足。從他對崇陽地方文化的熟知就能看得出來他的工作有多麼紮實，尤其是他整理的那些詳盡的資料。其實整理資料真的是一項聽起來容易做起來難的工作，沒有長久的耐心和恒心是很難堅持的，尤其是瑣碎細緻的資料整理。最近這幾年，我越來越覺得，真正將每一件平凡的小事都做好，甚至做到極致的人才是真的不平凡。在民間，在鄉野，在基層，恰恰是這些最平凡的人身上有著這樣那樣的閃光點，我一直相信，閃光點是藏不住的，它散發的光芒總能穿透包裹它的各式各樣的鎧甲。吃過午飯，一桌子的菜還剩了大半桌，館長剛開始有點不好意思全部打包帶走，說在「下面」打包帶走會有些面兒上掛不住，我不知道是否真的如此還是因為看著有我們在才不好意思打包，或許他們把打包看做是小氣？寒酸？甚至丟人？如果真是這樣，那打腫臉充胖子就可以理解了。拿著每月三千來塊的工資，吃飯打個包還要前思後想，這日子過得好擰巴。上了車，館長順勢把打包的飯菜放在了地上，沒有用打包盒打包的飯菜，僅僅一層塑料袋而已，就這麼擱地上了。我們讓他放座位上，他堅決不肯，我知道，打包的這些飯菜他還是覺得有點不好意思，因為不好意思，所以不願放在佔用人坐的座位上，因為不好意思，所以覺得打包盒打包飯菜不值當，而且打包盒是要另外花錢的，塑料袋是免費的。飯後，熱心的館長帶我們去往崇陽民協甘主席的家，搜羅了一堆崇陽地方文化書籍，又忙著聯絡其他的地方文化人，無奈時機欠佳，只得來日拜訪。臨走時，館長一個勁兒的強調下次來要多留幾天，人與人之間的緣分有時真奇特得很，可以從拒人千里一下子捂到手心，雖然稀裏糊塗地畫風就突變成這般模樣，但有一點雙方是共通的，那就是都想在各自的崗位上做一些切切實實的事，正因如此，才有了更深入和更長久的聯繫與交流。

今天印象深的就是這樣幾個草根人物，我喜歡這樣的人物，沒有距離感，不會有壓力，散發著泥土的芬芳，他們的未來或清晰或模糊，但都在堅持不懈地努力著，他們心裏一定有一個閃閃發光的太陽，可以照亮生活中的種種不易。我不知道我的未來在哪，但一定不能被現實生活馴化地脫了相，這是底線。

哦，不得不提的還有回程時在赤壁北站的第二輪驚魂狂奔，從買票到上車，七分鐘的時間，經歷了撞玻璃，過安檢，甩包三米遠外，撿包，驗票，跑錯方向，折回，下樓梯，上樓梯，最後箭步飛上高鐵的一剎那，一切有驚無險，perfect～

2018 年 6 月 11 日　星期一　晴

熱。

歷經兩個小時左右，我們一行四人抵達崇陽白霓鎮。一下大巴，一股夾雜著熱氣的泥土氣息撲面而來。上一次到訪崇陽，還是一月底二月初的事，那時的我穿著最厚的過冬裝備，恨不能把自己包裹成一個圓滾滾的球，轉眼間，春去夏來，換了人間。

剝著在大巴上吃剩的蘆柑，我們站在路邊幾棵稀疏的樹蔭下你一句我一句的聊著，來往的車輛不時呼嘯而過，道路上塵土飛揚，遠處的空氣彷彿在微微浮動，這是獨屬於夏天的焦灼。我們與過往的來車確認過數次眼神，均未得到回應，正有些焦急，冷不丁從身後冒出一輛有些陳舊的嘉陵摩托車，駕車的是一位面色黝黑，身材精瘦的老人。老人叫陳正剛，今年 65 歲，一臉的和氣，鼻子又尖又挺，雖然年齡稍大，但臉部輪廓依舊很有棱角感。看陳老師這坐騎，原來，目的地：白石港汪家近在咫尺。

今天汪家上演的戲是太平戲（也就是我們所說的菩薩戲），由村子裏三戶人家出錢請戲，為首的叫龔敏惠，今年 52 歲，五官清秀，長相不錯，就是不知是搽了太多化妝品還是天氣炎熱的原因，臉上出氣的鋥亮。這女子看起來幹練又利索，所有的事情被她安排的井井有條。據瞭解，請戲共花費三千八百元，另，主家要負責劇團演員的午飯和晚飯，還要準備香煙、點心、水果等，算下來，請戲總共要花五千元左右。一旁的汪奶奶在我們談話期間不時幫我們倒茶遞瓜，好不熱情。這位奶奶身著波點襯衫，樣子精神抖擻，別小看了這位 75 歲的奶奶，據說有十六位重孫，他們這一支不僅是開枝散葉，簡直是枝繁葉茂了。讓人不得不由衷地感受到周遭的那股強勁的生命勃發之力。人在，希

望就在，中國人對於生命延續的熱切期望，對於美好未來的欣然嚮往，就藏在這些人群中嬉戲打鬧的孩子們身上，藏在他們清澈明亮的眸子裏。

這幾日，我們將與劇團演職人員朝夕相處，全程記錄他們的日常生活。午飯時間，我們與他們一同就餐，演員們吃得很快，我們常常才剛吃到一半，他們便已離席。飯菜由請戲的主家提供，菜品非常豐盛，雞、魚、肉、菜、蛋應有盡有，尤其是肉菜，種類繁多，豬腳、排骨、丸子出鏡率尤其高（如圖1）。演員們說，他們成年累月的在外演出，成年累月的吃這些豐盛的佳餚，再美味的珍饈也難免讓人覺得索然無味了。跟著劇團混吃混喝的我們，連續吃上幾日這些大魚大肉，恐怕也要開始懷念學校食堂的清湯寡水了吧……

圖1　剩了一半的午餐

飯後，演員們各自找地方休息，一張張躺椅成為他們的日常標配。稍事休息後，準備上臺的演員們開始著手化妝，有的在堂屋化，有的在舞臺車上化，每個人都有一個或大或小的化妝包，化妝包像一個百寶箱，不一會兒工夫，就能讓演員們「變臉」（如圖2）。舞臺車好似一個魔術車，乍看只是一輛普通的貨車，搭起戲臺，車的容量可以是原來的三倍大小。車的底部還紮了幾個弔床，供演員們休息、納涼使用（如圖3）。看到有的演員在弔床上悠哉悠哉地搖著，倏地想起小龍女在古墓裏睡繩子的景象，著實有意思。

下午三時左右，小院子漸漸開始躁動起來，大爺大媽們陸續拿著凳子椅子，循著太陽沒過的陰涼地佔據有利地形以觀戲。趁著表演《榮喜歸》的當兒，我們隨機採訪了一位大媽，大媽叫孫豔初，今年70歲了，是個退休幹部，很熱情地跟我講述她對戲曲的所知所想，雖然唾沫橫飛，好在普通話還是很不錯，至少不會讓我一臉懵逼，真是難得。

圖 2　堂屋化妝的演員

圖 3　弔床

　　四點二十左右，下午場結束，觀眾散場，演員們各自休息。與此同時，幾個準備晚上主場的演員們圍坐在堂屋討論劇本和表演，雖然著實聽不太懂他們的談話內容，但從表情、動作和手勢看，他們無疑在討論切磋業務，談到激烈之處時，那架勢像是要吵起來一般（如圖 4：須加討論時圖）。

圖 4　討論時圖

吃過晚飯，待到八時左右，晚場戲《血濺望夫亭》開始，庭院裏坐滿了人，還有小販抓住人多看戲的機會，騎著三輪摩托兜售西瓜等，不時有鄉親過去敲瓜看瓜，也不時有鄉親從家裏拿出幾塊切好的瓜分給鄰座的熟人，此時的小庭院儼然成了一個茶話會的會場，有的人談戲看戲，有的人侃天侃地，有的人還沒來得及擦乾濕漉漉的頭髮，便穿著睡衣拖鞋跑出家門出來湊個熱鬧，還有光膀子的大叔四處溜達，在這裡，個人形象沒那麼有所謂，身處這樣的環境中，你會不自覺地忘卻那些人與人之間刻意維持的距離，不自覺地變得真正接地氣起來，從而不自覺地被感染上他們濃鬱的生活氣息。恰恰是戲曲，為人們提供了一個彼此之間如此近距離接觸的機會，可以看出，看戲聽戲，對於鄉親們來說，有著多元化的生活功能。

燈火通明的院子也使各種飛蟲活躍起來，我們所坐之處必要先確保是飛蟲尚未入侵之處，環環的彈指神功將一個飛蟲呈拋物線狀完美落向另一邊，那邊受驚的老大象是坐在彈簧上一般彈跳起來，引得周圍鄉親掩面而笑。強哥說得好，人都出來看戲了，蟲子們也該露個面湊湊熱鬧了！

晚十一點，演出散場，我們再次入住碧雲天酒店，洗漱完畢已將近凌晨一點，早點休息吧～

2018 年 6 月 12 日　星期二　晴

在學校待久了，出來調研常會有種放風的感覺，尤其是當經歷一些從未經歷過的事時，想想也還蠻過癮。二次到訪崇陽的第二天，我們便遭遇了一回被交警攔堵的經歷。

為了在有限的田野期間盡可能地做到深入地參與觀察，我們很希望對劇團演員的日常生活有一個全景式的描述，而事實證明，時時事事都能身臨演員們的生活現場顯然是有難度的。

比如今天，為了能夠記錄下演員們從早到晚的點點滴滴，我們希望劇團工作人員早上發車去往目的地時能夠載我們一道同去。雖然我們提出乘坐在貨車後面的車廂就好，但工作人員還是熱情邀請我們坐在駕駛室裏。兩位工作人員，一名司機，加上我們四人，小小的駕駛室瞬間被我們七人塞滿。一個開車，一個緊挨一個，一個抱一個，還有兩個蜷縮在座位後部，人生第一次這樣坐車，心裏不免有些興奮，我們一行前一秒鐘還在擺 pose 自拍，後一秒鐘便被交警冷臉攔了下來。那一刻，心裏默念的隱身咒語全不頂用，警察擺手示意停車，駕駛室裏歡聲笑語的七人瞬間面面相覷。

　　雖然擔心是免不了的，但我好像並沒有過於緊張和害怕，印象中我似乎一直不是很怕警察。記得小學四五年級的時候，有一次乘坐表哥的車，路上與其他車發生刮擦，對方的車上坐著兩名男子，我們的車上坐著幾位長輩。大家想著下車看看，誰料下車後你一言我一語，雙方發生了口角，也許因為那時正值年節，大家多少都有點酒氣，一言不合就動了手。年紀最小的我不僅沒有覺得害怕，還在暗暗為我方的大人們加油鼓勁。事後回家，我媽在家裏擔心這事把我嚇壞了，誰知我還興致勃勃地給她模仿當時打架的場景，真讓她哭笑不得，直言我是嚇傻了。不過，眼前這位崇陽交警顯然還算和善，起碼給了我們解釋的機會，對我們循循善誘，雖然最後扣了駕照，還罰了款。對此次事故，我們的確應當進行反思和檢討，雖然深入全面地做好調研工作是我們的初衷，但這畢竟是我們自己的事，被研究者沒有理由要為我們的過失而買單。

　　折騰到九點半左右，我們終於到達了天城鎮竹山吳家。今天的演出的主題是孩子周歲，這是一個很漂亮的小公主，名字也很動聽，叫做吳詩涵，從這個名字隱約可以看出，年輕的父母應當對他們的寶寶寄予了無限厚望，比如或許希望小寶貝將來能成為一個如詩如畫般內外兼修的女子吧。寶貝媽媽是潮汕人，今年32歲，寶貝爸爸是本地人，小兩口因在深圳做生意而相識相知，媽媽做服裝生意，爸爸經營面料生意，一來二往，二人遂喜結良緣。

　　上午十點左右，戲臺已基本搭了起來，十一點多，兩位劇團演員在臺上打彩，也算是正式表演前的熱身了。這邊打彩，那邊小壽星的奶奶熱情地給來客們分發西瓜和水，盡顯主家的周到，跟戲臺相隔不遠的幾個阿姨正在緊鑼密鼓地準備飯菜，大盤大盤的肉，大鍋大鍋的魚，大盆大盆的肉泥，還有熱氣騰騰

的蒸箱，院子裏一排熱火朝天的景象（如圖5、圖6）。戲臺斜對面的幾位阿姨正忙著做珍珠丸子。她們從碩大的盆子中攢起一把肉泥，輕輕握起拳頭，在拇指與食指之間的虎口處，一個肉丸自然而然就有了雛形。再由另一位阿姨將這些肉丸放在裝有糯米的盤子裏來回滾動，使肉丸裹上一層香甜的糯米，雪球一樣的珍珠糯米丸就成形了。這道菜是我們生活裏較為常見的佳餚，每一顆肉香軟糯的丸子都暗含了人們對團圓、對美滿生活的嚮往，今天小寶貝的周歲宴亦是如此。這些幫廚的阿姨，多是左鄰右舍的親友，這一家吳氏家族也有七八個兒子，過周歲的便是吳氏老人的重孫女。一整個家族能夠住在一個村子裏，親人之間需要幫助時能及時予以援手，血緣與地緣的重合使這裡的人們得以聯結為一個更加緊密的生活共同體。

| 圖 5　洗菜的阿姨 | 圖 6　燒火的阿姨 |

午飯後，主人家貼心地招待我們到二樓休息，我們一行在主人新房的沙發上臥倒，細心的主人還躡手躡腳給我們送去了風扇，醒來看到這一幕時，真讓人暖心。下午和晚上，演員們分別唱了《巧配姻緣》和《鳳中龍》這兩場戲，尤其晚上那場戲前，主家燃放的煙花絢爛極了，夜空下的煙花彷彿在向世人昭示家族的興旺和喜慶，讓人深受感染並提振精神。是啊，流淌的生活離不開種種儀式感的表達，有儀式感的生活才是對生活，乃至對生命的尊重與禮敬。

2018 年 6 月 13 日　星期三　晴

吸取昨日的乘車教訓，我們一早打車去了距離酒店六公里多的目的地：白霓鎮金星村箭樓屋王家。

劇團今天被邀請給老人過壽，這是村子裏唯一一家陳姓人家，過壽的老

人叫陳正良，今年 70 歲。老人身材有些枯瘦，髮量很少，且幾乎全部斑白，左手總是叼著一根燃著的煙，不時吧嗒吧嗒抽上幾口（如圖 7）。老人並不善言談，跟我們聊天時總顯得有些拘謹和不自在，看起來老實巴交，淳樸憨厚。老人有三個兒子，今天的戲班子，便是三個兒子共同出資為老爹過壽，下午的劇目為《茶樓記》，晚上則為大型宮廷劇《香魂恨》。

圖 7　採訪老壽星

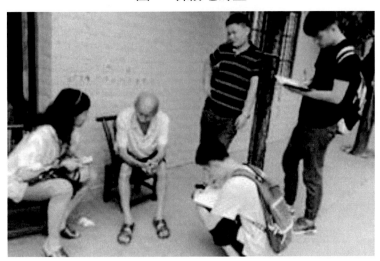

吃過午飯後，業務團長洪波與我們聊了許久。這已是第二次與洪波老師見面了，上次見面就已經給我們留下了深刻的印象。我記得那次見面時是在一個水塘旁，洪老師外套裏身穿一件淡粉色的襯衫，水塘旁泥土很多，但洪老師的皮鞋擦得乾乾淨淨，一點不像是常在室外活動的樣子，眼睛炯炯有神，嘴巴小而薄，鼻子很尖很挺，像是一個從眼睛直達嘴巴的指示箭頭，耳朵較大，一臉的福相，整張臉秀氣的很，人也挺拔，舞臺扮相很俊俏，不愧是劇團表演的臺柱子。這次再見面，洪老師彷彿一點都沒有變，還是那般健談和開朗。不需上臺時，常常身著短袖 T 恤和肥大的短褲，一身休閒運動裝扮。只是夏天再也藏不住有些圓滾滾的肚子，身上印著自己扮相的 T 恤也因此有了些許 3D 效果（如圖 8）。洪老師比我大整整十歲，與我們也比較熟了，在此就稱他為波哥吧。臺下的波哥像個陽光大男孩，不僅擅長唱戲，還擅長自我欣賞和自我陶醉，適時的自戀也許已經成為波哥生活的常態。他頭髮烏黑油亮，髮型又極有特點，常常下意識地撫弄自己柔順的頭髮，一低頭一抬頭，帥自己一臉，又惹得別人忍俊不禁。波哥不去代言洗髮水廣告真是可惜了呢！

圖 8　業務團長洪波

　　我們已經跟了劇團三天，每一天晚上他們收工都在十一點以後。據波哥說，劇團每個月要演出二十天左右，在這些演出的日子裏，每天吃著幾乎一樣的伙食，每天工做到深夜直至凌晨入睡，這樣辛苦勞累每天也只有二百元左右的收入。波哥夫妻均是劇團演員，據此推算，他們夫妻二人每月的收入也只在八千左右。「為了生活，沒有辦法」，這是劇團演員多次對自己生活狀態最直白的表述。當然，他們絕不是掙扎在生活邊緣的群體，從某種程度而言，他們可能很符合人們常說的「吃不飽、餓不死」狀態。雖然波哥極有才華，但聊到一些參加更高平臺的賽事時，一貫自信的波哥卻還是顯得有些不那麼自信，直言自己只是個小小的基層演員，很難有進一步提升和學習的機會和舞臺。與波哥聊到一半，原崇陽縣文化館曹館長帶領三個年輕人來訪。曹館長此次來訪主要有兩個目的，一則禮貌性地拜訪看望女神周老師；二則希望能向女神引薦帶來的三位年輕人，希望他們能有更好的施展能力的機會。我再一次深切感受到基層文化工作者對一個更好、更高的發展平臺的渴望，恍惚間彷彿看到了自己的影子，雖然我還只是學生，但六年前剛來武漢時又何嘗不是那麼迫切地希望能

在這片新天地中全方位的提升自己？人應該不斷地前進，人也應該適時地回首和反思，如此，才能學會感恩和珍惜。不忘初心，方得始終，我告誡自己，不論我的未來在哪，不要忘記今天能觸動我的這一幕，希望今天的自己永不辜負昨日的自己，腳踏實地地前行。

2018 年 6 月 14 日　星期四　晴

木耳肉絲粉，今天已是第三次見面，老朋友了。粉裏靜靜地躺著三顆光溜溜的鵪鶉蛋，顯然，老闆對我們接連這三天的惠顧很是歡迎，因為我清晰地記得，前天的粉裏只有一顆蛋，還是半顆破開的蛋，昨天是兩顆完整的蛋，今天竟然成了三顆，這樣下去，若是長久吃這家，會不會某天老闆直接端上一碗滿滿的鵪鶉蛋呢？顯然，這蛋裏藏著老闆對我們的真情，最後竟然還因為豆漿分量不足給我們退了兩塊錢，小姐姐我長這麼大，還頭回親眼見到這樣實在的良心賣家，給崇陽人民點個贊。想起在恩施調研時，周老師與我在一家麵館過早後，大搖大擺走出店面，走出挺長一段路了才記起還未付錢，沒想到我倆竟不小心吃了頓霸王餐。臨近中午再回去送錢時，老闆大大咧咧地笑道，「再過來吃的時候一起給就行了」，簡單的一句話，爽朗的一聲笑，讓人聽了心裏那個舒服呦，人與人之間的信任難道不是送給彼此最珍貴的禮物麼？這才是恩施展示給外地遊客們最好的名片吧！崇陽亦是如此，就如這家粉麵館，不僅可以續麵，滿足強哥的胃，還有老闆幾次三番叮囑周老師帶好杯子的友善。波哥也是這樣的崇陽人，假若你對他有一分熱，他便極有可能還你三分光。臨走了，波哥盛情邀請我們去家裏吃飯，我們推辭再三，最終決定大家一起吃個早飯也好。剛咽下第一個蛋，波哥戴著墨鏡一路帶風地走過來，與我們一同共進早餐。

吃過早飯，波哥載著我們前往甘佰煉老先生家裏。甘老是國家級提琴戲傳承人，早年曾開辦工廠，以商養文，這份獨特的經歷使這位九十歲高齡的老人多了一份智慧和從容。還未進門，熱情的甘老已經在門口等候，招呼我們進門，甘老忙著給我們拿飲料，帶我們參觀他的院落，小庭院的花草蟲魚使這個不大的院落多了一份清幽靜謐。甘老的整個客廳是由一個天井改造而成，通風采光效果極好。三四層的房子只有甘老一人居住，難怪波哥總調侃甘老如何土豪。甘老笑稱波哥如同自己兒子一般，二人關係甚好，呵呵。

甘老精神狀態十分不錯，鼻子上架著一副淡黃色眼鏡，白色的襯衫看起來很精神，襯衫口袋裏還別著一支筆，這大概是成功人士的標配吧，腦補了

一副甘老隨時隨地在給粉絲們簽名的畫面，一定帥氣極了。趁著甘老打電話的工夫，我偷拍了一張甘老的照片，老人家站地筆直，跟故友的對話讓他更加神采奕奕，常常笑得合不攏嘴，露出一排整齊的牙齒（如圖9）。以甘老的年紀來說，雖然這口整齊的牙齒很有可能是「借」的，但確實為甘老的顏值增色不少，這樣燦爛的笑容下，就連臉上的老年斑似乎也一下子跳躍了起來。與周老師走訪過很多地方，每每遇到甘老這樣的老藝術家，總會覺得他們就是一部部活的歷史，當你看到他們如數家珍地展示著他們的心血、寶貝時，他們的幸福和欣慰溢於言表，這種喜悅是會傳染的，你也會真切地感受到他們的幸福（如圖10）。就像甘老家客廳裏那張高懸的「老班主」牌匾，這一聲「老班主」，叫的是一種與生命融為一體的情懷，是對藝術和生活濃的化不開的眷戀。

圖9　甘老打電話　　　　　　圖10　甘老的展示

　　與甘老、波哥吃過午飯，我們便準備啟程回漢，執著的自拍少年波哥終於買到了心心念念的自拍杆，相逢是緣，就讓這一刻的美好定格。這是我的第二次崇陽之旅，今日一別，不知來日是否可期，祝福劇團，祝福甘老，祝福波哥，祝福我們每一個人！

　　……

四、仙桃篇

2018 年 6 月 20 日　星期三　陰

鬧鐘醒來，我沒有像以往一樣賴床，利索地洗漱完畢，強哥和李環也發消息說該下來吃早餐了，買完早餐就出發到周麻麻的家。我是首次和周麻麻下鄉調研，對於這趟旅程的未知性充滿了好奇。快到達周麻麻家樓棟，麻麻已經在路口等我們了，今天的麻麻看著非常靚麗活潑，橙色的五分褲加粉色條紋襯衫，咱們這個隊真是青春小隊！

圖 11　調研人員在仙桃劇團合影

這次行程是周麻麻開車，目的地是仙桃市。我以「我是女生我最大」的理由坐進了副駕駛，李環和強哥坐後面，一上車給我的感覺像咱們四個是要去旅遊的了。李環是咱們小隊的開心果，有他在車內愉快的氣氛都要向四周傳播了，周麻麻問要聽電臺還是聽碟片，李環要點播嗨一點的音樂，麻麻讓我從頭上方拿一下碟子換碟，哇，我已經很多年沒有碰到碟片這些年代感的東西。記得小時候家裏有 DVD，自己有一大盒碟片，全是關於奧特曼的，有迪迦、賽文、奧特兄弟……只不過現在已經都不見了。童年的蹤影也無處可尋了。麻麻抽出一張黑色的碟片，她在開車手不方便我幫忙放進車載 CD 口裏，動感的音樂在車內響起，李環手跟著節奏打響指，聲音噠噠噠好大啊，都懷疑他是怎麼做到那麼響亮的。一路上我和他互懟不停，車子駛到了鸚鵡洲大橋，紅色的橋柱有規律的排列，很是好看。車子行駛到這裡了李環響亮的打響指聲居然還沒消弱絲毫，真是個怪人，怎麼能夠活力這麼足？前一晚努力做作業精力耗費太

大，此刻我慢慢開始睏了，耳朵自動屏蔽李環的打響指頭，腦袋歪著座椅補眠，醒來後發現快到仙桃市了。車子開進市區越來越靠近目的地，當開入流潭公園時周麻麻說，劇團的地理環境很好，在公園裏面，空氣也非常清新。打開窗戶，兩邊翠綠的樹蔭擋住了陽光和灰塵，幾米外還有個小湖，湖上還有個雕塑的小人兒，像一休和尚，不遠處還有個遊船售票地，許多顏色的腳踩小船停在岸邊，看到我這麼新奇地望著窗外的公園，周麻麻說稍後調研訪談後咱們在這公園走走，我們幾個都很快速答應著。雖然學校後面就有個沙湖公園，但也想逛一逛、看一看不一樣的地方。車子進入公園不久後就到了劇團，劇團是一個大院子圍合起來，我們下車後，看到大門掛靠的牌匾很多：仙桃市花鼓戲傳承保護中心、仙桃市沔陽花鼓劇團、仙桃市歌舞團。此時，劇團劉團長迎了出來，劉團長穿著墨綠色的短襯衫，加著西裝褲，笑起來單眼皮眯成了一條彎彎的縫，像韓劇裏的喜劇人物一樣，極有好感。來之前在車上周麻麻就說了，劉團長人很好，特別的實在，看著確實這樣。

劉團長為我們介紹了今天帶我們去各地調研的王軍老師，王老師不高，臉圓圓的帶著個黑色鴨舌帽，看著很精神，一身深色衣褲，右肩背著個黑色皮質單肩挎包。十點半在王老師的帶領下我們驅車出發了，在車上王老師和我們講解了仙桃市戲團的目前情況，整個江漢平原目前有 1000～2000 的民間藝人。最著名的就是仙桃市郭河鎮，鎮內就有 260 人在唱戲，是花鼓戲的發源地之一，王老師也是郭河鎮出來的，王老師是鄉班出身，出身於紅星班，是仙桃劇團特聘過去的，獲得過許多獎。王老師的爺爺以前也是唱戲的，爸爸現在在做道具，媽媽管服裝。

這次我們的訪談對象是家庭劇團，十點四十五我們到達了採訪地點，被採訪者叫薛勇，唱小生，75 年的，妻子叫沈月新，唱旦角，73 年，王老師笑道，這是女大三抱金磚啊。他們的孩子目前在劇團實習也是在王老師門下學習，小孩 12～13 就被送去藝校學戲了。薛叔叔在與我們聊天途中提出了民間藝術的難處，「民間藝人該怎麼生存？」提起這個，薛叔叔臉帶愁容，說現在的生存空間越來越窄，大不如以前了，而且現在草根藝人都是 70 後，80 後的基本沒有，他們這個年代的藝人是最後一批草根藝人了。薛叔叔的師父叫曾師父，曾師父特別會「浩水」，「浩水」就是根據給的一個情節編詞編曲，好厲害啊，就像現在的 hip hop 音樂一樣，不過我覺得「浩水」更難，「浩水」得唱得演，還需生動形象，這需要很強的功底，交談中途沈阿姨還給我們泡了茶，杯中茶香

四溢，沈阿姨說這是黑茶，李環問是不是安化黑茶，然後又就茶文化聊起來了，不過這個茶真的很好喝呢。

圖 12　採訪個體演出夫婦

　　11 點 45 採訪結束後我們一行人前往洪湖去看劇團演出，在車上我見識到了王老師的知識淵博，和我們講「三寫四唱」七個戲，白天寫了晚上唱，第一場非要是帽子戲，唱的是「大天官」或者是「莊王焚香」。「大天官」講述的是八個神仙的故事，每一個神仙都是什麼角色，他們的唱詞是什麼，那些生澀拗口的詞句從王老師口中說出來，讓我們非常有代入感，對王老師也是敬佩不已。周麻麻說這是王老師肚子裏的知識，別的市面上可沒有這些東西。車子開到了洪湖，我們新到達的地方也很有意思。叫「千張之鄉」，這真是無奇不有，什麼之鄉都有。在路上，周麻麻怕我們餓著了，買了一些香蕉和桃子來填了下肚子，一路上津津有味。

　　採訪者家庭搭建了一個吃飯的棚子，路邊也有一個戲臺子，上面正在演出，演的是「私生恨」，說的是當地話，我只能聽懂個大概。給我的感覺是非常接地氣的，而且在棚內觀看的大多數都是老人家，路邊還有坐在三輪車裏看戲的老人，都非常專注的觀看。這裡演出的是家中老人過世的白事戲臺，被採訪者叫楊好，今年 50 歲，過世者是她的嬸嬸。楊先生非常激昂的說，自己作為 60 年代的人，想用淳樸的方式孝敬，送老人家最後一程；尊敬的並熱鬧的讓老人家走。在我們的採訪中，來了許多鄰居，對我們的採訪感到好奇，並且一直在周圍問我們是在幹嘛？我們熱情的解釋著，當聽說我們是來作戲曲文化保護的調研，他們露出放心的表情。不一會來了一位女子，一頭卷髮，淺棕

色連衣裙，穿著正紅色的單鞋，頭上還別了一個白色小花。她在門口一直打量著我們，像我們侵佔了她的地盤一樣。沒多久像憋不住一樣打斷了周麻麻和楊先生的對話，盯著我們說：「哎！你們是幹什麼的啊？你們來我家幹嘛？你們調查有證件嗎？把你們的證件都拿出來給我看一下，你們沒有證件那調查什麼啊？」此時我們的內心一陣懵，我的內心更是無語，她這是哪裏來的自信？楊先生很開明，理解我們此刻的心情，最後還很熱情的要作為東家讓我們留下來吃午飯。看著那位氣勢洶洶的阿姨，我們真的難以咽下飯，因此委婉的拒絕了這頓飯。

圖 13　白事戲曲演出現場

從採訪者家裏出來後，等了大約半個小時，戲臺上的演出也結束了，我們便和團長一起去吃午飯。到達鎮上的飯館時已經是下午三點了。點菜之後，大家開始聊天。團長叫王早陽，今年 42，穿著個墨綠色的長袖休閒襯衫，眼睛很大，眉眼深邃，鼻子挺拔。我心想：團長年輕的時候肯定很帥！給我的感覺像少數民族的。坐在他旁邊的是他的搭檔，廖叔叔，今年 39，腦袋圓圓的，是位不苟言笑的人。不過在聊天中發現我的想法是錯誤的。王團長說像他們這種組合型戲班在接演出時一般是舞臺老闆負責舞臺的搭建和接單工作，演員臨時召集，樂隊有 2～3 人，鍵盤手不可少。一般演出大概 2000 元，平均下來每人 200 左右。想想他們也是十分不易，演出地方遠，飯點不規律，夏季酷熱也得在臺上演出幾個小時。聊天中菜也上的差不多了，都是當地的一些特色菜：炒馬莧菜、炒麥角、千張藕片、炒鹵豬耳、烤魚、燒豆腐、炸豌豆，還有一盤

糊糊，裏面是小魚小蝦。我好奇的率先嘗試了一下，味道真是好極了，飢餓促使著我們將這桌菜吃的光溜溜，剩下了潔白的菜盤。飯間，團長給我們講了把郭河鎮打造為「花鼓小鎮」的事情。有這麼一句話我記得很清楚：百年花鼓源於沔陽，百年沔陽源於郭河。原來，這就是郭河的文化底蘊。

　　午飯結束後，王團長要去準備晚上的演出了，採訪結束後我們也回去劇團了。在劇團碰到了劉團長一行人，便去了劉團長的辦公地點交流，劉團長帶我們去了他的辦公室，辦公室在三樓，走進辦公室，入眼便是沙發，辦公桌很大，上面放著許多文件，辦公椅後面就是靠牆展示櫃了，櫃子上布滿了大大小小的證書，劉團長開始和周麻麻交談起來，當談到仙桃市郭河鎮在準備籌建花鼓小鎮，麻麻有著很大的興趣，劉團長又拿出花鼓小鎮的起草方案給麻麻看，據說這個小鎮準備投入 80 億資金，龐大的數字聽得我震驚了，交談結束後，我們準備下樓離開了，在樓道口看到有工作人員在那裏刷臉打卡，李環湊過去也想刷臉，我笑著說，如果刷他的臉，這個打卡機大概會死機，哈哈……

圖 14　仙桃劉錦團長辦公室

　　交流結束後團長讓我們留下來吃晚飯，說周邊開了一個新的小餐館叫「孤品」，環境優美。我們幾個小傢伙面面相望，不禁失笑，三點鐘開餐的午飯還在肚子裏呢，走出辦公室強哥說：得跳一跳消化一下。像強哥這樣的大胃王也難以接受啊！

　　到達「孤品」之後，農家小院展現眼前。大家圍著餐桌坐下，在我身旁的是位中年老師叫趙紅兵，趙老師和我們說了他自己的戲曲經歷。1974 年進劇

團，是個文武生，唱做練打樣樣都行，94 年開始帶學生。當時掛靠荊州藝校，後掛靠省藝校，現在已經轉為後勤老師了。在場的還有位年輕人叫達煉，今年 32，拉京胡，回族人，他有個弟弟叫達沙，唱小生。交談中飯菜已經上桌，摸著自己圓鼓鼓的肚子，面對著各色菜式：鱔魚、牛蛙、沔陽三蒸，還是充滿著食欲。晚飯間的氛圍愉快，劉團長是位非常幽默的人，飯間歡聲不斷。

晚餐過後，我們的青春小隊告別了劉團長。我們漫步在流潭公園，湖邊小道上，當我們走到一個籃球場時，李環提議玩遊戲，於是便出現了一群大孩子傻樂樂的在公園玩著印象裏小時候的遊戲——123 木頭人。四人劃拳，強哥輸了，他站在遠處界線背對著我們，我們就靜悄悄的踮著腳前進，等強哥說停，我們得立馬停住並不讓他抓住。玩遊戲的途中引來了許多觀眾，用異樣的神情打量著我們，但我們還是愉快的傻樂著。123 木頭人出現了遊戲 bug，越在後面越容易三人組勝利。當我做主持人的時候，李環靠近的速度特快，我耍賴不停的叫著木頭人，剛想叫時周麻麻從兩米外速跑過來打我背，我卻還防著李環，簡直嚇了一跳。隨後我們還玩了跨步遊戲，當分配隊伍時，我和強哥在一組，李環和周麻麻一組，我內心高興著。當時玩的挺開心的，以為強哥這麼高大這種遊戲還是遊刃有餘的，事實卻總是出乎想像。李環的跳躍能力讓人大開眼界，而強哥簡直是遊戲 bug 的存在。

遊戲過後，大家也累了，在去找客房的途中，卻在錢溝廣場碰到了劇團唱戲，強哥和李環下車看情況去採訪，我便和周麻麻去之前看好的歐喜得定酒店房間了，定了房間後，麻麻讓我先選自己中意的，舒服的躺了進去。一天的忙碌收穫頗多，洗漱完後躺在舒服的大床上，意猶未盡，我想，夢裏也會繼續今天的行程吧？明天又會是新的一天。

6 月 21 日　星期四　陰

歷經昨天調研，自己對仙桃花鼓戲有了更深的瞭解，對仙桃話也聽得更順耳了。

與昨天一樣，王老師還是咱們青春小隊的「導遊」，今天的採訪對象就在仙桃市內，十分鐘的車程就到了。開到小巷子內，我們見到了劉修玉老人，劉爺爺今年 75 歲，師承餘石喜，他以前唱小生、文武生、老生。劉爺爺家族以唱戲為生，弟弟、兒子一家、侄子、外甥一家等等都是唱戲藝人，劉爺爺 15 歲就開始學戲，64 年間中斷，77 年改革開放後又重新開始，78 年在通海口劇團工作兩年，83 年回到郭河鎮參加國營劇團，84 年後開始私人承包，90 年變

成私人劇團，當時花了4000元買下了之前劇團的服裝道具，在90年代，4000元應該算一個大數目了。買下劇團的東西後全家就開始參與了，提起當年的紅火場面，劉老先生那歲月留下深深紋路的臉上是藏不住的自豪，說原本在這一家演出還沒演出完，另一家請他們唱戲的就把服裝道具的箱子都搶走了，後來只能分兩邊唱了。那時候大部分是以村和大隊為單位來接戲，慶豐收。96年到97年開始小舞臺。雛形是幾個人唱完後就分賬。後面就開始了搭棚，有化妝，有衣服了，也就是所謂的新型地花鼓。2000年小舞臺風靡，唱大戲的開始走下坡。08年時唱大戲的基本消失。劉爺爺還給我們講了她15歲拜師餘石喜老人的具體過程。先寫祖宗牌。然後師叔師伯進行公證。再磕三個頭上三炷香給老狼王。給師傅師叔師伯各磕頭三個。假如師叔師伯們多的話，只怕是要頭都磕腫。然後就是啃板凳頭。聽起來這個很有意思，劉爺爺說啃板凳頭就是拿出一個長板凳整個人趴在板凳上，嘴咬住一邊的板凳頭子，師傅打三下屁股，意為從義從德、臺上演戲臺下做人。喝完後就開始講一些戲曲的禮節，如學藝先學德、戲比天大救場如救火。講完後學徒就向師傅師叔師伯們敬酒，聽他們訓話，然後拜師就算完成了。聽聞劉爺爺會唱古戲。我們請他老人家來了一段。靜坐屏息以待。他一開嗓就亮了，似乎是在訴說著什麼？仙桃本土話聽的不是很懂。但是那種悲傷的情緒就立刻隨著開口的唱帶動起來了。唱到後面劉爺爺已經淚流滿面。第一次近距離的看到了這麼真實的表演。敬佩這位老藝術家。唱完後都能感覺到劉爺爺內心的不平靜。

圖15　劉修玉老師家

　　訪談完後劉爺爺帶我們參觀了他保存的戲服。戲服被放置在箱子內。他拿出一件黃色蟒袍，這件蟒袍雖然已經非常舊了，但是保存的非常好。劉爺爺把它整齊地擺放在沙發上，仔細地弄去衣服上的褶皺，然後，像對待珍寶一樣把它折好放在箱子裏。

　　離開劉爺爺家，我們下樓時見到一隻好可愛的小黑狗，肥肥的。還很機靈的往我腿上蹭，愛不釋手啊！周麻麻給我和小狗狗拍了一張。離開小巷子，我們來到了小商店。周麻麻買吃的和小冰棍給我們，我歡喜的拿了小布丁，他們也都選了和我一樣的。媽媽問王老師喝不喝飲料，他說他有水。那吃不吃冰棒呢？他也不吃。環環可能覺得王老師矜持不好意思吧，強買強推了一支小布丁給王老師，老王師沒辦法就接下了，我笑環環一定要別人接下了這支小布丁，說不定王老師戒冰棍好久了呢。

　　開始午餐時間，王老師帶我們到了一個的商場。麻麻和王老師很統一的定了自助烤肉。我們很意外他們選擇了這個現在年輕人喜歡的聚餐方式，周麻麻對強哥說：「強哥，你今天可以吃飽了，隨便吃啊。」我默默想：嗯，這是為強哥訂製的！烤肉期間領略到了王老師嫻熟的技術，那個身姿和撒配料的手法。一看就是非常專業。王老師說這是帶兒子女兒出來吃習慣了的。強哥和環環挑選的肉類也非常棒，我和麻麻是坐等吃的兩位女士，吃飽喝足了，下午兩點，和採訪對象魏桃花爺爺相約在烤肉店前的奶茶店，魏桃花只是他的藝名，能在年輕的時候給自己起這麼一個有意思的藝名，肯定是個有趣的人，魏爺爺看著非常健碩有精神，戴著個黑色復古的墨鏡，無名指上有個大扳指，左手有一大一小的佛珠，右手戴著一塊大大的銀色手錶，像極了民國時期有錢的地主。魏爺爺一家子也都是唱戲之人，妻子，大兒子一家，小兒子一家，女兒都是以唱戲為生。魏爺爺也是師承餘石喜，和劉修玉老人是師兄弟。隨後我們跟魏爺爺去他家參觀了以前鄉班劇團的照片，一進家門，牆上全都掛滿了相片大大小小的照片，有以前劇團合影照，有魏爺爺的遊客照、家庭照，在一個比較打眼的地方還看到了魏爺爺和兩個歐美女孩在他一左一右的合影，想不到魏爺爺還這麼瀟灑呢。對魏爺爺採訪結束後，和麻麻一起去了歐棟漢老師家，麻麻和歐老師聊了一會兒天後，咱們動身回酒店晚餐我們是在一家財魚麵館吃的。就在我們都吃完了後，李環出去帶著老闆過來了，我以為發生什麼事情了，李環指著他吃的那碗麵中的殘骸，小聲和老闆說湯

裏有小飛蟲，希望老闆下次注意。很貼心善良的環環，老闆也當即感謝了李環並且說明天來吃免費，這就是所謂的贈人玫瑰手有餘香吧。

圖 16　午餐時間　　　　　　　**圖 17　魏桃花老師家**

圖 18　仙桃錢溝廣場

　　晚餐後我們來到錢溝戲臺，戲已經開始了。據說，這裡唱戲每天都有，會有不同的班子，也有許多觀眾，一個小廣場上面全是人，一到這裡，我們幾個就走散了，強哥很暖心地跟著我護著我。我們開始了分頭採訪。第一位採訪對象是曾先生，頭髮花白，對於錢溝戲臺這種形式，他認為是很好的，畢竟作為地方戲曲有著百年歷史，老年人也喜歡，對現在戲臺上的表演也很是好評，還說今晚演出的是《李三娘》。另一位採訪對象是張爺爺，是本地人，但只是平常來看看，對戲曲沒有明確的欣賞或好壞的辨別。還有一位王爺爺，他喜歡本地戲，對於這個劇的評價還可以，他喜歡自己能聽得懂的戲，對於當地的「打彩」這個形式表示理解，畢竟這戲臺是無償演出，而劇團得需要收入來維

持生計。王爺爺說,一般打彩的都是坐在前排的老戲迷,年紀大有退休工資拿的老人。我又找了一個離我近的阿姨,我:「阿姨,能打擾一下嗎?」阿姨:「不能。」我……可能被當做搞推銷的了吧。開始下雨了,今天的採訪隨著雨滴結束了。

6月22日　星期五　小雨

第三天,清晨周麻麻溫柔的聲音把游離在周公美夢中的我叫醒,睜眼發現窗外天色不對勁,到窗前看著淅淅瀝瀝的小雨不停,天空也壓暗了許多。周麻麻踱步在房間裏,時不時走到窗邊看著這昏沉沉的天色,碎碎念說:「老天爺呀,你下完這一會兒就別下了啊,待會就停了啊。」在洗漱的我覺得麻麻真是可愛,老天爺會聽到嗎?但我也像麻麻一樣內心在祈禱著,昨天劉團長約好了幫我安排化戲曲妝拍照的,可不能泡湯了呀。

還是在昨晚的那家財魚麵館過早,但沒有看到那個和氣的老闆了。過完早周麻麻驅車載我們前往了今天的目的地——仙桃市花鼓劇團。雨水也擋不住咱們四個激動的心情,到達劇團後一位老師帶我們去了假日劇場二樓的化妝間,一進化妝間,有著不同於今天灰沉天空的亮,房間四面都是化妝臺,檯子靠牆,牆面上都是連著的大塊化妝鏡。鏡子上方亮著長條的燈管,房間顯得異常明亮,大概不用湊近都能清晰地看到毛孔了吧。帶我們上來的老師領著兩位女老師過來,說是化妝老師,老師們開始化妝前期工具準備。

圖 19　化戲曲妝

　　開始化妝了，給我化妝的翠萍老師眼睛大大的，五官非常標緻，穿著黑色的紗裙。我坐在窗口，開始拍底彩的時候我和老師說能不能移到化妝鏡前，因為我想學習一下，老師很驚訝，我說我也給自己化過戲曲妝，並且把照片給老師看，翠萍老師點頭讚賞，然後說今天會給我化一個不一樣的戲曲妝。當老師亮出她們的戲曲妝工具時，才發現我們的社團與專業劇團相比真是判若雲泥，小巫見大巫了。一個黑色大的手提箱放在桌臺上，打開箱子琳琅滿目的戲曲油彩，各種大小型號的筆刷，沒有見過的瓶瓶罐罐，看著這齊全的裝備，都快按耐不住想知道自己化完標準的戲曲妝的樣子了。好不容易平復激動的心情，翠萍老師開始拍底彩了。老師給我畫的過程很流暢，而且沒有像自己給自己畫妝的時候底彩拍油膩了、顏料畫眼睛裏面去了，各種感覺不舒服的地方。看著鏡子裏的我一步步變得美麗精緻，說不出來的歡喜，我是第一個化完妝的，翠萍老師說我可以去另外一邊老師處弄髮飾了，起身時聽到周麻麻驚訝的讚美聲：「老師，您畫得好好看啊，真好看！」我也是這麼覺得的。來到整理頭飾的位置前，看到老師在把一片片的片子整齊地擺在桌子上，片子上沾著像膠水一樣的液體，我發現在翠萍老師給我戲曲妝的時候，這個老師就拿了一個小盆子，裏面裝著黃棕色的紙一樣的片子，老師在桌子前把片子撕成一條一條的窄窄的豎條，然後泡在水裏，大概這就是片子上的液體吧。老師說貼片子是個技術活，可不是每個人都會的，我坐好，先戴水紗，再是弔眉，將弔眉的繩子先繫一圈在額頭上，再將紙膠布從我的鬢角往額頭中央提，就將我的眉毛眼睛都弔起來了，然後將一個稍大的片子貼在我額頭上方中間的位置，用一根像針一樣細長的東西調整片子的形狀位置，逐次向兩側貼，貼完片子就開始帶大柳，我猜測這個的作用應該是顯臉小吧，是我們這種圓臉女孩的救命裝備了。接著就是戴線簾子，戴髮髻和水紗。然後老師又搬出來一個箱子，打開箱子全都是些亮閃閃的頭飾，老師將它們一件一件地插在我頭上，一邊插一邊感歎說，你這姑娘好適合扮小花旦啊。你的頭很圓，這個圓圓的腦袋天生適合小花旦！周麻麻在一旁打趣說：「宇婷啊，你要不就留在這跟著老師們唱戲吧，平時不上課的時候就過來和老師唱唱戲算了。」咦，我這個小跑調怕是要辜負老師們的厚愛了……頭飾貼好後強哥的妝也化好了，強哥自黑自己臉好大，我就笑笑不敢做聲，還有個臉大的在你旁邊呢。當老師說我的妝好了，我看著鏡子再次被驚豔到了，原來鏡子中的人兒化完戲曲妝是那麼好看，興奮得屁顛顛地欣賞自己美麗的容顏，燈光照射下感覺自己在

發光了,這絕對是兩位老師的功勞啊。然後,輕飄飄地站起來去樓下換衣服,找到管衣服的老師,換了一身調皮的小花旦的衣服,上樓再去化妝間,周麻麻也畫完了在弄頭套,麻麻扮的是穆桂英,老師小心地把頭飾拿出來,說這一套頭飾是整個劇團最貴的,花了好幾千,用了沒幾次,整個頭飾是湖藍的顏色,用小小的形狀不同的小點翠插滿。等周麻麻整個妝容完成後也是極為好看的。四個人相繼化完妝換完衣服後,看到身邊人不一樣的形象,有一種咱們四個是一齣戲裏的人一樣。

圖20　戲曲妝合影

化完妝就是拍照了,在這裡拍在那裏拍,到處拍照的我們,過足了癮。不過拍照的時候我們還是沒有忘記大事,今天的初衷。就是給李環錄參賽視頻,中午午休時間借演出舞臺作為背景,環環上臺唱的時候可美了,完美的戲曲妝容,加上本來扮演的就是傾國傾城的楊玉環,音箱老師說:「只要他不作聲,沒人會認為他是個男的。」我也非常贊同。視頻錄的是漢劇《貴妃醉酒》,演出結束後,坐在臺下的一些劇團外的觀眾都給環環鼓掌了,我也覺得很棒很優秀。錄製結束後,王老師留我們在劇團食堂吃飯,一個方桌擺著各種小炒菜式,劇團的飯菜給人家裏的感覺,特別熟悉親切,和今天的化妝老師、服裝、音箱老師坐一起吃飯,真的謝謝她們今天幫我們這麼多,辛苦了。

午飯過後,在淅淅瀝瀝的小雨中,咱們這個青春調研小隊結束了這次的仙桃調研之旅,我的第一次調研,雖然可能不盡完美,但對我來說意義非凡。

　　……

五、武穴篇

2月4日　星期天　晴

每次坐公交去湖大，總要等個十來分鐘車才能來，今天運氣倒好，剛到站牌車便緩緩駛來，比預計到達湖大的時間大概整整早了二十分鐘，下了車也不用著急了，完全可以一路溜達著過去。今天要去武穴，時間好快啊，不知不覺竟然已經十九站了，雖然沒有全程跟進，但作為一個外地人，我也可以自豪地說已經走過湖北許多地方了。

從武漢開車自駕至武穴大約有三個小時的車程，好在最近天氣普遍晴好，一路上聽女神聊這說那時間過得也快。春節在即，沿途經常看到有人家在家門口掛著一串串的臘肉臘魚，滿滿的年味，滿滿的生活氣息迎面撲來。寒冬臘月裏，咬一口筋道的臘味，舌頭和牙齒與食物的親密接觸使食物的滋味全然釋放在唇齒間，這一年的辛苦化作滿口的醇香，這才是實實在在的生活，看得見，摸得著，有味道。想到這裡，突然無比懷念媽媽端上來的那碗熱氣騰騰的餃子，餃子永遠是我的最愛，沒有之一，我的鄉愁，都在餃子裏了。在我的記憶中，餃子是平凡生活中不可或缺的伴侶，過年要吃，過節要吃，平日裏但凡有個值得慶賀的事也要吃，有時候硬生生地覺著下雨天就要吃餃子，就算沒有任何由頭，一段時間沒吃餃子，心裏便癢癢得很，總要纏著媽媽包頓餃子吃。在外求學，自然少了許多品嘗媽媽餃子的機會，嘴饞時忍不住去超市買包速凍餃子煮來解饞，不過那味兒，總覺得沒家裏的餃子香。快過年了，要回家了，終於要與家裏的餃子們重逢了，一想到這些心裏總忍不住美滋滋的。

終於在鄰近中午十二點的時候到達了目的地，也就是武穴文曲戲研究院。門口接我們的是院團辦公室主任高主任，高主任個頭並不高，圓圓的臉，有一個七八十年代很常見的勵志型網名，曰永不言敗。往酒店走也就陸續都碰上了院團的各個領導，都很熱情，想起我自己去做的調研都沒個人搭理，不禁別有一番滋味在心頭，不過只要跟著老師們出來，我就能狐假虎威了。

進了酒店房間，已經有好幾位院團領導等候了。院團陳書記在路上已經對文曲戲的源流做了一定的簡單介紹，我坐在他的右手邊，陳書記通身都是黑色，腳上一雙大紅色的襪子忒顯眼了，加上又翹著二郎腿，褲腿往上一躥，這紅色更張狂了。後來又來了郭局長啊，陸院長啊，周院長啊，管科長啊，好幾個「長」，陣勢挺大的，足以見得地方領導對當地文化的重視。各種「長」到齊了也就意味著這餐飯要好好吃了，好好吃就意味著一是要喝酒，二是花費更

長的時間吃飯。好想自己出去找個拉麵館吃個麵了事啊，簡單又輕鬆。人坐在那裏，我的靈魂卻早就出竅了。大概領導們看我也不像個專業做戲曲研究的，與我交流最多的竟是問我哪年出生。不是說人家女孩子的芳齡不要亂問的麼，咋這麼多人問我呢，難道沒有人看出我是女孩子麼，一頓飯的工夫就有倆人問我了，老天，正事沒說，倒是洩露了芳齡。通常的套路就是，「這麼年輕的博士啊，哪年的？」「不小了，八九年的。」「哦……」就這麼一個「哦」就過去了，難道標準答案不該是「哦才八九年啊」，然而一個「哦」就表示「嗯，是的，不小了」，哈哈，想哭，我需要你們的否定。紅襪子書記坐在我右手，補充了一句「還沒我姑娘大呢，她八八年的」，嗯，心花重新怒放，看著緊皺著眉頭的紅襪子書記瞬間感到了父親般的慈愛。

吃過午飯，郭局長等一行人興師動眾地陪同我們去花橋鎮尋訪民間文曲戲愛好者李國正，感受老百姓對文曲戲的一腔熱情。花橋鎮，多浪漫的名字，聽起來就很美好，不知道在這個小鎮發生過多少美好的故事。這裡的房屋簡單樸素，許多家戶迎門高懸毛主席的畫像，還有的用瓷磚貼出一幅迎客松的圖案。往前走著，突然看到一個熟悉的身影：是牛叔！今天來的路上已經見過好多牛叔了，沒想到在這裡又跟牛叔二度相逢，衝這緣分也得過去跟牛叔合個影不是～屁顛屁顛跑過去，滿心喜歡和友好，牛叔卻不領情，我越靠近它越後退，要不是有繩子拴著，怕是早就跑遠了。不是說老牛吃嫩草麼，怎麼這位牛叔不愛跟嫩花拍照呢，這麼大的塊頭膽子這麼小，白長了這個大個子了。不過我還是靠近它拍了一張，可能是第一次見面它有點眼生，有機會再見的話估計它會記得我這個熟人吧。

李國正老師對文曲戲的熱愛絕沒有僅僅停留在口頭上，他保存的資料以及針對資料作出的每一項標注無不體現著他對文曲戲發自內心的重視和喜歡。每一份文字檔案，每一張記載著演出時間地點的照片，匯成點點滴滴與戲結緣的心路歷程。文曲戲之於他，大概就像自己的愛人，那些文字資料，那些照片，就是他們每一次相見的證明，他喜歡文曲戲，正如文曲戲的魅力也滋養著他，我不知道李國正老師平日的生活是怎樣的，有人把生活過成了詩，也許他把生活過成了戲，戲裏戲外，都是生活。這份戲曲情懷柔美而綿長，如同泉水叮咚，為平凡的鄉間生活注入了無盡的色彩。

幾位民間愛好者看到我們過來都很熱情，脫下外套換上戲服說來就來，拉琴的敲鑼的唱戲的，一時間一個民間戲曲樂團就組好了。我不懂戲，但我卻真

切感受到了戲曲如何提升了他們的精氣神，乍看絲毫不起眼的幾位愛好者，穿上戲服立馬提升了精氣神，沒有絲毫扭捏，大大方方為我們表演。有位姓吳的老師，真讓人印象深刻，吳老師身材偏瘦，大概五十歲上下的樣子，一上臺那架勢，那炯炯有神的眼睛，很是吸睛。我們看得很精彩，相信他們表演得也很幸福，畢竟能夠做自己喜歡的事是件多令人開心的事呢。表演完畢紅襪子書記對吳老師的唱腔給予指導，你教我學，不亦樂乎，吳老師開心地笑著，露出一排泛黃的牙齒。

夕陽的餘暉靜靜地灑在每個人的身上，離開花橋鎮，吃過晚飯，由紅襪子書記帶路，我們趕回住處。

……

六、荊州篇

8月17日　晴　荊州

昨晚上還在抱怨為啥每次出發前總要下雨，大武漢捨不得我不成？畢竟下雨天拖個行李箱壓馬路實在不是一種愉快的體驗，今早竟然放晴了，乾乾淨淨的天空，讓人的心情也輕鬆起來，今天要去的地方是楚國故都、三國名城——荊州。

車窗外景色甚美，那就是一種和諧，深淺不一的藍天，變化游移的白雲，勞作的農人與悠閒的雞鴨，還有星星點點的野花。前輩們描寫美景的句子都說的真好，可惜現在我一句都記不起來，多說無益，此情此景，就是醉人。《還珠格格》裏紫薇在野外一展才情，就一盤青菜炒雞蛋而已，硬是被她文縐縐的起了個「兩個黃鸝鳴翠柳」的菜名，我這裡沒啥菜品，但是窗外絕對也算得上色香味俱全了，色已經很明顯，就不解釋了，香，有花香，有作物成熟之香，有雞肥鴨壯之香，味，則是生活之體味，或好或壞，或喜或憂，如同漂浮的雲，終沒有定數，卻在變幻中守恆。好想使個壞，在這廣袤的平原上打個滾，擾亂這番淳樸的美，看看雞鴨如何被我嚇飛，荷花如何失了顏色。

這真是個餿主意，雖然並未實踐，僅就這麼動了一下這個意念，老天就讓我嘗了嘗苦頭。跟沿途的輕快和諧相比，下午這陣仗簡直就是爆炒生鮮……荊州群藝館也忒配合了，光是荊河戲藝人，就來了十好幾個，還有那些個攝影的、倒茶的、後勤的，七七八八加起來竟有十八九個人，這陣仗……這恐怕是我自幾年前參與調研起所見的人數最多的座談了，默默祈禱了一下：各位老師

你們別急，一個個說，否則回頭整錄音再聽就是一鍋粥啊⋯⋯

一直以為學戲的人各個都是宛轉蛾眉，男俊女俏，今日一看，非也。終於看到了幾張與我同樣的常人面孔，呵呵，不禁竊喜，那看來我這個樣子也能過了學戲的「面試」了。好吧，原來在座的老師們大部分是已經退休的業餘戲曲演員，因戲結緣，惜緣愛戲，成為了一個頗有凝聚力的小團體。人啊，只要有自己的追求，有能力做自己喜歡的事情，何必在乎什麼遲暮，大膽地往前走就是了。也正是面前這些沒有那麼「漂亮」的叔叔阿姨，耕耘著荊河戲的天地，不然，我們大老遠過來拜訪誰呢？哎⋯⋯

歌頌歸歌頌，就是這種人數多的座談極容易說著說著大傢伙都開始七嘴八舌的加入討論，那就是油鍋剛燒熱開始加入蔥薑蒜的爆炒階段，好是好，起碼說明大家都進入狀態並且開始互相碰撞互相啟發了，只是說，哎，難了我們這些小學生的後期整理工作，方言本來就有障礙，再稍稍一亂，呵呵，默默祈禱不要分到這段錄音⋯⋯

8月18日　晴　荊州

驕陽似火。趙主任問我，累了嗎？我答，不是，太熱了，人有點蔫。

沙市人民跟這天氣一樣，熱情的很，比如趙主任，他是唱京劇出身，確實，說話表情蠻有精氣神，雖已年過六十，眉宇間依舊透露著一股英氣。上午陪我們與王文華老師交流，不時對王老師的談話內容加以解釋。這位王老師也是位五官端正，長得挺帥的老爺子，頭戴一頂白色鴨舌帽，使整個人看上去更有活力，上身一件白色襯衫，襯衫裏面貌似有件打底背心，灰色長褲，腳上的尼龍絲襪還帶有星星點點的小圖案，背個斜挎包，整體上是一身文藝老大爺的裝扮。他們交流著這劇那劇，這腔那腔，我就在想，好歹前前後後我參加戲曲類調研也有些時間了，就算是不懂，聽也該聽的不少了，怎麼耳朵還沒磨出個稍微有一丟丟專業的戲繭子來呢？跟著頭出來，一坐下就是一尊傻傻的雕像人設，千萬別說我是個博士，到底博哪去了我自己也不知道。頂多站起來拍個照，尋找點存在感，這感覺，實在不妙。我分析，就如記不清楚當年我的數學是不是語文老師教的那樣，因為與數學互相不來電，所以不願意去聽課，因為不聽課，所以不及格，因為不及格，所以就更加發怵，惡性循環了一年又一年，終於使我這朵祖國的花骨朵最終沒趕得上開放的季節。

下午川主宮一遊，同樣有熱情的趙主任陪同，小半輩子頭一次見戲樓，跟電視裏演的不大象啊，我以為是一個很大的戲臺子，下面有很多坐位，樓上還

有專供達官貴人聽戲賞戲的包間雅座。面前的戲臺子由幾根臺柱子支起，像個小亭子，偷偷摸了摸這幾根臺柱子，想情境還原一下歷史上屬於這個戲臺的繁盛景象，轉念一想，就摸一下吧，不然萬一穿越了怎麼辦，我是地道的路癡，擔心找不到再穿越回來的路，這就尷尬了……

　　與李先勇院長的交流絲毫沒有引起我的興趣，倒是半路殺出個「毛爺爺」。這位假毛爺爺姓任，叫任什麼我忘了，頭那裏有人家名片，就不去查證了。任老師據說曾經做過毛主席的候選演員，乍一看是有幾分相似，今天沒白來啊，偉人離我不到一米遠呢，呵呵。其實任老師是個有名的劇作家，寫過多部頗有名氣的劇本，比如《家住長江邊》，雖然我也沒看過這個劇，但是頭提了好幾次，估計是蠻有名氣的。說實在的，相對戲曲，我更想聽聽人家是怎麼搞文學創作的，哎，說多了都是淚，年少時候我也做過學文學的夢啊，無奈緣淺情深，終究錯過，如今已淪落到小說都懶得看的境地，每每偶遇幾個文學院的才女，都好生羨慕。

　　趙主任搭頭的順風車回家，一路上與小帥哥暢聊石頭裏包裹的玉石，雕琢成形的玉石確實不錯，於是撿石頭尋玉石就在小帥哥的心窩裏埋下了種子，興許某次雨後就真的去了，不過這玉石恐怕也不是那麼容易撿到的，不然大家都別幹活了專門撿石頭發家致富算了。這麼一看群藝館的工作蠻輕鬆啊，這麼有時間捯飭這些個東西……想到哪說到哪，還想提一下這幾天的伙食，真不錯，雖然多數菜品都有點辣，但是味道確實都不錯，而且是在人家裏吃的，很放心。今年暑假沒回家，損失了好幾頓我媽包的餃子……

　　……

七、恩施篇

8月19日　晴　巴東

　　聽說過燃麵是個什麼東東嗎？反正我沒有，早上去了一家燃麵店，悠悠地點了一碗湯麵，假裝自己知道了燃麵為何物……

　　今天帶我們去巴東的是一位陌生師傅，留著痞痞的髮型，下巴處有道疤，腰上係個小小的腰包，四十左右的樣子，這幅長相和打扮讓坐在副駕的我打起精神提高警惕，畢竟後座的頭太美，作為跟班的我即便業務能力不強，好歹頭的人身安全那是要全力保障的。頭有一句沒一句的跟他搭話，我就靜靜的聽著，設想著假如發生各種突發狀況後的應急措施，沒帶防狼噴霧，但是包裹有

把削鉛筆的小刀，嗯，我們還是有武器的，頭，咱不怕。說著說著司機說他孩子已經大學畢業工作兩年了，也不知道為啥，瞬間我覺得這人應該還行，不是個什麼不好分子，許是覺得孩子都這麼大了家長應該比較靠譜，就放下了戒心很快開始瞌睡，接著就睡過去了……可是孩子多大跟家長人品有必然聯繫麼？哎，有時候我也不懂自己是咋想的。

今天的常態就是在路上，往返總共六七個小時的車程，大熱天的調個研容易麼？不容易。好在沿途天藍山高，白雲飄飄，也算是對我們舟車勞頓的慰藉了，星星點點的人家散落在山間，真真是白雲深處有人家。住在高山懷抱中的人應該更加謙遜吧，面對著這麼些高大的山，人就只有仰視了。記得前年暑假在長陽做導師課題時也在這種大山中住過幾天，蒼翠的高山有種讓人心靜的魔力，尤其早上，山間雲霧繚繞，恍惚覺得山裏真住了個仙風道骨的老神仙。

原本對這一帶一直心心念念的是高山小土豆，誰想到接到堂戲專家譚老師後隨意去的一家農家飯館不僅有好吃的炕土豆，竟還相遇了美味的玉米粑粑，啊，一直好喜歡玉米啊，長得好看，又好吃，做成粑粑或者玉米餅也好吃，吃吃吃，我一人包攬了一半的粑粑，吃得好滿足，走這麼遠也算不虛此行了。吃完飯摸摸肚皮，像懷揣了個小西瓜，打個飽嗝，嗯，真沒出息。

這麼高的海拔怎麼天氣也這麼熱呢……估計出來這段時間又要黑出新高度了……坐回車裏，額滴神，剛吃了炕土豆，接著就要炕PP麼？座位好燙……

譚老師是個很和藹的老人家，75歲了，衣著打扮很像我們系裏的一位老師，所以感覺還蠻親切，家裏窗明几淨，一看就是個乾淨又細心的老人家。他準備了一大批資料，手稿、打印稿全部都有，還寫得一手好字，著實讓人欽佩。臨走還要我們把各自的飲料帶在路上喝，我的就不拿了，因為飲品上的吸管不知去向，譚老師見狀要重新回去拿，被我們謝絕了，真是個好親切的老爺爺。

回到荊州住所已經快晚上八點，玉米粑粑吃的我一天都不餓了，晚飯就免了……

8月20日　陰轉晴　恩施

張主任個不高，白白的，鼻子上架著一副方形眼鏡，夾個小公文包，有個小號的啤酒肚，領導好像都長這模樣，挺熱情，他從火車站接到我們便帶我們去施南古城吃飯，啊，施南古城好美啊，還以為恩施是到處都是高山，沒想到

還有施南古城這麼美的地方，這是一座新城，房檐屋頂上的小翹翹使整個建築看上去活潑俊俏，張主任帶我們去了一家叫「毛家飯店」的店裏吃飯，這是一家極富歷史年代感的店鋪，每一個小隔間被叫作「健康大隊」、「勝利大隊」等，我們就在「健康大隊」吃飯，大門左手邊往裏走有「毛爺爺」坐鎮，笑吟吟地看著東西南北往來吃飯的客人。記得宜昌也有這種主題飯店，很有特點，服務員很熱情，東西也很好吃。張主任熱情地給我們介紹恩施的情況，當然還有恩施好玩好看的地方。這頓飯吃的好，聽到了很多新鮮事，嘗到了恩施當地的土特產，感受了頗有特點的施南古韻，實在有幸。

飯後，七點多點我們馬不停蹄的趕往來鳳，這段期間陪同我們的是司機小黃，由他駕車帶我們去各個地方調研，小黃僅年長我兩歲，又是個兔子，身邊屬兔的人不少啊，除了接下來的幾天沒事跟我鬥鬥嘴，找找抽外，人還不錯，給他點個贊。

晚上九點多抵達來鳳，住到酉水明珠酒店，服務態度不大好，差評。今天基本上就是在路上，晚安。

8 月 21 日　晴　來鳳→鶴峰

酒店沒有小型會議室，附近沒有茶座，只能委屈秦老師、吳老師、徐老師到我們的房間座談了。

我想說難道戴頂帽子是來鳳老師們的標配嗎？三位南劇老師一人一頂帽子，雖然帽子種類不同，但看上去還挺和諧。徐老師年紀相較另兩位年紀稍大，有點耳背，身材稍胖，一進來我就覺得在哪見過，哪呢，想了好久，最後大家在電梯裏準備去吃飯時偷偷瞄著徐老師，猛然覺得徐老師與趙雅芝版的《新白娘子傳奇》裏的法海有幾分相似，哎呀，總是想到這些個暴露年齡的影視劇。吳老師比較開朗，說話也較多，左眼角有塊明顯的胎記，穿的也比較運動風，較為直率，吃飯時提出要吃魚，點了個清蒸鱸魚，奈何端上來一看，簡直讓人懷疑端來的是個鱸魚寶寶，忒小。可能也正是因為小，六七個人連這個魚寶寶也沒能吃完。秦老師是三位老師中較為年輕的一位，皮膚明顯比另外兩位白嫩些，一副眼鏡架在鼻樑上，有幾分書生氣，話不多，很客氣，點了個清炒冬瓜片，也沒看到夾了幾筷子就說吃完了。三位老師各有特點，都很和氣，與頭交流的很順利，只是這幾天頻換地方，認床的我昨天晚上實在沒有休息好，今天頭痛欲裂，坐著當雕像的時候幾度眼皮都睜不開了，趁著給老師們調空調的當兒，偷偷眯了好幾分鐘。

　　吃完飯送走幾位老師，退了房，少坐片刻便動身出發去鶴峰，去鶴峰要走不少山路，好在風光秀麗，也就沒有想像中那麼恐懼了。頭在後座不停的哢嚓哢嚓拍照，我這個人，實在是缺乏生活情趣，車窗外的風景確實美，而我卻並沒有拍多少照片，嗯，給自己找個理由：我要把這美景印刻在腦海裏而不是存手機裏。拉倒吧，其實是拍照技術太差，加上設備水平有限，再加上懶……兩三個小時說快也快，下午五點多吧就趕到了鶴峰，跟著頭不僅有肉吃，還有豪標住，雖然也沒豪到哪去，但是還是很不錯了，開始在荊州沒過來的時候我還特地從荊州酒店帶了幾副牙具，擔心越到下面住的地方條件越差，事實證明，我真傻。

　　晚飯就在鶴峰這邊解決了，我跟頭，還有司機小黃在住處附近溜達了一圈，最後決定跟著小黃在一家河邊夜市吃東西。露天吃燒烤喝啤酒倒是別有一番滋味，雖然我們吃的是鐵板燒，但體會應該也是差不多了。只是……那麼大一盤子油，土豆啊，脆骨啊，黃瓜啊什麼的都像是在油鍋裏燉一樣，看著就嚇人……好在還有一份土豆條燉菜葉，長見識了，這菜還能這麼做……中午打包的玉米餅也派上了用場，嗯，吃的還可以，幸虧還有這個清淡點的菜。這幾天不大適應這邊的飲食習慣，好吃是好吃，就是好上火啊，嘴巴有點疼，說不上哪疼，但就是不大舒服，想念學校食堂的白粥煮蛋配饅頭了……

8 月 22 日　晴　鶴峰

　　找地方吃了早飯，便趕到鶴峰文化館，拜訪這幾位聽說牛 X 轟轟的柳子戲老師們。

　　今天跟頭交流的主要有肖老師、兩位向老師、兩位熊老師，訪談過程大致還算順利，雖然中間有幾次有點混亂，錄音錄得有點亂，大體上還沒有之前想像的那麼僵。這個柳子戲我還是第一次見到，雖我山東也有柳子戲，但此柳非彼柳，媽呀這熊老師一開口寶寶真是驚呆了，這唱戲還有這麼唱的啊，原諒我孤陋寡聞，聽著就像是奔馳在高速公路上的汽車一下翻了跟頭去攀岩一樣，媽呀這唱好了好聽，唱不好就跟磁帶纏了帶一樣，難唱，也怪不得沒那麼多人會這個戲，它確實難些。熊老師的妹妹，就叫她小熊老師吧，養的那條狗倒是蠻有意思，我給它拍了好幾張寫真，挺大的個子，據說才一歲多，很聽話，走起路來高高豎著尾巴，兩瓣 PP 一扭一扭，哈哈，好想使個壞從後面踹一腳，會咬我的吧，嗯，會的，所以我就想想而已。幾位老師說得熱火朝天的時候狗狗插進去逛一趟，視察一下就走了，趴在角落特別溫順。小黃在那邊打

了個噴嚏，狗狗受了驚，抬頭望瞭望小黃，小黃也望瞭望它，二人含情脈脈，眉目傳情。

沒想到文化館還要留我們吃飯，這態度跟之前聯繫時相比轉變的有點快，鶴峰離四川挺近，怕是受了四川變臉的影響。推脫不過，還是留下吃飯了。嘗了嘗早上在集市上剛剛認識的當地菜：楊赫（音）。據說很養生，抗癌防癌降血脂什麼的，不好吃，像薑，但還是夾了幾筷子。現在動輒這不能吃那不能吃，要不就哪種吃的有這用那用，誰知道呢，介意這麼多估計早餓脫相了。對於這些個人無力或很難改變的現狀，隨性一點順其自然吧。

飯罷，我們準備回酒店退房啟程回恩施，是的，這幾天就是這麼奔波，頭這種奮進三娘式教授可能也沒有很多了，給頭點個讚。路上碰上了炕土豆和紅薯的小販，小黃非得誘惑我，於是又挑了幾塊土豆和紅薯，去恩施的路上便化身一枚坐在後座安安靜靜吃紅薯的少女……

8月23日　晴　三岔鎮

我就說吧，除了拍照之外我這尊雕像還是有作用的，比如今天頭跟鄧主任還有張老師交流的時候，旁邊坐著個金魚眼的中年男人，長得挺老實，就是也不知道為啥一直目不轉睛盯著頭。哼哼，以為我沒發現呢還是當我不存在呢，他盯著頭，我盯著他，有幾次他發現我在盯他，那又怎樣，硬生生讓我給瞪回去了，眼神擊退了這個金魚眼幾個回合，完勝～所以說啊頭，千萬別一個人出來調研，畢竟江湖險惡，前幾天在荊州，那個什麼文化館的張館長還是什麼館長的，那看人的眼神，一看就不是善茬，還好後來也沒跟他打交道了，善哉～

剛一進去看這鄧主任和張老師態度一般，沒那麼熱情，誰想也不知道頭說的哪句話撥動了他們那根弦，嘰哩咕嚕介紹了不少儺戲的情況，還說了不少其他的，甚至鄧主任倏地講起自己的戀愛史，這是談罷公事談私事啊，讓人摸不著頭腦，真是醉了。不過鄧主任唱戲的嗓音還是很好聽的，很嘹亮，比年輕一點的張老師優勝一籌，他們提到了一位被視為儺戲專家的王金海老師，據說是沒有官方陪同這位王老師拒不見客，什麼情況，這是為啥，這麼牛～頭也沒對這位王老師動多少心思了，整個訪談過程還比較順利。

8月24日　晴轉陰　白楊坪鎮　洞下槽村

今天見識到了什麼叫鄉間土豪，以及什麼叫巧舌如簧。

面前這位73歲的燈戲傳承人孟永香老師，穿著修身連衣裙，腿上有長筒

尼龍絲襪打底，搞藝術的確實不是一般的鄉間老太太樣子，關鍵是還有四個從事房地產行業的事業有成的兒子，尤其是四兒子出資為孟老師建立燈戲戲樓，還在大門口修建了一個環境怡人的小廣場，讓人眼前一亮。這個戲樓和小廣場燒了多少錢先不說，光是這份熱情就足以讓人印象深刻。孟老師中途稍稍唱了一段燈戲，呃……怎麼說呢，可能我不會欣賞，我是真沒覺得唱的好聽，還不如前幾天鶴峰那個熊老師唱的柳子戲好聽……好吧，說點別的，吃飯的餐桌是個大圓桌，讓我以為他們家是開飯店的，到了飯點家裏上上下下十來個人圍坐在一張大圓桌上吃飯，說這是現代地主呢也不合適，地主哪有跟僕人在一張桌上吃飯的，說不是地主呢，實際上還真的像地主，不然怎麼想得到收徒弟要簽字畫押的法子，鄉間土豪，這就是鄉間土豪了。

陪同的譚主任年紀也不大，三十四五歲，但確確實實是太能說了，對省裏來的領導，也就是頭，恭敬、謙虛又自信，也實實在在介紹了一番自己的工作事蹟和想法。鼻樑上夾著一副黑邊眼鏡，眼睛大而炯炯有神，本來乍看上去跟哈利波特有幾分相似，再一看，那眼神有種從內而外的壓迫感，有點逼人。這主任頭腦相當靈活，在職場也是混跡多年，思維邏輯相當清晰，看得出非常精明。估計是確實做了些事的，又有業務基礎，所以深得賞識，是個人才。但是平心而論我還是不大喜歡，我比較保守，不大喜歡這種過於精明的人，總覺得這種人有時候蠻危險，即便確實有幾分才氣。這個譚主任原先是文工團的，怪不得舉手投足總感覺有那麼一絲絲嫵媚，就更讓我覺得需要對這類人保持距離了。當然，人家很有能力，吃得開也放得開，尤其適合時代需求，這些咱不否認，向人學習。

下午小黃帶我們去了梭布婭石林，沿途好多玉米地，好想掰幾個玉米帶回大武漢，新掰的玉米煮一下可香可好吃啦，哈哈～天氣原因，沒有逛完全部景點，還不錯，有看頭，路過山洞的時候特涼快，比空調風來的舒服多了。拍了幾張照，景很美，人可以忽略了。

8月25日　晴　咸豐

開心開心～這是最後一站啦，終於快要回大武漢了，當里個當當里個當～

來到南劇藝術傳承中心，見到74歲的嚴老師，嚴老師是個風趣幽默的老人家，簡單介紹了下有關情況。又跟潘團長聊了幾句，潘團長好年輕並且好美啊，這才是我印象中學戲的演員模樣嘛，用我們那的話說，這才是尖鼻辣眼嘛，好看，偷瞄了人家好幾眼，羨慕，同樣是人，差距咋這大呢～

　　簡單與他們交談了一會後，我們便驅車前往唐崖土司城，找地方耽誤了一點時間，好在總算是找到了這個世界文化遺產。唐崖土司城始建於元朝，鼎盛於明代，共歷 16 代 18 位土司。現有張王廟、「荊南雄鎮」牌坊、衙署、院落等自然景觀遺存。想像下當時這些土皇帝統治鄂西南地區的霸氣，會覺得這些斷壁殘垣都是有靈氣的，那時候的人們誰會想到今天會有這麼多人來拜會他們的王國，尤其是我為什麼就來到了這裡，怎麼就看到了眼前這一幕，想想好神奇，是不是歷史就是讓人捉摸不透的……

　　這裡的景色是真的美啊，處處是景，處處是情，山，水，樹，綠地，白雲，花叢，陽光，除了天氣太熱扣一分，外加個別地方待修建扣一分以外，今天的唐崖土司城可以打 98 分。不愛拍照的我多少也拍了幾張，一如既往，不露臉的都還過得去。

　　……

附錄二　荊河戲傳統劇目表[註1]

一、荊河戲劇目之一（朝代明確，故事有出處）

（一）殷商

劇　名	別　名	聲腔	故事出處
反冀州	蘇護反商	北路	《武王伐紂平話》／《封神演義》第二回
恩州驛	進妲己	南北路	《武王伐紂平話》／《封神演義》第三回
桃木劍	雲中子獻劍	北路	《封神演義》第五回
抱炮烙	炮烙梅柏	北路	《封神演義》第六回
姜后挖目	挖目烙手	北路	《封神演義》第七回
汾宮樓	姜環刺紂	北路	《封神演義》第七回
追雙龍		北路	《封神演義》第三回
趙啟罵殿		北路	《封神演義》第三回
斬四王		北路	《封神演義》第十一回
文王哭監	囚羑里／朝歌恨	南路	《封神演義》第十一回
陳塘關	哪吒出世	崑腔	《封神演義》第十二回
乾元山	金光洞	北路	《封神演義》第十三回
反本認母		北路	《封神演義》第十四回
子牙下山	打賭輸頭	北路	《封神演義》第十五回
劉乾算命	子牙賣麵	北路	《封神演義》第十五回
火燒琵琶		北路	《封神演義》第十六回

〔註1〕摘錄自：王文華著，《荊河戲史料集》〔M〕，武漢：湖北人民出版社，2013 年。

造薑盆		北路	《封神演義》第十七回
楊任挖目		北路	《封神演義》第十八回
代父贖罪	伯邑考進寶	北路	《封神演義》第十九回
百子兆	文王吐子	南反北	《封神演義》第十九回至二十二回
收大鵬雕	收雷震子	北路	《封神演義》第二十一至二十四回
文王回國	雷震子救父	北路	《封神演義》第二十二回
武吉賣柴		四平	《封神演義》第二十三回
渭水河	文王訪賢／八百年／飛熊夢	南北路	《封神演義》第二十四回／《武王伐紂平話》
比干挖心	鹿臺恨	南路	《封神演義》第二十五、二十六回
文仲回朝	大回朝／陳十策	南路	《封神演義》第二十七回
文王伐崇		北路	《封神演義》第二十八回
賈氏墜樓		北路	《封神演義》第三十回
反五關	汜水關	北路	《封神演義》第三十一至三十四回
斬三聖		北路	《封神演義》第三十八、三十九回
冰凍岐山		北路	《封神演義》第三十九回
蕩四魔	黃天化收魔	北路	《封神演義》第四十、四十一回
佳夢關		北路	《封神演義》第四十四回
十絕陣	落魂陣	北路	《封神演義》第四十五、四十六回
財神歸位	趙公明	南路	《封神演義》第四十七、四十八回
紅砂陣		南路	《封神演義》第四十九回
九曲黃河陣	混元金斗	北路	《封神演義》第五十回
絕龍嶺	聞仲歸天	南路	《封神演義》第五十二回
陰回朝	聞仲顯魂	南路	《封神演義》第五十二回
請師收土		北路	《封神演義》第五十五回
三山關	土行孫招親／三戲鄧蟬王	北路	《封神演義》第五十三至五十六回／清《順天時傳奇》
蘇護歸周		北路	《封神演義》第五十七回
段洪下山	太極圖／一伐西岐	北路	《封神演義》第五十九、六十回
殷郊反道		北路	《封神演義》第六十三回
收殷郊	陰陽鏡	北路	《封神演義》第六十五、六十六回
雙岐門	洪龍配／洪錦招親	北路	《封神演義》第六十六、六十七回
金臺拜將		北路	《封神演義》第六十七回

首陽山	伯邑叔／齊歸天	南路	《封神演義》第六十八回／《史記‧伯邑列傳》（韓詩外傳）
金雞嶺		待考	《封神演義》第六十九回
三教變臉	碧遊宮	北路	《封神演義》第七十二至七十七回
誅仙陣		北路	《封神演義》第七十八回
瘟蝗陣	相任破陣／穿雲關	北路	《封神演義》第八十回
萬仙陣		北路	《封神演義》第八十三回
五嶽圖	黃飛虎歸位	北路	《封神演義》第八十六回
澠池會	戰澠池／高蘭英歸位	北路	《封神演義》第八十六至八十七回
斫脛驗胎		待考	《封神演義》第八十九回／清《順天時傳奇》
戰孟津		待考	《封神演義》第九十回
火燒蟠龍嶺		北路	《封神演義》第九十一回
收七怪	梅山降妖／梅花嶺	北路	《封神演義》第九十二回
遊魂關		北路	《封神演義》第九十三回
怒斬殷破敗		北路	《封神演義》第九十四回
斬三妖		北路	《封神演義》第九十六回
摘星樓	紂王自焚	北路	《封神演義》第九十六、九十七回
祖師歸位	武當山	北路	《神仙綱鑒》
桃花女	破周公	南路	元雜劇《桃花女》《四遊記》之《北遊記》

（二）周（春秋戰國）

劇　名	別　名	聲腔	故事出處
焚煙墩	戲諸侯	北路	《史記‧周本記》《列國演義》第二、三回
擋幽王	申伯侯	北路	《列國演義》第二、三回
烽火臺	幽王歸天	北路	《東周列國志》第二、三回
全本牛脾山	戰鄢陵	北路	《左傳‧隱公元年》《東周列國志》第四回
掘地見母（牛脾山之一折）	黃泉會／陰靈會母	北路	元李直夫《考諫莊公》雜劇／《古文觀止》「鄭伯克段於鄢」／《東周列國志》第四回
取華城	伐子都	北路	《左傳‧隱公十一年鄭伯伐許》／《東周列國志》第六、七回

孝義圖		北路	《左傳·桓公十五年》/《東周列國志》第十一回
二子乘舟	新臺恨／急子回國	北路	《左傳·桓公十六年》/《詩經·邶風》《東周列國志》第十二回
百里奚認妻	屐屢歌	待考	《史記·秦本記》《東周列國志》第二十五、二十六回
醉出齊城	醉遣重耳	北路	《左傳·僖公二十三年》《東周列國志》第三十四、三十五回
重耳走國	重耳歸國	北路	《左傳·僖公二十三年》《東周列國志》第三十四、三十五回
焚綿山	寒時節／火燒綿山	北路	《晉文公火燒介子推》雜劇／清人《介山記》傳奇／《東周列國志》第三十七回
驪姬殺嫡		北路	《左傳·僖公四年九年》《東周列國志》第二十七、二十八回
八義圖	程嬰救孤／趙氏孤兒	南北路	《史記·趙世家》/元紀君祥《趙氏孤兒大報仇》/明《八義記》傳奇／《東周列國志》第五十七回
摘纓會	功臣宴／絕纓會	北路	漢劉向《說苑》/明《摘纓記》傳奇／《東周列國志》第五十一回
刺蘇賈	越椒逼印	北路	《左傳·宣公四年》《東周列國志》第五十一回
清河橋	莊王擂鼓／養由基出世	北路	《左傳·宣公四年》《東周列國志》第五十一回
豫讓吞炭		北路	《史記·刺客列傳》戰國策卷十八 元楊梓《忠義士豫讓吞炭》雜劇／《東周列國志》第八十四回
五雷陣	陰五雷	北路	《孫龐演義》、《鋒劍春秋》鼓詞
孫炎哭洞		南路	《孫龐演義》、《鋒劍春秋》鼓詞
孫臏化河		南路	《孫龐演義》、《鋒劍春秋》鼓詞
孫龐演陣		北路	《孫龐演義》、《鋒劍春秋》鼓詞
孫臏裝瘋		北路	明汪廷訥《七國記》傳奇／《東周列國志》第八十八回
金光陣		北路	《鋒劍春秋》第五十至五十二回
馬陵道		北路	《史記·孫子列傳》元《馬陵道》雜劇／《東周列國志》第八十九回
白狐裘	孟嘗君	待考	《史記·孟嘗君列傳》/《東周列國志》第九十回

三相圖	和氏璧	北路	《史記・蘇秦張儀列傳》／《東周列國志》第九十回
完璧歸趙	連城璧	待考	《史記・廉頗藺相如列傳》《完璧記》傳奇
秋胡戲妻	桑園會／馬蹄金	北路	元石君寶《魯大夫秋胡戲妻》雜劇／劉向《列女傳》
大封相	六國封相	崑腔	元人《凍蘇秦》雜劇／明人《金印記》傳奇
小封相		崑腔	元人《凍蘇秦》雜劇／明人《金印記》傳奇
蘇秦鬧考		北路	《東周列國志》第九十回
田單救主	黃金臺	南路	元明《樂毅伐齊》雜劇／明馮夢龍《新灌園》／明《金臺記》傳奇
火牛陣	金臺將	北路	《史記・田敬仲世家》《東周列國志》第九十五回
採桑逼封	鍾無鹽	北路	元鄭光祖《醜齊后無鹽破連環》雜劇《英列春秋》鼓詞
齊王求將	齊王昏殿	南路、四平	元・鄭光祖《醜齊后無鹽破連環》雜劇《英列春秋》鼓詞
湘江會	射魏王	北路	元・鄭光祖《醜齊后無鹽破連環》雜劇《英列春秋》鼓詞
荊軻刺秦	易水寒	北路	《史記・刺客列傳》／明葉憲祖《易水寒》傳奇／《東周列國志》第一百零六、一百零七回
崔子弒齊	海潮珠	待考	《左傳・襄公二十五年》／《東周列國志》第六十五回
臨潼會	臨潼鬥寶	北路	《春秋五霸七雄列國志傳》《左傳春秋》鼓詞
楚皇宮		北路	《東周列國志》第七十一、七十二回《吳越春秋》卷一
伍奢罵相		北路	《東周列國志》第七十一回
路會包胥	雙胥會／戰樊城	北路	《左傳・昭公二十五年》《越絕書》／《東周列國志》第七十二回
混昭關	文昭關	南北路	《史記・伍子胥列傳》／《吳越春秋》卷一
推牆	武昭關／魚禪寺	南路	南路《春秋五霸七雄列國志傳》卷五《左傳春秋》鼓詞
浣紗溪	過河浣紗	北路	元吳昌齡《浣紗抱石投江》雜劇／《東周列國志》第七十二、七十三回

漁翁投江		北路	《越絕書》卷一／明‧梁辰魚《浣沙記》傳奇
魚藏劍	刺王僚	北路	《左傳‧昭和二十七年》／元李壽卿《伍員吹簫》雜劇／《吳越春秋》／《東周列國志》第七十三回
收伍辛	父子會	北路	《左傳‧春秋》鼓詞
刺慶忌		北路	《呂氏春秋至忠篇》／《吳越春秋》卷四／《東周列國志》第七十四回
反昭關	戰郢城／鞭屍八百／伍申反目	北路	《左傳春秋》鼓詞／《東周列國志》第七十六回／明孟稱舜《二胥記傳奇》
西門豹治河	河伯娶婦		《東周列國志》第八十五回
二桃殺三士			《晏子春秋》《古今小說》二十五卷／《東周列國志》第七十一回
宋襄納昭			《東周列國志》第三十三回
羊角哀	捨命全交		清人《金蘭誼》傳奇／《今古奇觀》第十二回
打蘆花	推車接父		明人《蘆花記》傳奇
汨羅江	屈原投江		《史記‧屈原賈生列傳》／明鄭瑜《汨羅江》雜劇／《東周列國志》第九十三回
救趙破魏			《史記‧魏公子列傳》／《戰國策》《東周列國志》第一百回
伯牙撫琴	馬鞍山／子期聽琴		《韓詩外傳》／《警世通言》卷一
伯牙扳琴	鍾家村		《韓詩外傳》／《警世通言》卷一
蝴蝶夢	賈氏上墳		《警世通言》卷二／《蝴蝶夢》傳奇
南華堂	莊周試妻／大劈棺		《今古奇觀》第二十四回／《莊子休鼓盆成大道》
吹簫引鳳	蕭史弄玉		《東周列國志》第四十七回
丑父救齊			《東周列國志》第五十六回
晏子使齊	服荊蠻		《東周列國志》第六十九回／《晏子春秋》
殺妻求將	吳起求將		《東周列國志》第八十六回
負荊請罪	將相和		《東周列國志》第九十六回／《史記‧廉頗藺相如列傳》
度白儉	寶善莊／莊周點化		《莊子》卷五《至樂篇》
虎符救趙	竊兵符		《史記‧信陵君列傳》／明張鳳翼《竊符記》傳奇／《東周列國志》第一百回
王翦探營	探大營		《東周列國志》第一百零七回

（三）秦

劇　名	別　名	聲腔	故事出處
指鹿為馬		北路	《史記・秦始皇本紀》
孟姜女	萬里尋夫哭長城	南北路雜腔	《長城記》傳奇《孟姜女》寶卷
一口劍	宇宙鋒	南北路	《史記・秦始皇本紀》
打城隍		北路	《長城記》傳奇

（四）楚漢

劇　名	別　名	聲腔	故事出處
張良得道	黃石公	北路	《史記・留侯世家》／《西漢演義》第八回
收章邯	絕虎陣／九服章邯	北路	《史記・項羽本紀》／《西漢演義》第十五回
鴻門宴		北路	《史記・項羽本紀》／《西漢演義》第二十二回
背劍訪信	張良訪信	北路	《史記・淮陰侯列傳》／《西漢演義》第三十六至三十八回
追韓信	蕭何月下追韓信	南北路	《史記・蕭相國世家》／《蕭何追韓信》雜劇／《下金記》傳奇
霸王圍城		北路	《史記・高祖本紀》
滎陽城	紀信替主	北路	《西漢演義》第六十四回
廣武山	廣武逼霸	北路	《西漢演義》第七十三回
張良吹簫		南路	《西漢演義》第七十八回
陵母伏劍		南路	《漢書・王陵傳》／《西漢演義》第六十四回
霸王別姬	九里山／十面埋伏烏江自刎	南北路	《史記・項羽本紀》／明人《赤林記》／《西漢演義》第八十四回

（五）西漢

劇　名	別　名	聲腔	故事出處
未央宮	斬韓信	南路	《史記・呂后本紀》《西漢演義》第九十三回
蒯徹裝瘋		四平	《賺蒯通》雜劇
油鼎封侯	喜封侯	北路	《西漢演義》第九十四回
張良辭朝	白雲山／張良歸隱	南路	《赤松記》傳奇／《西漢演義》第九十八回
秋生造律	斬蕭何	北路	《漢書・高祖本紀》

永巷宮	斬戚姬	南路	《漢書・外戚列傳》
監酒令		待考	《史記・齊悼惠王世家》
蘇武牧羊	萬里緣	南路	《漢書・蘇武傳》／元周仲彬《蘇武持節》雜劇／明（牧羊記）傳奇
蘇武回國		南路	《漢書・蘇武傳》／《正氣歌》本事
朱買臣休妻	崔氏逼休	南路	《漢書・朱買臣傳》明人《爛柯山》傳奇
夜夢冠帶	癡夢	北路	《風雪漁樵記》傳奇
馬前潑水		北路	《風雪漁樵記》傳奇
昭君出塞	漢明妃	南北路	《漢書・匈奴傳》／馬致遠《漢宮秋》雜劇／明人《和戎記》
罵毛延壽		北路	《漢書・匈奴傳》／馬致遠《漢宮秋》雜劇／明人《和戎記》
卓文君	文君私奔	北路	《史記・司馬相如傳》／明袁于令《鷫鸘裘》傳奇

（六）東漢

劇　名	別　名	聲腔	故事出處
松棚會	酒毒平帝	北路	明人《群星輔》傳奇／《東漢演義》第一、三回
劉秀出世	反八卦／三搜柴府／巧換龍胎	北路	明人《群星輔》傳奇／《東漢演義》第一、三回
鬧昆陽	馬援歸漢	北路	元明雜劇《聚普牌》
馬武鬧館	玉虎墜	北路	《東漢演義》第十七回
馬武奪魁	奪秋魁／武科場	北路	《東漢演義》第十六、十七回
劉秀走國	北水村／走南陽／鬼神莊	北路	明《群星輔》傳奇／《東漢演義》第三十六回
斬經堂	吳漢殺妻	北路	評書《東漢》第十五回
收岑彭	棘陽關	北路	《後漢書・岑彭傳》
光武中興	破洛陽／岑馬爭功	北路	《賜繡旗》傳奇／《東漢演義》第五十回
白莽臺	靈臺觀／刴王莽	南路	《漢書・王莽傳》《東漢演義》第四十四回
吃糠剪髮		南路	高則誠《琵琶記》傳奇／《趙氏賢孝寶卷》
描容上路		南路	高則誠《琵琶記》傳奇／《趙氏賢孝寶卷》
掃松下書		南路、平板	高則誠《琵琶記》傳奇／《趙氏賢孝寶卷》
漁家樂	金針刺梁冀	北路	朱佐朝《漁家樂》傳奇

蘆林會	姜詩會妻	南路、平板	《後漢書‧列女傳》
安安送米		南路	《後漢書‧列女傳》
紫金樹	打灶神	北路	《警世通言》／《今古奇觀》
長生樂		待考	元王子一《誤入桃園》雜劇

（七）三國

劇　名	別　名	聲腔	故事出處
桃園結義	三結義	北路	《三國演義》第一回
打督郵	張飛斷案	北路	《三國演義》第二回
斬丁原		北路	《三國演義》第三回
刺董卓	孟德獻刀	北路	《三國演義》第四回
斬華雄	汜水關	北路	《三國演義》第五回
捉放曹	捉曹宿店	北路	《三國演義》第四回
戰冀州	趙雲下山／磐河橋	北路	《三國演義》第七回
虎牢關	三英戰呂布	北路	《虎牢關三戰呂布》染劇
貂蟬拜月		北路	《三國演義》第八回
鳳儀亭	連環計	北路	《三國演義》第九回
戰濮陽	火燒濮陽城	北路	《三國演義》第十一、十二回
劉備借將	借趙雲	北路	《三國演義》第十一回
讓徐州		南路	《三國演義》第十一回《三國志‧蜀書‧先主備傳》
戰神亭	收太史慈	北路	《三國演義》第十五回
轅門射戟	三才陣	北路	《三國演義》第十六回
戰宛城	割髮代首	北路	《三國演義》第十六至十八回／《三國志‧魏書‧武帝紀》
水淹下邳		北路	《三國演義》第十九回
白門樓	斬布收遼	北路	《三國演義》第十九回
許田射鹿		北路	《三國演義》第二十回
青梅煮酒		北路	《三國演義》第二十一回
擊鼓罵曹	元旦節	北路	《三國演義》第二十三回／徐文長《四聲猿》
拷吉平	白玉帶	北路	《三國演義》第二十三回
困土山	約三事	北路	《三國演義》第二十五回

白馬坡	斬顏良	北路	《三國演義》第二十五回
秉燭待旦		吹腔	《三國演義》第二十五回
盤貂	中秋月	南路	明人《斬貂蟬》雜劇
掛印封金		北路	《三國演義》第二十六回
挑袍		北路	《三國演義》第二十六回
過關斬將	過五關	北路	《三國演義》第二十七回
古城會	斬蔡陽	北路	《三國演義》第二十八回明人/《古城會》傳奇
火焚玉清觀	斬於吉/活捉孫策	南北路、南反北	《三國演義》第二十九回/晉干寶《搜神記》
馬跳檀溪		北路	《三國演義》第三十一、三十二回/元高文秀《劉玄德獨赴襄陽會》
徐母罵曹	擊曹硯	北路	《三國演義》第三十六回
走馬薦葛	薦諸葛	北路	《三國演義》第三十六回
諸葛亮招親		北路	《三國志・蜀書・諸葛亮傳》/裴松之注引《襄陽記》
三請賢	三顧茅廬	北路	《三國演義》第三十七、三十八回
博望坡	張飛負荊	北路	《三國演義》第三十九回/元人《諸葛亮博望燒屯》雜劇
查北河		北路	《三國演義》第四十回/《三國志・蜀書・劉備傳》
長阪坡	單騎救主	北路	《三國演義》第四十一、四十二回
漢陽院		北路	《三國志・蜀書先主備傳》
漢津口		北路	《三國演義》第四十二回
舌戰群儒	孔明過江	北路	《三國演義》第四十三回
智激周瑜		北路	《三國演義》第四十四回
蔣幹盜書		北路	《三國演義》第四十五回
臨江會		北路	《三國演義》第四十五回
打黃蓋	借箭打蓋	北路	《三國演義》第四十六回
南屏山	祭東風	北路	《三國演義》第四十九回/元《諸葛祭風》雜劇
華容道	擋曹	北路	《三國演義》第五十回
取南郡	一氣周瑜	北路	《三國演義》第五十一、五十二回
戰長沙	義釋黃忠	北路	《三國演義》第五十三回

劉備招親	龍風配／甘露寺	北路	《三國演義》第五十四回／《錦囊計》傳奇
大回荊州	二氣周瑜	北路	《三國演義》第五十五回／《錦囊計》傳奇
黃鶴樓	竹藏令	北路	元人《劉玄德醉走黃鶴樓》雜劇
喬府求計	魯肅問計	北路	元關漢卿《關大王單刀會》雜劇
討荊州		北路	《三國演義》第五十六回
蘆花蕩	三氣周瑜	北路	《三國演義》第五十六回／明《草廬記》傳奇
周瑜歸天	喪巴丘	南路	《三國演義》第五十七回
孔明弔孝	柴桑口	北路	《三國演義》第五十七回
龐統斷案	萊陽縣	北路	《三國演義》第五十七回
反西涼	割鬚棄袍	北路	《三國演義》第五十八回
戰渭南		北路	《三國演義》第五十九回
張松獻圖	獻西川	北路	《三國演義》第六十回／《錦繡圖》傳奇
舌難楊脩	反難楊脩	北路	《三國演義》第六十回
截江奪斗	攔長江	北路	《三國演義》第六十一回
黃魏爭功		北路	《三國演義》第六十二回
荊襄堂		北路	《三國演義》第六十三回
過巴州	收嚴顏	北路	《三國演義》第六十三回
龐統帶箭	落鳳坡	南北路	《三國演義》第六十三回
金雁橋	擒張任	北路	《三國演義》第六十四回
葭萌關	戰馬超	北路	《三國演義》第六十五回
單刀會		吹腔	《三國演義》第六十五回／《關大王單刀會》雜劇
劉璋讓位	取成都	北路	《三國演義》第六十五回
白逼宮	曹操逼宮	南北路	《三國演義》第六十六回
左慈戲曹		北路	《三國演義》第六十八回
百壽圖	趙延求壽	北路	《三國演義》第六十九回／晉干寶《搜神記》
取東川	定軍山	北路	《三國演義》第七十、七十一回
文姬歸漢		南路	《三國演義》第七十一回／元金志甫《蔡琰歸漢》雜劇

陽平關		北路	《三國演義》第七十一回
水淹七軍	擒龐德	南北路、吹腔	《三國演義》第七十四回
夜走麥城	關羽歸天	北路	《三國演義》第七十五、七十六回
關公顯聖	活捉呂蒙	北路	《三國演義》第七十七回
斬華佗		南路	《三國演義》第七十八回
滾鼓山	鼓滾劉封	北路	《三國演義》第七十九回
七步吟		待考	《三國演義》第七十九回
受禪臺	獻帝讓位	南北路	《三國演義》第八十回
劉備稱帝	興漢圖	南北路	《三國演義》第八十回
造白袍	咬膀造甲	北路	《三國演義》第八十一回
黃忠帶箭	伐東吳	北路	《三國演義》第八十三回
哭靈牌	劉備哭靈	北路	《三國演義》第八十二、八十三回
連營寨	火燒七百里	北路	《三國演義》第八十四回
八陣圖		北路	《三國演義》第八十四回
白帝城	劉備託孤	南路	《三國演義》第八十四、八十五回
祭長江	孫尚香祭江	南北路	《三國演義》第八十四、八十五回
秦密論天		北路	《三國演義》第八十六回
火燒藤甲	七擒孟獲	南路	《三國演義》第八十九、九十回
祭瀘水		北路	《三國演義》第九十一回／《祭瀘江》傳奇
出師表	孔明上表	南路	《三國演義》第九十二回
鳳鳴關	北伐中原	北路	《三國演義》第九十三回
一出祁山	收姜維／天水關	北路	《三國演義》第九十三回
罵王朗		南北路	《三國演義》第九十三回
失街亭		北路	《三國演義》第九十五回
空城計	撫琴退兵	北路	《三國演義》第九十五回
斬馬謖		北路	《三國演義》第九十六回
二出祁山	後出師表	南路	《三國演義》第九十七回
三出祁山	取陳倉	南路	《三國演義》第九十八回
四出祁山		北路	《三國演義》第一百回
五出祁山	隴西割麥	北路	《三國演義》第一百零一回
六出祁山	火燒葫蘆口	北路	《三國演義》第一百零二回

戰北原	斬鄭文	北路	《三國演義》第一百零二回
胭脂計		北路	《三國演義》第一百零四回
九伐中原	鐵籠山	北路	《三國演義》第一百零四回 《三國志・蜀書・姜維傳》
七星燈	五丈原／孔明拜斗	南路、陰調	元人《五丈原》雜劇
斬魏延		北路	《三國演義》第一百零三至一百零五回
紅逼宮	廢曹芳／司馬師逼官	南路	《三國演義》第一百零九回／《龍鳳衫》傳奇
南闕刺君	司馬昭逼宮	北路	《三國演義》第一百一十四回
渡陰平	綿竹關	南北路	《三國演義》第一百一十七回
江油關		南北路	《三國演義》第一百一十七回
殺子告廟	哭祖廟	南路	《三國演義》第一百一十八回
禪臺報	司馬炎逼宮／曹煥讓位	北路、南反北	《三國演義》第一百一十九回

（八）兩晉南北朝

劇　名	別　名	聲腔	故事出處
粉宮樓	審刺客／六部審	北路	《九蓮燈》傳奇
六部審	審刺客	北路	《九蓮燈》傳奇
九蓮燈		北路	《九蓮燈》傳奇
摘花戲主		北路	《麟骨床》傳奇
漆匠嫁女		北路	《龍鳳配》傳奇
花木蘭		南北路	古詩《木蘭辭》明徐渭《四聲猿》之《雌木蘭》雜劇
柳蔭記	梁祝姻緣／雙蝴蝶	南北路	《梁山伯寶卷》／《同窗記》傳奇

（九）隋唐

劇　名	別　名	聲腔	故事出處
晉陽城	秦彝託孤	北路	《說唐演義》第一回／《隋唐演義》第四回
臨潼山	秦瓊救駕	北路	《隋唐演義》第四、五回
李淵勸軍		北路	《隋唐演義》第四、五回
當鐧賣馬	天堂洲	北路	《說唐演義》第五回／《隋唐演義》第六至九回
伍建章罵殿	楊廣篡位	北路	《說唐演義》第十四回

綁四將		反南路	《說唐演義》第十四回
南陽關		北路	《說唐演義》第十五回
劫皇槓	長葉嶺	北路	《說唐演義》第二十二回／《隋唐演義》第二十一回
賈家樓		北路	《說唐演義》第二十四、二十六回／《隋唐演義》第二十三、二十四回
打登州	夜打登州	北路	《說唐演義》第二十二至二十六回／《倒銅旗》傳奇
羅成招親	殷家莊／黃草山	南路	《大破孟州》鼓詞
程咬金招親		北路	《說唐演義》第三十、三十一回
晉陽宮		北路	《說唐演義》第三十四回
四平山	捉拿伍雲昭	北路	《說唐演義》第三十五、三十六回
虹霓關	王伯黨招親／東方夫人	北路	清抄本《黃上關》傳奇
紅拂傳	三義圖	待考	元人《風塵三俠》雜劇／《隋唐演義》第十六回
絕虎嶺	火燒裴元慶／絕虎陣	北路	《說唐全傳》第三十九回
揚州會		待考	《說唐演義》第四十一回
玉瑚墜	賣畫殺舟	北路	《玉瑚墜》傳奇
草橋關		北路	《說唐全傳》第四十、四十一回
揚州觀花		北路	略見《隋唐演義》
紫金關	元霸歸天	北路	《說唐演義》第四十三回
探金鏞	老君堂	北路	《大唐秦王詞話》
望兒樓		北路、南反北	《大唐秦王詞話》
斷密澗	雙投唐	北路	《說唐演義》第四十三回／《隋唐演義》第五十三、五十四回／《四馬投唐》雜劇
白壁關	三鞭兩鐧／美良城／美良川	北路	《隋唐演義》第五十六回／《說唐演義》第四十六回／《大唐秦王詞話》第二十九回三十回
千秋嶺	收羅成	北路	《說唐演義》第五十回／《大唐秦王詞話》第三十六回
斬雄信	鎖五龍	北路	《說唐演義》第五十六、五十七回／《大唐秦王詞話》第四十四回

御果園	尉遲恭救駕	北路	《說唐演義》第五十八回 /《大唐秦王詞話》第三十八、三十九回
擒黑氏	戰洛陽	北路	《說唐前傳》第五十三回
官門帶		北路	《隋唐演義》第六十四回 /《說唐演義》第五十九回 /《大唐秦王詞話》第五十八、五十九回
十道本	十筒表	北路	《隋唐演義》第六十四回 /《說唐演義》第五十九回 /《大唐秦王詞話》第五十八、五十九回
羅成叫關	陷河寫書	南北路	《說唐演義》第六十一回 /《大唐秦王詞話》第四十九回
秦王弔孝		南路	《大唐秦王詞話》第五十回
羅成顯魂	託兆小顯	反南路	《說唐演義》第六十一回
孫思邈歸位	藥王卷	南路	《舊唐書·孫思邈傳》明人《南極登仙》雜劇
白良關	父子會	北路	元人《小尉遲認父》雜劇
置田莊	敬德裝瘋	北路	《大唐秦王詞話》第五十五回
秦府取印	取帥印	北路	《征東演義》第三回
牧羊城	羅通掃北	北路	《掃北演義》第五回 /《繡像說唐後傳》
薛仁貴招親	紅衣記	北路	《孤本元明雜劇·龍門隱秀》
汾河別	仁貴別窯	北路	《孤本元明雜劇·龍門隱秀》
風火山	樊家莊	北路	《說唐征東全傳》第一至十一回
獨木關	槍挑安定保	北路	《說唐征東全傳》第二十二至二十四回
殺四門	三江越虎城	南北路	《征東全傳》第二十五至二十七回
龍門陣	瞞天過海	北路	《征東全傳》
摩天嶺	收周武周文	北路	《征東全傳》第三十二至三十四回
汾河灣	仁貴回窯	北路	《征東全傳》第四十一回
仁貴歎月		南路	《征東全傳》第二十二至二十四回
界牌關	盤腸戰	北路	《征西演義》第十九、二十回
樊梨花	寒江關	北路	《征西演義》第二十九、三十回
三休樊梨花		北路	《征西演義》第三十一、三十二回
白虎關	丁山射虎	北路	《征西演義》第四十一回
三請樊梨花	鬧陽山	北路	《征西演義》第四十三、四十四回
訪白袍	尉遲訪薛禮	南路	《說唐征東全傳》有關回目

蘆花河	梨花斬子	北路	《征西演義》第四十八至五十二回
金光陣	丁山哭屍	北路	《征西演義》第四十八至五十二回
金牛關		北路	《征西演義》第五十五至五十八回
九錫官	咬金慶壽	北路	《薛家將反唐演義》第六、七回
鬧花燈	御花園	北路	《薛家將反唐演義》第十一、十二回
陽河堂	陽河摘印	南路	《薛家將反唐演義》第十五回
換金安	法場換子	反南路	《薛家將反唐演義》第十六回
九焰山		北路	《薛家將反唐演義》第二十二回
雙獅圖	舉鼎觀畫	南北路	《薛家將反唐演義》第二十六回
紀蘭英修書		北路	《薛家將反唐演義》第二十六回
雙駙馬		北路	《薛家將反唐演義》第六十三、六十四回
鐵丘墳		南路	《興唐傳》傳奇
薛剛哭城		南路、嗩吶	《興唐傳》傳奇
徐策跑城		南路	《興唐傳》傳奇
醉寫嚇蠻	太白觀表	北路	《隋唐演義》第八十至八十二回／明屠隆《彩毫記》傳奇／《警世通言》卷九／《今古奇觀》第六回
金馬門	醉罵安祿山	北路	清尤侗《清平調》傳奇
百花亭	貴妃醉酒	四平	明人《磨塵鑒》傳奇
馬嵬驛	陳元禮逼駕	北路	《隋唐演義》第九十一回／唐白居易《長恨歌》／清洪昇《長生殿》傳奇
貴妃顯魂	夜宿劍閣	南反北	《隋唐演義》第九十一回／唐白居易《長恨歌》／清洪昇《長生殿》傳奇
雙槐樹	牧羊卷／朱痕記	南北路	《牧羊寶卷》
少華山	烤火落店	北路	《富貴圖》
興隆庵	降香收尼	待考	《舊唐書·天后紀》
端午門	打宗封閣	北路	《唐書·狄仁傑傳》《薛剛反唐全傳》第二十九回
郭子儀封王	卸甲封王	南路、嗩吶	《舊唐書·郭子儀傳》
郭子儀上壽	滿堂紅	北路	《三多記》傳奇
打金枝		北路	《隋唐演義》第九十九回
韓湘子得道		南北路	吳元泰《上洞八仙傳》

戲牡丹	呂洞賓三戲白牡丹	南路	吳元泰《東遊記》
文公走雪	貶潮陽／韓湘子度韓愈	平板	《藍關寶卷》《升仙記》傳奇
藏眉寺	跑樓／五月五	北路	《殘唐五代史演義》第四回
清風亭	雷打張繼保	南北路	明人《合釵記》
雞爪山	胡奎賣人頭／鬧淮安	北路	《粉妝樓全傳》第二十二回至二十八
賣畫殺舟	殺舟官	北路	《玉瑚墜》傳奇
金水橋	秦英釣魚	北路	《秦英征西》鼓詞
三哭殿	女梆子	南北路	《秦英征西》鼓詞
秦英出征、花園許親	乾坤帶	北路	《秦英征西》鼓詞
彩樓配		北路	《龍鳳金釵傳》鼓詞
三擊掌		北路	《龍鳳金釵傳》鼓詞
投軍別窯		北路	《龍鳳金釵傳》鼓詞
三打平貴		北路	《龍鳳金釵傳》鼓詞
女探窯		北路	《龍鳳金釵傳》鼓詞
魏虎探窯		北路	《龍鳳金釵傳》鼓詞
鴻雁寄書		北路	《龍鳳金釵傳》鼓詞
趕三關		北路	《龍鳳金釵傳》鼓詞
武家坡	平貴回窯	北路	《龍鳳金釵傳》鼓詞
拜壽算糧		北路	《龍鳳金釵傳》鼓詞
銀空山		北路	《龍鳳金釵傳》鼓詞
大登殿		北路	《龍鳳金釵傳》鼓詞
水簾洞		崑腔	《西遊記》第三回
沙橋別	唐僧取經	北路	《西遊記》第十二、十三回
五行山		北路	《西遊記》第十三、十四回
蛇盤洞	收小白龍	北路	《西遊記》第十五回
八戒鬧莊	豬八戒招親	北路	《西遊記》第十八、十九回
流沙河	收悟淨	北路	《西遊記》第二十二回
萬壽山	五莊觀	崑腔	《西遊記》第二十四回
平頂山	蓮花洞	北路	《西遊記》第三十二、三十五回
火雲洞	紅孩兒	北路	《西遊記》第四十、四十二回
通天河	擒魔蕩寇	北路	《西遊記》第四十七、四十九回

琵琶洞		北路	《西遊記》第五十四、五十五回
火焰山	白雲洞／三盜芭蕉扇	北路	《西遊記》第五十九、六十一回
碧波潭		北路	《西遊記》第六十二、六十三回
盤絲洞		北路	《西遊記》第七十二、七十三回
盜魂鈴	八戒降妖	北路	《西遊記》第七十四回
無底洞	陷空山	北路	《西遊記》第八十回
劉全進瓜		北路	清張心其《釣魚船》傳奇／《西遊記》第十二回

（十）殘唐五代

劇　名	別　名	聲腔	故事出處
沙陀國	陳景思搬兵	北路	《殘唐五代史演義》第七至九回
珠簾寨	收周德威	北路	《殘唐五代史演義》第七至九回
飛虎山	收李存孝／飛虎夢	北路	《殘唐五代史演義》第十回／孤本元明雜劇《飛虎峪存孝打虎》
雅觀樓		北路	《殘唐五代史演義》第十四、十五回
太平橋	上元驛	北路	《殘唐五代史演義》第二十三回
西廂記	拷紅娘	北路	唐元稹《會真記》元王實甫《西廂記》
祭梅罵相	罵蘆杞	北路	《全本二度梅說部》
叢臺別	杏元和番	南路	《全本二度梅說部》
落花園	捨身岩	反南路	《全本二度梅說部》
漁舟配		北路	《全本二度梅說部》
失金釵	南北相思	北路	《全本二度梅說部》
潼臺關	劉高搶親／戰潼臺	北路	《殘唐五代史演義》第二十六、十七回
擒五侯		北路	《殘唐五代史演義》第二十九至三十一回
雞寶山	李嗣源搬兵	北路	《殘唐五代史演義》第三十七、三十八回
打桃赴會	文章會／打櫻桃	北路	明人史盤《櫻桃記》傳奇
狗雞灘	紮高圍灘	北路	《殘唐五代史演義》第四十二回
黃河渡	王彥章擺渡	北路	《舊五代史‧王彥章傳》
李三娘磨房產子		南路	明呂文《白兔記》傳奇

劇名	別名	聲腔	故事出處
寶老送子		南路	宋人《五代史平話》
井臺會	咬臍郎	北路	元人《劉智遠白兔記》
董家橋	打五虎	北路	《飛龍傳》第十五回／元無名氏《趙匡胤打董達》雜劇
陳搏山	輸華山	南路	《飛龍傳》第十八回
灑金橋	苗訓算卦	北路	《宋史‧苗訓傳》
射魚妖	花亭射妖	待考	《飛龍傳》第三十九回
高平關	觀星借頭	南北路	《飛龍傳》第四十六回／《北宋志傳》第二十回
雷神洞	打洞結拜	南北路、草鞋板	《警世通言》卷二十一／《風雲會》傳奇
送京娘		南北路	《警世通言》卷二十一／《風雲會》傳奇
鄭恩招親	打瓜園／三打陶三春	北路	《飛龍傳》第五十二回
鬧金階		南路、平板	《盛世宏圖》傳奇
困曹府	割瘤討封	南路	《盛世宏圖》傳奇
遊花園		南路、平板	《梅花會》傳奇
懷德打擂		北路	《梅花會》傳奇
打龍棚		南路	《梅花會》傳奇
打寶瑤	斬紅袍／刡柴王	北路	《飛龍傳》第四十三回

（十一）宋

劇名	別名	聲腔	故事出處
陳橋即位	袍加身	北路	羅貫中《龍虎風雲會》雜劇
斬黃袍	桃花宮	北路	史傳及演義
雪夜訪普	訪趙普	南路、四平	《宋史‧太祖本紀》《趙普列傳》明人《金膝記》傳奇
楊滾教槍	錘換帶／獅子岩	北路	《飛龍傳》
余塘關	楊繼業招親	北路	《昭代簫韶》《宋史》
下河東		南路	《楊家將演義》第一回
啞巴丹		北路	《龍虎風雲會》雜劇
龍虎鬥	呼延贊降宋	南北路	《龍虎風雲會》雜劇
下南唐		南路	《盛世宏圖》傳奇
鞭打歐陽仿		北路	《盛世宏圖》傳奇

雙鎖山	高君保招親	北路	《三下南唐》鼓詞第十一至十五回
女殺四門	劉金定	南北路	《三下南唐》鼓詞第十九回
服藥方		北路	《三下南唐》鼓詞第二十回
火燒余洪	紫竹林	北路	《三下南唐》鼓詞第四十七回
燭影搖紅	燭影記	北路	《楊家將演義》第五回
賀后罵殿	二王圖	北路	《楊家將演義》第五回 / 《相山野錄》
天齊廟	七郎打擂	北路	《楊家將演義》第四回
雙龍會	七郎八虎闖幽州	北路	《楊家將演義》第十六回
大五臺	五郎出家	北路	《楊家將演義》第十七回
小五臺	六郎會兄	南路	《楊家將演義》第十九回
兩狼山	託兆碰碑	南路	《楊家將演義》第十九回
六郎回府	告御狀	南路	《楊家將演義》第二十回
雁門關	雁門摘印	北路	《楊家將演義》第二十回
清官冊	提冠審潘	北路	《楊家將演義》第二十回
黑松林	紅岐山	北路	《楊家將演義》第二十回
擋馬	攔馬 / 柳葉關	南路、平板	《楊家將演義》第二十六回
三岔口	焦費發配	北路	《楊家將演義》第二十八回
狀元媒	楊六郎招親	南北路	《宋史・呂蒙正列傳》
遇隆封官	胭脂褶	北路	《智囊補》
打孟良	演火棍	南北路	《小掃北》鼓詞
打焦贊		北路	《小掃北》鼓詞
打韓昌		北路	《小掃北》鼓詞
圍岭	穆桂英下山	北路、七句半	《楊家將演義》第三十五、三十六回
白虎堂	轅門斬子	北路	《楊家將演義》 / 《昭代簫韶》第六本
破洪州	戰洪州	北路	《楊家將演義》第三十七回
天門陣		北路	《楊家將演義》第三十二至三十七回 / 吳元泰《東遊記》元明雜劇《破天陣》
洪羊洞	孟良盜骨 / 三義歸天 / 三星歸位	南路	《楊家將演義》第四十四回、四十五回
坐宮		北路	《楊家將演義》第四十一回
北天門	四郎探母	北路	《楊家將演義》第四十一回

寡婦征西		北路	《楊家將演義》第四十八至五十回
太君辭朝	黃花國	南北路	《楊家將》鼓詞
九曲橋	陳琳抱盒	北路	元人《抱妝盒》雜劇／明人《金丸記》
陳琳拷寇	拷寇珠	北路	元人《抱妝盒》雜劇／明人《金丸記》
天齊廟	斷太后	南北路	《三俠五義》第十五回
打鑾駕	御街打鸞	北路	《三俠五義》第十四、十五回
放花燈		北路	《三俠五義》第十六回
打龍袍	太后還朝	北路	《三俠五義》第十八回／《正昭陽》傳奇
打棍出箱		北路	《三俠五義》第二十三、二十四回／明《瓊林宴》傳奇
鍘包勉	長亭鍘	北路	《三俠五義》第四十六至四十八回
赤桑鎮	侄見嫂娘	北路	《三俠五義》第四十六至四十八回
黑驢告狀	陰陽錯	北路	《三俠五義》第二十三至二十七回
海羅燈	探陰山／鍘判官	南路	《三俠五義》
拿活虎		北路	《包公奇案》
雙包案	真假包公	南北路	《包公奇案》
喬子口	血手印	北路	古南戲《林招得》
烏盆記		南路	元人《丁丁當當盆兒鬼》雜劇／《斷烏盆》傳奇《三俠五義》第五回
占花魁		南北路	清李玉《占花魁》傳奇／《醒世恒言》卷三
紅梅閣	陰陽扇／李慧娘	南北路	明《紅梅記》傳奇
陳妙常	秋江河／陳姑趕潘	四平	明《玉簪記》傳奇
潑粥	呂蒙正趕齋	南路	元王實甫《呂蒙正風雪破窰記》
何乙保寫狀		北路	《忠義旋圖》／《虎狼彈》傳奇
雙陽投宋	狄青招親	北路	《五虎平西傳》
盜旗馬	珍珠烈火旗	北路	《五虎平西傳》
鐵蓮花	生死牌	南北路	《賢良寶卷》
花田錯		北路	《水滸傳》第五回
殺蛋子和尚	三盜天書	北路	《井中天》／《豹凌岡》傳奇
清風亭	天雷報／雷打張繼保	南北路	明《合釵記》傳奇
臨江驛	瀟湘夜雨	南北路	同名雜劇
遊赤壁	五才子	吹腔	明許潮《赤壁遊》雜劇

洛陽橋	狀元橋	北路、雜腔	焦循《劇說》
琵琶宴	講宮	南路	《秦香蓮》鼓詞
三官堂	殺廟	南路	焦循《花部農談》
鍘美案		北路	焦循《花部農談》
九紋龍		北路	《水滸傳》第二回
醉打山門		北路	《水滸傳》第三回
林沖起解		南路	《水滸傳》第八回
林沖夜奔	黃河渡	南路	《寶劍記》傳奇／《水滸傳》第十回
楊志賣刀		北路	《水滸傳》第十三回
七星會	生辰綱	北路	《水滸傳》第十三至十五回
烏龍院	北樓反情	南路、平板	《水滸傳》第十九回
劉唐下書		北路	《水滸傳》第二十回
宋江殺惜		南路、四平	《水滸傳》第二十回
活捉三郎		四平	《水滸傳》傳奇
武松打虎	景陽岡	北路	《水滸傳》第二十三回
打餅調叔	武大郎打餅	南路	《水滸傳》第二十三回
挑簾裁衣		北路	《水滸傳》第二十三回
武松殺嫂		北路	《水滸傳》第二十四回
獅子樓	殺西門慶	北路	《水滸傳》第二十六回
鬧江州		北路	《水滸傳》第三十五回
宋江發配		北路	《水滸傳》第三十六回
武松打店	孫二娘開店／十字坡	北路	《義俠記》傳奇／《水滸傳》第二十七回
快活林	醉打蔣門神	北路	《義俠記》傳奇／《水滸傳》第二十八回
鴛鴦樓	飛雲浦	北路	《水滸傳》第三十回
蜈蚣嶺		北路	《水滸傳》第三十一回
清風鎮	清風山	北路	《水滸傳》第三十二、三十三回
收秦明	青州府	北路	《水滸傳》第三十四回
回鄆城		北路	《水滸傳》第三十五回
潯陽江	揭陽嶺	北路	《水滸傳》第三十五回
宋江題詩	潯陽樓／白龍廟	北路	《水滸傳》第三十九、四十回／《水滸傳》傳奇

辭梁山		北路	《水滸傳》第四十一回
楊雄醉歸		南路、四平	《水滸傳》第四十三至四十五回
翠屏山	殺海和尚	南路、四平	《水滸傳》第四十三至四十五回
時遷盜雞	巧連環／偷雞上寨	南路、四平	《水滸傳》第四十六回
辭梁山		北路	《水滸傳》第四十一回
石秀探莊	一打祝家莊	北路	《水滸傳》第四十七回
扈家莊	二打祝家莊	北路	《水滸傳》第四十八回
三打祝家莊		北路、四平	《水滸傳》第五十回
高唐州	破高唐	北路	《水滸傳》第五十二至五十四回
時遷盜甲	雁翎甲	北路	《水滸傳》第五十五至五十七回
智擒呼延索		北路	《水滸傳》第五十八回
華山進香		北路	《水滸傳》第五十九回
晁蓋帶箭		北路	《水滸傳》第六十回
大名府		北路	《水滸傳》第六十、六十回／元人《水滸傳》雜劇
玉麒麟	金沙灘	北路	《水滸傳》第六十一、六十二回
燕青救主	收盧俊義	北路	《水滸傳》第六十二回
收關勝		北路	《水滸傳》第六十三、六十四回
請醫殺院	大嫖院	雜腔	《水滸傳》第六十五回
火燒翠雲樓		北路	《水滸傳》第六十六回
英雄義	曾頭市	北路	《水滸傳》第六十八回
東平府	收董平	北路	《水滸傳》第六十八回
神州擂	燕青打擂	北路	《水滸全傳》第七十四回
一招安		北路	《水滸傳》第八十回
二招安	李逵鬧忠義堂	北路	《水滸傳》第八十二、八十三回
三招安		北路	《水滸傳》第八十四、八十五回
打漁殺家	討漁稅	北路	《水滸後傳》第五十回
雙賣武	慶頂珠	北路	《水滸後傳》第五十回
反五科	槍挑小梁王	北路	《說岳全傳》第十二、十三回
炮打兩狼關	梁紅玉	北路	《說後全傳》第十七回

泥馬渡康王	李馬渡康王	北路	《說岳全傳》第十九、二十回
岳母刺字		南北路	《說岳全傳》第二十二回／明《精忠記》傳奇
岳飛掛帥	岳飛拜帥	北路	《說岳全傳》第二十六回
牛皋招親	藕塘關	北路	《說岳全傳》第三十二回
樓梧山	收何元慶	北路	《說岳全傳》第三十五、三十六同
汝南莊	高寵出世	北路	《說岳全傳》第三十八回
牛皋下書		北路	《說岳全傳》第三十八回
挑滑車		北路	《說岳全傳》第三十九回
岳家莊	岳雲出世	北路	《說岳全傳》第四十回
錘打金蟬子		北路	《說岳全傳》第四十二回
斬岳雲		北路	《說岳全傳》第四十三回
文武陞	迎二聖／請皇靈	南路	道光二十五年《部廣紀略》有載
黃天蕩	戰金山	北路	《宋史·韓世忠本傳》雙烈記傳奇／《說岳全傳》第四十三、四十四回
九龍山	收楊再興／鎮潭州	北路	《說岳全傳》第四十七、四十八回
藏金窖		北路	《說岳全傳》第四十九回
火燒楊再興		北路	《說岳全傳》第五十三回
湯懷自刎		南路	《說岳全傳》第五十四回
王佐斷臂	斷臂降金	南路	《說岳全傳》第五十五至五十七回／《宋史·岳飛列傳》
朱仙陣	八大錘	北路	《說岳全傳》第五十五至五十七回
破連環馬		北路	《說岳全傳》第五十七回
金牛嶺	張俊別家	北路	《說岳全傳》第五十八至五十九回
金牌招岳		北路	《說岳全傳》第五十九至六十一回
風波亭	武穆歸天	南路	《說岳全傳》第五十九至六十一回明／馮夢龍《精忠旗》傳奇
岳爺顯聖		北路	《說岳全傳》第六十三回
一祭岳王墳	牛通觸父	南路	《說岳全傳》第六十五回
二祭岳王墳	雲南探母	南路	《說岳全傳》第六十九回
東窗修本		南路	《說岳全傳》第七十回／明《精忠記》傳奇／元《秦太師東窗事犯》雜劇
瘋僧掃秦	地藏王	四平	《說岳全傳》第七十回／明《精忠記》傳奇／元《秦太師東窗事犯》雜劇

三祭嶽王墳		南路	《說岳全傳》第七十二回
御祭嶽王墳	聖旨赦兵	南路	《說岳全傳第七十四間
胡迪罵羅	罵閻羅	北路	《說岳全傳》第七十三回／明《精忠記》傳奇
牧羊城		北路	《說壓全傳》第七十九回
獨佔花魁	賣油郎	南北路	《今古奇觀》第三十九回
收癆蟲	一方清泰	北路	《濟公傳》
風雨會	掄傘	四平	元關漢卿《拜月記》雜劇
二堂審子		南路	元人《沉香太子劈華山》雜劇
寶蓮燈	劈山救母	北路	《沉香寶卷》
百寶箱	杜十娘	南北路	《警世通言》卷二十三
柴市節		北路	《宋史·文天祥傳》
紅梨記		北路	明徐復祚《紅梨記》傳奇
牡丹亭		崑腔	明湯顯祖《牡丹亭》傳奇
搖錢樹		待考	清人《天緣記》傳奇
童女斬蛇		吹腔	宋劉斧《青瑣高議》傳奇
遊西湖		南路	清人《義妖記》彈詞
盜庫銀		北路	清人《義妖記》彈詞
盜仙草		南路	清人《義妖記》彈詞
水漫金山		北路	清人《義妖記》彈詞
斷橋會		南路	清人《義妖記》彈詞
狀元祭塔		南路	清人《義妖記》彈詞

（十二）元

劇　名	別　名	聲腔	故事出處
六月雪	竇娥冤／金鎖記	南路	元關漢卿《感天動地竇娥冤》雜劇
武當山	朱洪武打擂	北路	《明英烈》第七回
三請徐達	廣泰莊	南北路	《明英烈》第九回
采石磯		北路	《明英烈》第十四回
取金陵		北路	《明英烈》第十七回
狀元印	反五科	北路	《明英烈》第二十二回
太平廠	射花榮／戰太平	北路	《明英烈》第二十九回

江東橋	擋友諒	北路	《明英烈》第三十回
鄱陽湖	九江口	北路	《英烈傳》第三十六至三十九回
戰武昌	陳友諒之死	北路	《明史・陳友諒傳》
正氣圖		南北路	《明史・劉基本傳》

（十三）明

劇　名	別　名	聲腔	故事出處
遊武廟	劉基辭朝	南路	《明英烈》第七十八回
打因車	鶴慶山／搜山打車	南路、四平	清李玉《千忠戳》傳奇
鳳陽花鼓	夫妻花鼓	雜腔	《流民圖》《綴白裘》
嚴女盤夫	盤夫索夫	南路	錢靜方《小說從考》《十美圖》
陰陽河	地府尋妻／賞中秋	待考	《三寶太監西洋記》第八十七回
打嚴嵩	開山府	北路	清同治《都廣紀略》
雪梅弔孝		南路	《秦雪梅》說部
斷機教子	三娘教子	南路	明人《斷機記》傳奇／清楊善之《雙官浩》傳奇
刮竹板		北路	《胭脂褶》傳奇
永樂觀燈		北路	《胭脂褶》傳奇
洛陽失印	馬房三報	北路	《胭脂褶》傳奇
審陶大	白羅衫	北路	馮夢龍《警世通言》第十一卷／清劉芳《白羅衫》傳奇
四進士	宋土傑／節義廉明	北路	《紫金鐲》鼓詞
訓秦三	草場坡／一點紅	南路	《明史》
忠孝全	斬秦洪	南路	《明史》
梅龍鎮	遊龍戲鳳	南北路、四平	《正德遊龍寶卷》
鬼斷家私		待考	《今古奇觀》第三回
天寶圖		南路	《英雄天寶圖》鼓詞
拾玉鐲	買雄雞	北路	弋陽腔《拾釧記》傳奇
法門寺	朱砂井	北路	《明史》
才人福		待考	沈起風《才人福》傳奇
日月圖	賣畫劈門	北路	沈景《四異記》傳奇／《醒世恒言》卷八
金玉奴	紅鸞喜	南北路	《今古奇觀》第三十二回

鴛鴦淚	周仁獻嫂	南北路	明人《忠義烈》傳奇
御碑亭	王有道休妻	南北路	《廬夜雨》雜劇
一捧雪	斬莫成 / 雪豔娘	南路、四平	李玉《一捧雪》傳奇
范進中舉		北路	《儒林外史》第三回
三元會	三鼎甲 / 紅書劍 / 雙靈牌	北路、呔腔	光緒年《梨園集成》
白水灘		北路	《通天犀》傳奇
血濺萬花樓		北路	《通天犀》傳奇
雙合印	廣平府 / 打水牢	北路	《七俠五義》 / 《彭公案》說部
大合銀牌	趕桃合牌	南北路、四平	楊文奎《兒女團圓》雜劇
徐楊三奏	大保國	南北路	《香蓮帕》鼓詞
探皇靈		南路	《香蓮帕》鼓詞
二進宮		南路	《香蓮帕》鼓詞
楊波搬兵		北路	《香蓮帕》鼓詞
馬芳圍城		北路	《香蓮帕》鼓詞
清風亭	天雷報 / 雷打張繼保	南北路	《合釵記》傳奇
失子驚瘋	乾坤福壽鏡	南路	《南府秘本》
紫金樹	打灶神	北路	《今古奇觀》
南天門	廣華山 / 曹福歸天	北路、陰調	《後倭記》彈詞
鐵弓緣	大英傑烈	南北路	明人《鐵弓緣》傳奇
關王廟		北路	《警世通言》
王八犯廟		北路	《警世通言》
蘇三起解		南北路	《警世通言》
大市玉堂春		北路	《警世通言》
馬義救父	滾釘板 / 九更天	北路	明朱索臣《未央天》傳奇
五人義		北路	清李玉《清忠譜》傳奇
耍鳳冠	荷珠配	南路	《珠衲記》傳奇
背娃進府	進侯府	北路	《溫良盞》傳奇
鬧都堂		北路	《大紅袍》說部
山海關		北路	《清史稿列傳·吳三桂》
請清兵		北路	《吳三桂演義》第一至四回
鐵冠圖	煤山恨 / 崇禎上弔	南北路	《鐵冠圖》傳奇
闖王進京	北京四十天	南北路	《明史·李自成傳》

（十四）清

劇　名	別　名	聲腔	故事出處
三搜索府		北路	《施公洞庭傳》
三盜九龍杯	楊香武	北路	《彭公案》第二十七至三十五回
溪皇莊		北路	《彭公案》第八十八、八十九回
趴蠟廟		北路	《彭公案》五集第十七至二十二回
殺子報	通州奇案	北路	清末實事
鐵公雞		北路	《洪秀全演義》
征臺灣		北路	《明史‧鄭成功傳》

二、荊河戲劇目之二（朝代不明，有故事出處）

劇名	別　名	聲腔	故事出處
八仙過海	八仙鬧海	吹腔	吳元泰《東遊記》
蟠桃會		崑腔	同上
大香山	觀音得道／白雀寺	南北路／佛歌	明人《香山記》傳奇
麻姑獻壽		吹腔	清人《調之樂》傳奇
大賜福	天官賜福	崑腔	為祝福稱觴專戲／全用崑腔
天河配	牛郎織女	南北路	《荊楚歲時記》
大補缸	王大娘補缸	雜腔	《缽中蓮》傳奇
思凡		高腔	《目連救母》／《勸善金科》／《孽海記》傳奇
雙下山	僧尼會	平板	同上
打麵缸	周臘梅	雜腔	清人《古柏堂》傳奇
錯殺奸		北路	《渭南奇案》說部
遺翠花	翠花寄柬	北路	《翠香記》傳奇
探親家		銀紐絲	《綴白裘》
賣京梨		北路	《錢秀才錯占鳳凰儔》
柳二姐趕會		北路	《鴛鴦扇》之一折
斬浪子	茶藥記	北路	元人《趙頑驢偷馬送殘生》雜劇
借靴		高腔	《綴白裘》
雙富貴	蘭季子打磚	北路	焦循《花部農譚》有載
鴛鴦譜		南北路	《今古奇觀》
泗州城	虹橋贈珠	北路	《檮杌閒評》

狐狸緣	青石山、請師斬妖／九尾狐	北路	《長生記》傳奇
戲目連		南路	《勸善金科》
遊六殿	滑油山	南路	《目連三世寶卷》
目連救母		南路	同上
青樓夢	浪子回頭	雜腔	《夜雨秋燈錄》沉香於條
十八扯	小磨房	雜腔	《綴白裘》

三、荊河戲劇目之三（朝代明確，故事出處待考）

（一）商

劇　名	別　名	聲　腔	故事出處
黃絲洞	假桃山	北路	待考

（二）周（春秋戰國）

劇　名	別　名	聲　腔	故事出處
懷都關	收子都	北路	待考
蓮台山	蓮臺收妃	北路	待考
開鐵弓		北路	待考
青石嶺	青獅嶺／收王洪	北路	待考
戰七煞	三靈歸位	北路	待考
聶政刺俠累	宣子刺晉	待考	待考
雷炮陣	孫武用兵	北路	待考

（三）楚漢

劇　名	別　名	聲　腔	故事出處
韓信問課		北路	待考

（四）西漢

劇　名	別　名	聲　腔	故事出處
紀母罵劉	封侯恨	北路	待考
淮河營	十老安劉	北路	待考
盜宗卷	張蒼盜卷	北路	待考

劇　名	別　名	聲　腔	故事出處
盜宗卷	李陵盡忠	北路	待考
龍鳳旗	賜旗封官／馬蹄炮	北路	待考
斬毛延壽		北路	待考
假夢全節		待考	待考
白洋橋		待考	待考
南陽會	昭君託夢	待考	待考

（五）東漢

劇　名	別　名	聲　腔	故事出處
遇龍鎮	李大打更	北路	待考
玉虎墜	殺王騰／馬武鬧館	北路	待考
征南蠻	姚剛招親	北路	待考
男梆子	姚期梆子	南路	待考
鄧禹保本	三道本	北路	待考
上天台	打金磚／藍逼宮／馬武碰宮	南路	待考
太行山	三打王英	南路	待考
夜探廬山	劉秀探山	南路	待考
桃仙		待考	待考
鐵燈檯	雙麒麟	北路	待考

（六）三國

劇　名	別　名	聲　腔	故事出處
漢陽院		北路	待考
滾鼓山	鼓滾劉封	北路	待考

（七）兩晉南北朝

劇　名	別　名	聲　腔	故事出處
李廣催貢		北路	待考
李廣三奏		南路	待考
伴駕山	收李剛	北路	待考
斬廣打朝	黑逼宮	北路	待考

（以上四出連演總明《慶陽圖》）

（八）隋唐

劇　名	別　名	聲　腔	故事出處
全家福	賜匾做壽	北路	待考
三家店	泰瓊起解	南北路	待考
楊林比棒		北路	待考
秦瓊表功		北路	待考
羅成戰山	廣武嶺	北路	待考
棗陽山	秦瓊遇雄信	北路	待考
遊涇河	魏徵斬龍	南反北	待考
少華山	富貴圖／烤火落店／抬火盆	北路	待考
大戰白文豹	紫銅關	北路	待考
白果廟	收狐斬狐	北路	待考
天開榜	狄仁傑投店	北路	待考
征海掃北	奪三關	北路	待考
打侄上墳	狀元譜	南路	待考
美良城		待考	待考
子母河		待考	待考
玄石山		待考	待考
仁貴征東		北路	待考
仁貴掃雪		待考	待考
汾河別	仁貴別窯	北路	待考
蛇盤山		北路	待考

（九）宋

劇　名	別　名	聲　腔	故事出處
定九州	七郎破關	北路	待考
梅絳雪	龍虎劍	待考	待考
八郎回國	八郎探母	北路	待考
天寶樓	焦贊過山	北路	待考
女探母	鐵鏡探母	北路	待考
牧虎關	黑風帕／高旺肯鞭	北路	待考
打跋驃	路遙知馬力	北路	待考

八郎帶鏢		北路	待考
元頂山	齊月娥打擂	北路	待考
花子罵相	呂蒙正乞食	北路	待考
百花山	松竹梅	北路	待考
昊天關		北路	待考
審七長亭	白綾記／碧洋湖	北路	待考
黃花山	鄭英下山	北路	待考
絲鸞帶	韓陀子掄親	北路	待考
牛頭山	齊天嶺	北路	待考
北兩狼		北路	待考
李母罵金		北路	待考
八蠻進貢		南路	待考
翠雲樓	時遷火燒翠雲樓	北路	待考
賣皮絃	孫二娘開店	北路	待考
青陵臺	宋康王納妃	待考	待考
宿羅帳	包公斷鬼案	待考	待考
八寶山		待考	待考
唐宋山		待考	待考
龍鳳山		待考	待考
純陽陣		待考	待考
八件衣		南北路	待考
李逵裝親		待考	待考
五花洞	真假潘金蓮	北路雜腔	待考
桃花裝瘋	張寬騙婚	北路	待考

（十）元

劇　名	別　名	聲　腔	故事出處
紫金鎖	郭英嫖院	北路	待考

（十一）明

劇　名	別　名	聲　腔	故事出處
金頂山	朝金頂	待考	待考
三進士	八珍湯	南北路	據《菊部群英》載為內廷貢奉劇目

五美圖	五美奇緣	待考	待考
買盜攀贓		北路	待考
金腰帶		北路	待考
九子鞭	打連租／悔舟過關	北路	待考
遊龜山	蝴蝶杯	南北路	待考
三上轎	烈女尋夫	待考	待考
春秋配	撿柴摘梅	南北路	待考
祭棒	做祭文	北路	待考
滾燈	滾紅燈	北路	待考
十美圖		待考	待考
打皮鞭	碧玉簪	北路	待考
御街打子	杜文學打子	南北路	待考
薅豆		高腔	待考
醉騙雍州	醉戰	北路	待考
三女搶板	生死牌	北路	待考
打嚴嵩	開山府	北路	待考
褒城獄	李七哭監	南路	待考
桂枝寫狀		崑腔	待考
三拉團圓	奇雙會	四平	待考

（十二）清

劇　　名	別　　名	聲　腔	故事出處
月明樓		北路	待考
把總上任		北路	待考
王頭叫差		北路	待考

四、荊河戲劇目之四（朝代及故事出處均待考）

劇　　名	別　　名	聲　腔	故事出處
陰雨山	捨屍全義／桑林會	待考	待考
打南京	向大人	待考	待考
推通	南山石推打草人	待考	待考
龍舟會	父子會／爬坡	北路	待考

車馬會		待考	待考
黃通盜寶		北路	待考
倉門陣		北路	待考
披麻拷		待考	待考
袁文靜降妖		北路	待考
張匡獻璽		北路	待考
降香		待考	待考
金光寺		北路	待考
雙拿虎		北路	待考
安福寺		北路	待考
打瓜精		雜腔	待考
三打華府		南路	待考
飛熊山		北路	待考
百邙山		待考	待考
捉撮狗		北路	待考
三相改本		南路	待考
鬧酒館	酒相公別妻	北路	待考
雙報恩		北路	待考
馬踏冀州		北路	待考
換刀殺妻		待考	待考
東平府		待考	待考
寶雞山		北路	待考
柳林打痞		北路	待考
摸黑打店		北路	待考
打瓦殺僧		南路	待考
臥虎山		北路	待考
楚天圖		北路	待考
清風山		北路	待考
殺蔡鳴鳳		北路	待考
鎖陽城		南路	待考
鬧鎮江		北路	待考
滿門賢		待考	待考

小上墳	丑榮歸	南路	待考
老少配	劉君奇賣嬬	北路	待考
瞎子鬧店		北路	待考
借妻	賣棉紗／張古董困城	南路	待考
蓮花庵	空門賢媳	南北路	待考
花子拾金	拾黃金	北路	待考
偷盜遇魔	三上弔	北路	待考
錯中錯	難姻緣	北路	待考
打破鍋		北路	待考
何德富算命		北路	待考
殺皮	皮匠殺妻	北路	待考
做文章	隔江霧	北路	待考
高三上墳	鴛鴦門	北路	待考
三怕婆	三怕妻	北路	待考
賈土成嫖院		雜腔	待考
婊子過關		雜腔	待考
小姑賢		南路	待考
進侯府	背娃進府	北路	待考
探親家	探親相罵	銀紐絲	待考
會元礁		南路	待考
王氏跑廟		北路	待考
送銀燈		待考	待考
馬房放奎		待考	待考
日月圖		北路	待考
小放牛	杏花村	小調	待考
殺狗驚妻	殺狗勸妻／忠孝圖	北路	待考
紫金魚		北路	待考
麥裏藏金		南路	待考
祭頭巾		高腔	待考
金牛山		北路	待考
飛龍山		北路	待考
馬鞍山		北路	待考

百花詩		待考	待考
收三宵		待考	待考
金釵記		待考	待考
仙姬送子		崑腔	待考
三星賜福	福祿壽	崑腔	待考
四星賜福		崑腔	待考
天官賜福		崑腔	待考
滿春園		北路	待考
雞爪山		北路	待考
雞頭嶺		北路	待考
劉海戲金蟬		雜腔	待考
斬李元忠		北路	待考
祖師歸位		南路	待考
寧武關		北路	待考
南闕刺君		北路	待考
南陽會		北路	待考

附錄三　崇陽提琴戲民營劇團不同 歷史時期分布圖〔註1〕

圖 1　1950～1966 年崇陽縣鄉村業餘提琴劇團分布圖

〔註 1〕摘錄自：饒浩良主編，《崇陽提琴戲劇志》〔M〕，湖北省崇陽縣提琴戲協，2015 年。

圖 2　1978～1989 年崇陽縣鄉村業餘提琴劇團分布圖

圖 3　1990～2000 年崇陽縣鄉村業餘提琴劇團分布圖

圖 4　2001～2014 年崇陽縣鄉村業餘提琴劇團分布圖

附錄四 湖北戲曲村戲曲小鎮名錄

湖北省民間文化藝術之鄉（戲曲類）

序號	地點	劇種	報道	性質
1	黃陂區	楚劇	http://www.hbwh.gov.cn/ggwh/qywh/mjwhyszx/3497.htm	2013 年 12 月 25 日省文化廳 2011～2013 年度湖北省民間文化藝術之鄉
			https://www.chinesefolklore.org.cn/web/index.php?NewsID=13316	文化部公布 2014～2016 年度中國民間文化藝術之鄉
			http://www.hbwh.gov.cn/xwdt/tzx/29068.htm	2018 年 5 月 31 日省文化廳公布 2018～2020 年度湖北省民間文化藝術之鄉
2	武漢市新洲區	燈戲	http://www.hbwh.gov.cn/ggwh/qywh/mjwhyszx/3497.htm	2013 年 12 月 25 日省文化廳 2011～2013 年度湖北省民間文化藝術之鄉
3	陽新縣	採茶戲	http://zwgk.mct.gov.cn/auto255/201111/t20111103_472677.html?keywords=	2011 年 11 月 3 日文化部 2011～2013 年度中國民間文化藝術之鄉
			http://www.hbwh.gov.cn/xwdt/tzgg/7346.htm	省文化廳 2014～2016 年度湖北省民間文化藝術之鄉
			https://www.chinesefolklore.org.cn/web/index.php?NewsID=13316	文化部公布 2014～2016 年度中國民間文化藝術之鄉
			http://www.hbwh.gov.cn/xwdt/tzx/29068.htm	2018 年 5 月 31 日省文化廳公布 2018～2020 年度湖北省民間文化藝術之鄉

4	孝南區	楚劇	http://www.hbwh.gov.cn/ggwh/qywh/mjwhyszx/3497.htm	2013 年 12 月 25 日省文化廳 2011～2013年度湖北省民間文化藝術之鄉
			http://www.hbwh.gov.cn/xwdt/tzgg/7346.htm	省文化廳 2014～2016 年度湖北省民間文化藝術之鄉
			https://www.chinesefolklore.org.cn/web/index.php?NewsID=13316	文化部公布 2014～2016 年度中國民間文化藝術之鄉
			http://www.cnchu.com/viewnews-65963.html	孝感孝南區和安陸市雙雙入選中國民間文化藝術之鄉
5	秭歸縣茅坪鎮	建東花鼓戲	http://www.hbwh.gov.cn/xwdt/tzgg/7346.htm	省文化廳 2014～2016 年度湖北省民間文化藝術之鄉
			http://www.hbwh.gov.cn/ggwh/qywh/mjwhyszx/3497.htm	2013 年 12 月 25 日省文化廳 2011～2013年度湖北省民間文化藝術之鄉
6	大悟縣	北路子花鼓戲	http://www.hbwh.gov.cn/ggwh/qywh/mjwhyszx/3497.htm	2013 年 12 月 25 日省文化廳 2011～2013年度湖北省民間文化藝術之鄉
7	京山縣經橋鎮	花鼓戲	http://www.hbwh.gov.cn/ggwh/qywh/mjwhyszx/3497.htm	2013 年 12 月 25 日省文化廳 2011～2013年度湖北省民間文化藝術之鄉
			http://www.jingmen.gov.cn/zjjm/lyjm/lydt/201108/t20110817_149201.shtml	京山縣孫橋鎮被省文化廳命名為「2011～2013 年度湖北省民間文化藝術之鄉」
8	浠水縣	楚劇	http://m.sohu.com/a/234892681_258113	湖北省文化廳發布了省文化廳關於公示 2018～2020 年度「湖北省民間文化藝術之鄉」名單的公告
9	恩施市紅土鄉	儺願戲	http://www.hbwh.gov.cn/xwdt/tzgg/7346.htm	省文化廳 2014～2016 年度湖北省民間文化藝術之鄉
			http://www.hb.chinanews.com/news/2011/0804/86832.html?qq-pf-to=pcqq.c2c	省文化廳日前公布了 2011～2013 年度「湖北民間文化藝術之鄉」名單，恩施州有兩個縣和 13 個鄉（鎮）名列其中
10	下谷坪土家族鄉	皮影戲	http://www.hbwh.gov.cn/xwdt/tzgg/7346.htm	省文化廳 2014～2016 年度湖北省民間文化藝術之鄉
11	雲夢縣	皮影	http://www.hbwh.gov.cn/xwdt/tzgg/7346.htm	省文化廳 2014～2016 年度湖北省民間文化藝術之鄉

			http://m.sohu.com/a/ 237395307_729223	湖北省文化廳發布了省文化廳關於公示 2018～2020 年度「湖北省民間文化藝術之鄉」名單的公告
12	黃梅縣	黃梅戲	http://www.hbwh.gov.cn/ ggwh/qywh/mjwhyszx/ 3497.htm	2013 年 12 月 25 日省文化廳 2011～2013 年度湖北省民間文化藝術之鄉
			http://www.gov.cn/xinwen/ 2019-01/16/content_ 5358280.htm	文化旅遊部公布 2018～2020 年度中國民間文化藝術之鄉
			http://www.hbwh.gov.cn/ xwdt/tzx/29068.htm	2018 年 5 月 31 日省文化廳公布 2018～2020 年度湖北省民間文化藝術之鄉
			http://m.sohu.com/a/ 295398338_219531	文化和旅遊部官網公布2018～2020 年度「中國民間文化藝術之鄉」名單，黃梅縣憑藉黃梅戲的傳統優勢入圍
13	潛江市	荊州花鼓戲	http://www.hbwh.gov.cn/ ggwh/qywh/mjwhyszx/ 3497.htm	2013 年 12 月 25 日省文化廳 2011～2013 年度湖北省民間文化藝術之鄉
			http://zwgk.mct.gov.cn/ auto255/201111/t20111103_ 472677.html?keywords=	2011 年 11 月 3 日文化部 2011～2013 年度中國民間文化藝術之鄉
			http://www.hbwh.gov.cn/ xwdt/tzgg/7346.htm	省文化廳 2014～2016 年度湖北省民間文化藝術之鄉
			http://m.sohu.com/a/ 234522377_669797	湖北省文化廳發布了省文化廳關於公示 2018～2020 年度「湖北省民間文化藝術之鄉」名單的公告
			http://m.sxykzx.com/article/ 47791.htm	湖北潛江被國家文化部正式命名為「中國民間文化（荊州花鼓戲）藝術之鄉」
14	仙桃市	荊州花鼓戲、皮影戲	http://www.hbwh.gov.cn/ ggwh/qywh/mjwhyszx/ 3497.htm	2013 年 12 月 25 日省文化廳 2011～2013 年度湖北省民間文化藝術之鄉
15	天門市	荊州花鼓戲	http://www.hbwh.gov.cn/ ggwh/qywh/mjwhyszx/ 3497.htm	2013 年 12 月 25 日省文化廳 2011～2013 年度湖北省民間文化藝術之鄉

16	崇陽縣	崇陽提琴戲	https://zwfw.mct.gov.cn/zcfg/zcfgDetail?uuid=237	2008 年 11 月 3 日評為中國民間文化藝術之鄉
			http://www.hbwh.gov.cn/ggwh/qywh/mjwhyszx/3497.htm	2013 年 12 月 25 日省文化廳 2011～2013 年度湖北省民間文化藝術之鄉
			http://www.hbwh.gov.cn/xwdt/tz/29068.htm	2018 年 5 月 31 日省文化廳公布 2018～2020 年度湖北省民間文化藝術之鄉
17	巴東縣沿渡河鎮	堂戲	http://www.hbwh.gov.cn/ggwh/qywh/mjwhyszx/3497.htm	2013 年 12 月 25 日省文化廳 2011～2013 年度湖北省民間文化藝術之鄉
18	恩施市三岔鄉	儺戲	http://www.hbwh.gov.cn/ggwh/qywh/mjwhyszx/3497.htm	2013 年 12 月 25 日省文化廳 2011～2013 年度湖北省民間文化藝術之鄉
			http://www.hbwh.gov.cn/xwd/tzx/29068.htm	2018 年 5 月 31 日省文化廳公布 2018～2020 年度湖北省民間文化藝術之鄉
19	恩施市紅土鄉	儺戲	http://www.hbwh.gov.cn/xwdt/tzgg/7346.htm	省文化廳 2014～2016 年度湖北省民間文化藝術之鄉
20	神農架林區下谷坪鄉	神農架下谷堂戲	http://www.hbwh.gov.cn/xwdt/tzx/29068.htm	2018 年 5 月 31 日省文化廳公布 2018～2020 年度湖北省民間文化藝術之鄉
			http://hb.ifeng.com/news/qyxw/detail_2014_08/21/2806564_0.shtml	湖北省文化廳於日前公布了 2014～2016 年度 65 個「湖北民間文化藝術之鄉」
21	恩施市白楊坪鄉	燈戲	http://www.hbwh.gov.cn/ggwh/qywh/mjwhyszx/3497.htm	2013 年 12 月 25 日省文化廳 2011～2013 年度湖北省民間文化藝術之鄉
22	巴東縣溪丘灣鄉	堂戲	http://www.hbwh.gov.cn/ggwh/qywh/mjwhyszx/3497.htm	2013 年 12 月 25 日省文化廳 2011～2013 年度湖北省民間文化藝術之鄉
			http://www.hbwh.gov.cn/xwdt/tzgg/7346.htm	省文化廳 2014～2016 年度湖北省民間文化藝術之鄉
23	羅田縣勝利鎮	羅田東腔戲	http://www.hbwh.gov.cn/ggwh/qywh/mjwhyszx/3497.htm	2013 年 12 月 25 日省文化廳 2011～2013 年度湖北省民間文化藝術之鄉
			http://www.hbwh.gov.cn/xwdt/tzgg/7346.htm	省文化廳 2014～2016 年度湖北省民間文化藝術之鄉

24	隨縣	戲曲	http://www.hbwh.gov.cn/ggwh/qywh/mjwhyszx/3497.htm	2013 年 12 月 25 日省文化廳 2011～2013 年度湖北省民間文化藝術之鄉
25	宜城市	襄陽花鼓戲	http://www.hbwh.gov.cn/xwdt/tzx/29068.htm	2018 年 5 月 31 日省文化廳公布 2018～2020 年度湖北省民間文化藝術之鄉
			https://m.sohu.com/a/234300592_100159948/?pvid=000115_3w_a	湖北省文化廳發布了省文化廳關於公示 2018～2020 年度「湖北省民間文化藝術之鄉」名單的公告
			https://xw.qq.com/hb/20180607016906	襄陽這兩地擬命名為「藝術之鄉」
26	荊門市東寶區石橋驛鎮	梁山調	http://www.hbwh.gov.cn/xwdt/tzx/29068.htm	2018 年 5 月 31 日省文化廳公布 2018～2020 年度湖北省民間文化藝術之鄉
			http://wap.jmnews.cn/?action=show&contentid=247397	湖北省文化廳發布了省文化廳關於公示 2018～2020 年度「湖北省民間文化藝術之鄉」名單的公告
27	神農架林區下谷坪鄉	神農架下谷堂戲	http://www.hbwh.gov.cn/xwdt/tzx/29068.htm	2018 年 5 月 31 日省文化廳公布 2018～2020 年度湖北省民間文化藝術之鄉
			http://hb.ifeng.com/news/qyxw/detail_2014_08/21/2806564_0.shtml	湖北省文化廳於日前公布了 2014～2016 年度 65 個「湖北民間文化藝術之鄉」